Comme deux flamants roses

Xavier Baraglioli

Comme deux flamants roses

Roman

LE LYS BLEU
ÉDITIONS

ISBN : 979-10-377-7896-3

Je suis dans une certitude que rien ne peut bousculer. Un joli chemin tracé de mon existence, d'où je vis avec le sentiment que rien ne peut faire pencher la balance du destin. Pourtant, je n'arrive pas à décrire ces moments où, comme une maladie que l'on ne voit pas venir, je ressens les symptômes d'un mal étrange.

À chacun de ses regards, qui ne lâchent les miens, je me sens partir, mis en danger de certitudes ébranlées. Tout est si beau, si merveilleux, que je chasse mes inquiétudes au gré de ses sortilèges.

Nos duels deviennent des danses effleurant, de nos offensives, le chemin de l'autre. Nous sommes deux acrobates perchés sur une corde tendue, nous sommes entre l'interdit et le déraisonnable, mais pour autant si fort, sans jamais tomber d'un côté ou de l'autre. Nous sommes tantôt le cirque d'hiver, tantôt la poésie d'Apollinaire. Nos clowneries dévoilent notre attachement, notre dévouement à ces moments uniques. Puis revient en nous le surréalisme de la situation. On se prend pour l'automne, tombant au sol dans des gestes d'infortunes, pour le printemps fleurissant nos cœurs de sourires et de nos mains se touchant dans le hasard du jeu. Deux flamants roses se tenant l'un face à l'autre sur un pied, dans la défiance d'un équilibre semblable à celle de l'instant.

Puis vient la saison des confidences, on avoue de nos vies les douleurs passagères, s'asseyant sur un banc pour mieux nous écouter.

Il y a dans la vie toutes ces choses que l'on ne peut prévoir, moi j'ai prévu depuis longtemps que rien ne puisse m'arriver. J'ai attaché les dérives de mes nuits solidement à la roue du temps, ne laissant pas de places aux écarts de conduite. Je n'ai pas pensé que mes heures nocturnes deviennent cauchemars, que les heures de sommeil deviennent des insomnies, perturbées par un manque, comme l'alcool et le tabac vous le font ressentir.

J'allume une cigarette puis j'imite une deuxième, à me perdre, m'envoler, dans des nuages grisés, à confondre mes idées, perdues dans la fumée.

Je veux fuir. La rejoindre. Je suis devenu dépendant de nos rencontres, de nos jeux de complicités enfantines. Un esclave de la bêtise humaine, d'un cœur qui tambourine, qui mélange mes couleurs, sur l'esquisse de ses rires.

Puis la force des choses, de nos paroles pensées, je suis resté adulte, elle est restée si jeune, l'interdit demeurant toujours autour de nous, comme un chemin possible vers la folie du jeu. À des règles oubliées que nous suivions si peu, à se laisser aller, à vouloir nous comprendre.

Nous étions deux flamants roses aux regards étoilés. Qui pouvait bien prévoir que nous pouvions tomber…

Tristan Mercier, mars 2022

Bonjour, mon nom est Éric Flat, je travaille au journal Nîmes Hebdo. Nous sommes un hebdomadaire qui paraît tous les lundis et nos bureaux se trouvent rue de l'Aspic, pas très loin de la mairie. Le journal est spécialisé dans les rapports écrits des faits divers et des affaires qui relèvent du tribunal de Nîmes.

Le journal a été créé en 1967 par Jean-René Signole, un homme d'affaires du bâtiment qui, arrivé d'Algérie en 1965, avec son épouse et son fils, à la suite de la guerre d'indépendance, contribuera à la construction et à la réalisation du quartier du Mas De Mingue dans le domaine de l'architecture.

Le journal à sa création s'appelle l'occitan d'Orient, puis en 1975, devient simplement l'Occitan. Jean-René Signole, un grand supporteur de football et actionnaire du club Nîmes Olympique, auquel il aura dédié, toute sa vie, les deux dernières pages de son journal.

En 1991, il décède alors âgé de 81 ans. Dans un premier temps, son fils Gérard, un grand avocat du barreau de Paris, la ville où il réside, décide de vendre le journal trop commun à son goût. Devant la mobilisation des collaborateurs employés au journal, il accepte de le conserver, mais demande que le journal soit plus original et se démarque des autres. La décision prise deux semaines plus tard sera de relayer dans chaque numéro les faits divers et les affaires du tribunal de Nîmes pour y apporter un autre regard.

Dernièrement, j'ai couvert l'affaire Raymond Adam, que j'évoque un peu plus loin. Une sombre histoire d'abus sexuel au parloir de la prison de Nîmes. Un scandale juridique pour la magistrature française et pour son institution pénitentiaire. L'affaire relayée par notre journal, complétée de témoignages et de descriptions des faits, a séduit beaucoup de lecteurs. L'enquête que j'ai menée dans cette affaire m'a beaucoup fatigué et je pense prendre quelques jours de congé bien mérités. Mais c'est juste avant mon départ que mon rédacteur en chef, Lucien Lambert, me demande une faveur, celle de reporter de quelques jours mes vacances. Il veut que je puisse suivre et que j'enquête sur une demande de comparution pour un homme appelé *Tristan Mercier*.

C'est cette affaire, l'histoire de cet homme, que je vous laisse découvrir.

Leurs gestes sont doux et respectueux, parfois tendres, toujours touchants. Au début, il n'y a pas de contacts dans leurs jeux, on s'observe, on se jauge, on examine l'autre comme l'adversaire à abattre, celui qu'il faut vaincre. Mais tous les coups ne sont pas permis, Tristan s'emporte par moments pour un coup de pied dans le dos ou un coup de poing dans l'épaule.

Marie-Lou est la fille de Marine. Elle a 15 ans, grande, brune, cheveux courts, elle est fille unique. Elle évolue dans un cadre familial très compliqué, puisqu'elle n'a jamais connu son père et que sa mère ne lui en parle que trop peu. Un grand manque pour la jeune fille.

Elle ne le connaît qu'en photo, celle de la rencontre entre sa mère et ce père absent, qui trône sur le buffet de ses grands-parents. D'ailleurs, Marine ne comprend pas que cette photo soit toujours présente. Il faut dire que Bassem, le papa biologique de Marie-Lou, était très apprécié par les parents de Marine.

Marie-Lou est une enfant en hyperactivité, elle a besoin de se dépenser, mais elle ne trouve guère de personnes pour cela. Si ce n'est qu'elle possède quand même un défouloir et une soupape de décompression, Tristan.

Dans ses premières visites, Marie-Lou vient rendre visite à Fanny, l'épouse de Tristan. Elle se confie, parle de ses espoirs, de ses petits copains d'école et d'autres choses. Fanny est toujours heureuse de voir la fille de Marine à la maison, elle est tellement survoltée qu'elle anime tout l'après-midi, et comme Marie-Lou lui demande souvent conseil, Fanny est ravie.

Fanny est très proche de son jardin et de ses arbres fruitiers qu'elle a vus pousser. Et quand elle surprend Marie-Lou en train de grimper sur les arbres ou accrochée de tout son poids aux branches, elle râle et peste après elle.

Après avoir maltraité un prunier ou un abricotier, c'est un démarrage rapide vers Tristan en guise de provocation à la bataille.

Leurs parties de jeux durent deux heures, voire trois heures. Fanny, l'épouse de Tristan, est heureuse de les voir s'amuser et chahuter dans le jardin.

Les visites de Marie-Lou sont toujours le samedi après-midi, Tristan en profite pour faire ce qu'il a prévu le matin. Le bricolage non bruyant pour les voisins peut maintenant attendre dimanche.

Parfois, Fanny intervient quand elle voit Tristan à bout de souffle, inquiète pour la santé de son mari qui court autant de bout en bout du jardin. D'une voix sûre, mais ferme, l'épouse de Tristan siffle la pause et se hâte de servir des boissons fraîches aux deux combattants. Tristan se pose, assis sur la balancelle. Marie-Lou, elle, prend une chaise, s'installe face à lui et lui montre les vidéos de danses improvisées qu'elle fait sur les réseaux sociaux. Tristan est toujours à l'écoute, s'intéresse à tout ce qu'elle fait, ce qu'elle réalise, et la jeune fille trouve un spectateur extraordinaire en la personne de Tristan.

Mais le pire n'est pas là, l'insupportable suit lorsque les pas de danse se terminent et que Marie-Lou passe aux couplets de chansons. Ce n'est pas le fait qu'elle ne possède pas une belle voix, mais elle n'a pas du tout de voix, en tout cas pour chanter. Tristan déteste les moments chansons. Il est toujours tiraillé entre le ce n'est pas mal et un fou rire extraordinaire tellement qu'il se sent amusé par ce qu'il voit, mais surtout ce qu'il entend.

Marie-Lou publie, toujours par le biais de ses réseaux sociaux, des petites vidéos d'une trentaine de secondes que ses abonnés peuvent voir, et même le grand public, si elle le désire.

Mais l'organisation des vidéos demande quelques préparations :

« Tristan, regarde là, je danse dans le reflet de l'ombre, on me voit danser, mais pas mon visage, c'est trop top hein ? je dois publier, penses-tu ? Attends, non, je ne publie pas, on voit mon tee-shirt dépassé, je recommence. Fanny, peux-tu me prêter une brosse pour mes cheveux ? »

Le tee-shirt remis à sa place et les cheveux coiffés, Marie-Lou repart dans la création de ses vidéos pour vingt bonnes minutes où, Tristan en sueur après leurs efforts dans le jardin, commence à sentir la fraîcheur se rapprocher de lui. Mais après tout, la longue pause n'est pas négligeable et cela tombe plutôt bien pour Tristan dans ses temps de récupération. Difficile de tenir le rythme, mais il fait encore bonne figure face à la jeunesse et la fougue de la jeune adolescente.

Les grands-parents de Marie-Lou, les Paillon, habitent dans un hameau voisin de la demeure de Tristan, au 315 Chemin des Buttes à Nîmes. La maison des grands-parents est un ancien corps de ferme réaménagé en habitation, bordé par la droite d'un chemin qui conduit au cimetière par le côté est de la ville et de l'autre côté d'une petite rivière qui crapahute entre les herbes et les cailloux. Après les fortes pluies, la petite rivière devient plus conséquente et, malheureusement, peut disparaître l'été avec le manque de précipitations.

L'intérieur de l'habitation est très rustique, voire un peu vieux. La cuisine est grande, les électroménagers de labels peu connus, et sa surface est d'une cinquantaine de mètres carrés. Des meubles qui tirent sur l'ancien comme la table Henri II qui partage l'espace du salon avec ses 6 chaises hautes. L'insert de la cheminée est décoré sur ses montants de dorures, mais il est fendu dans sa plaque du fond et ne peut plus servir. Les prises électriques sont vieilles, jaunies, et certaines sont encore en porcelaine. Deux des trois interrupteurs du salon, une autre pièce grande et vaste, possèdent encore une vis fusible dans leurs formes. Les sols sont des carreaux de carrelages cassés avec des jointures disparues pour certains. Paul aménage actuellement l'étage, enfin, disons qu'il le rénove.

Paul, le grand-père de Marie-Lou est un retraité de la *SNCF*, 64 ans, sportif et travailleur, c'est lui le principal artisan de la rénovation de l'ancienne ferme. C'est un grand amateur de bricolage, et très fier de son atelier qui se trouve dans une ancienne étable. Il a aménagé des machines de menuiserie comme un tour, une scie à ruban et une raboteuse. Des machines qu'il n'a pas payées cher aux enchères de ventes judiciaires. Cependant, le branchement obligatoire en 380 volts n'a pas été simple et il a dû adapter son installation pour fournir et supporter ce genre de tension.

C'est un homme gentil, doux, courtois, avec le cœur sur la main. Il est toujours prêt à aider ses amis, les gens qui l'entourent, il est très généreux. Le dimanche matin, il adore aller au supermarché du centre-ville pour acheter quelques boissons, le pain et le journal du jour. Il adore la tranquillité, passe beaucoup de temps à bricoler et cela fait son bonheur. Dans son atelier, il fabrique et répare. Il est passionné par la matière du bois et le plaisir de le travailler, l'usiner. Pour lui, l'odeur de sève et de copeaux est ce qui il y a de plus agréable. Il aurait aimé être ébéniste comme les anciens artisans qui possédaient naguère de la magie dans leurs mains.

La grand-mère de Marie-Lou, Françoise, a 67 ans. Une grande femme aux larges épaules, des mains fortes et robustes, l'œil vif et curieux, mais elle est très peu souriante. Certes, elle n'a pas eu une jeunesse facile, puisque dès l'âge de 17 ans elle commence à travailler à l'usine de bonbons *Haribo*, que l'on surnomme à l'époque les grandes cheminées. C'est la vision des deux grandes cheminées de l'usine, fumant et noircissant le ciel de la ville, qui apporte ce surnom. C'est à la demande expresse de ses parents, qui jugent que le niveau scolaire de Françoise n'est pas suffisant pour lui permettre de poursuivre sa scolarité, qu'elle décide de travailler dans cette usine de bonbons. Mais c'est surtout un revenu supplémentaire pour ses parents. D'ailleurs, elle ne voit que rarement l'argent qu'elle gagne de ses journées de travail.

À 19 ans, Françoise rencontre Paul lors d'un bal communal et ils tombent amoureux l'un de l'autre. Paul est un grand danseur, amateur certes, mais qui se défend pas mal sur une piste de danse. Le charme opère tout de suite entre eux et ressemble à un coup de foudre soudain. Malheureusement, il sera très mal accueilli par les parents de Françoise qui ne lui apportent qu'en très peu d'occasions des signes de gentillesse. Il est plutôt là pour réparer ceci, porter cela, déplacer les charges lourdes et contribuer, lui aussi, financièrement à la vie familiale qu'il partage, à ce moment-là, chez les parents de Françoise. Les deux tourtereaux n'ont que 19 et 22 ans à l'époque et Françoise attend le moment d'être autorisée à quitter le domicile parental. Aujourd'hui, ils vivent tous les deux dans cet ancien corps de ferme réaménagé en habitation. L'ancienne maison des parents de Françoise, une maison dans laquelle ils ont toujours habité et qu'ils n'ont jamais quittée. Françoise et Paul, les grands-parents de Marie-Lou, sont mariés depuis plus de 40 ans.

Françoise est maintenant retraitée depuis cinq ans. Après quelques années chez *Haribo,* elle devient vendeuse pendant 35 ans dans un magasin de laine d'une société bien connue. Sa retraite, ajoutée à celle de Paul qui a toujours eu un bon salaire à la *SNCF*, leur permet d'avoir de quoi vivre honorablement et de sortir ou voyager. Françoise a toujours travaillé, tout comme Paul.

Mais de toute façon, les grands-parents de Marie-Lou ne sortent qu'à de rares occasions. Pas de voyages et encore moins de vacances, c'est une vie dans leur maison sans même le désir de découvrir autre chose. Ce n'est pas que Françoise n'aime pas sortir, mais c'est que Paul refuse toujours de quitter sa maison. Il est comme enraciné dedans à ne faire qu'un avec cet ancien corps de ferme au point de ne pas pouvoir s'en éloigner. Paul travaillait beaucoup en déplacement lors de sa longue carrière à la *SNCF*, alors aujourd'hui, il prend le temps de vivre. Pourtant, Françoise aimerait sortir. Le cinéma, des soirées aux restaurants, des bals dansants, elle a envie de rencontrer du monde, de faire des connaissances pour discuter et échanger. C'est d'ailleurs un sujet de discussion parfois qui appelle à la dispute. Paul se borne à trouver des excuses pour rester chez lui et Françoise se désespère de pouvoir profiter de sa retraite en sorties et voyages avec lui.

Marine, 38 ans, est la seule enfant de Paul et Françoise et elle est la maman de la petite Marie-Lou. Enfin, je dis petite, la jeune fille de 15 ans fait une jolie taille de 165 cm pour son âge. Marine est, comme on le dit souvent, une mère célibataire qui élève seule sa fille. Le papa biologique, un Libanais de 37 ans, Bassem Bessayel, un beau garçon brun, les yeux bleus, beau, mais surtout… disparu. Une photo de lui avec Marine, lors d'une promenade avec Françoise et Paul, au début de cette aventure amoureuse, borde encore dans un cadre un peu grand, le buffet du salon de Françoise et Paul.

Le beau brun aux yeux bleus tient à l'époque, un magasin de téléphonie mobile. Arrivé en France depuis une quinzaine d'années du Liban, début 2006 exactement, il est arrivé avec son frère Yssam et sa maman Mariam. La famille avait décidé de fuir le Liban peu avant la guerre meurtrière aux frontières d'Israël.

Marine, la maman de Marie-Lou, possédait à l'époque un téléphone Apple. Ce dernier qui traînait continuellement dans son sac à main avec ses clés, ses rouges à lèvres et tout ce que l'on peut trouver dans un sac à main de femme se retrouve, un beau matin, l'écran cassé. Impossible de lire quoi que ce soit sur l'écran. Ce dernier est illisible et possède une belle fêlure de haut en bas. Dans le coin gauche, un bout d'écran est même manquant. Les boutons, côté gauche, ne fonctionnent même plus.

C'est au magasin de Bassem, lors de ses démarches en vue de faire réparer son téléphone, qu'elle fait sa connaissance. Marine est très attirée par la beauté et le corps du jeune Libanais. Lui, coureur de jupons, ne cherche que les aventures, loin d'être décidé à s'engager dans une relation sérieuse. L'histoire d'amour entre lui et Marine ne dure que quelques mois, quatre en tout et pour tout. Une fin de liaison précipitée lorsque Bassem s'entend dire, de la bouche de Marine, qu'il va être papa. Bien sûr, ce n'était pas dans ses plans de rester engagé à une seule femme, et de plus, endosser la responsabilité d'être père ne lui convenait pas du tout. Mais surtout, Bassem pensait avoir toujours tout fait pour que cela n'arrive pas. Alors pris de panique, il quittera la France pour retourner à Beyrouth et laissera la gestion du magasin de téléphonie à son frère Yssam.

Bassem adorait Paul, le père de Marine. Ils passaient tous deux beaucoup de temps ensemble et Paul était ravi. La gentillesse du jeune homme du Liban le touchait beaucoup. Paul, qui aime beaucoup réaliser des maquettes, avait en la présence du jeune homme un passionné comme lui. Bassem ramenait souvent de grandes maquettes de bateaux en bois, ce qui comblait énormément Paul.

Le jeune Libanais prenait souvent son après-midi pour rendre visite aux parents de Marine. Toujours des fleurs sous le bras pour Françoise et une bonne bouteille de Ksara, un vin très coûteux du Liban, pour Paul.

D'ailleurs, Françoise et Paul ont toujours douté de la possibilité d'une vie à deux entre leur fille Marine et le jeune Bassem. Le caractère de Marine n'est pas facile et l'idée de partage n'est pas vraiment une qualité dominante chez elle. Dans le cœur des parents de Marine, il était parfait pour être leur beau-fils.

Marine n'a jamais eu de nouvelles de lui depuis le jour où il a quitté la France, mais elle a toujours tout assumé et élevé sa petite Marie-Lou avec fierté et beaucoup de tendresse sans jamais évoquer ce père absent dénué de responsabilités. Aujourd'hui, Marie-Lou est adolescente et les rapports entre sa mère et elle deviennent plus difficiles. Marine est une mère qui aime s'imposer et qui n'aime pas être contredite.

Marine travaille comme professeur de dessin auprès des enfants. Elle reçoit dans un petit atelier créé chez ses parents. Longeant l'atelier de bricolage de son papa dans la longère de l'ancien corps de ferme, elle a travaillé sur un aménagement d'une petite salle de classe. Paul, son père, a beaucoup aidé Marine pour la création de cette salle de classe improvisée, mais accueillante. Les couleurs sont vives, mais s'accordent ensemble, des reproductions de dessins et des peintures de Marine sont accrochées aux murs, la lumière est claire et puissante. Un espace réservé à l'exposition des créations des dessins des enfants est même accessible. C'est un endroit où l'on se sent bien.

Marine a étudié aux Beaux-Arts dans les cours publics pour apprendre la maîtrise des techniques de dessin et perfectionner sa connaissance de l'art ancien et contemporain. Pendant 2 ans, elle va consacrer une trentaine d'heures par mois aux cours, afin de bien connaître son sujet. Marine a, d'ailleurs, fait quelques dessins et aquarelles qu'elle a exposés dans une galerie d'art d'Alès pendant quelques semaines, mais le succès espéré ne fut pas au rendez-vous.

Aujourd'hui, elle est épanouie. Apprendre aux enfants est pour elle une motivation grandissante et une réussite personnelle. Bien sûr, Marie-Lou et elle vivent des revenus qu'apporte chaque enfant inscrit dans les cours de dessin. Parfois, certaines semaines organisées pour les cours sont peu fréquentées. C'est toujours un manque à gagner pour Marine, mais la qualité de l'enseignement reste toujours très grande. Et puis, il y a des semaines où Marine refuse des enfants, car les cours sont pleins. Une fréquentation aléatoire, mais qui dans le résultat final s'équilibre sur le nombre de semaines.

Pour pouvoir donner ses cours, Marine a créé une microentreprise. Elle fait partie d'une association sur les thèmes de l'art et de la culture qui lui permet d'avoir des contacts et de participer à des forums avec des parents d'élèves afin de faire connaître son art. L'association *Art-cult-Provence* dont elle fait partie s'occupe aussi de la publicité pour les microentreprises qui sont adhérentes.

Cette activité prend beaucoup de temps à Marine qui ne ménage pas ses efforts. Elle prend beaucoup de plaisir à transmettre son savoir-faire et à voir progresser les enfants de ses cours. Ce qui ne lui laisse pas beaucoup de temps pour gérer les activités de sa fille Marie-Lou qu'elle dépose souvent chez ses parents quand elle est prise par son activité professionnelle.

C'est Françoise et Paul, les parents de Marine, qui s'occupent de déposer Marie-Lou à ses cours de guitare. Elle a le plaisir de les prendre avec le professeur de guitare Juan Perreiro, Franco-Colombien né en 1987. Il a commencé sa carrière musicale au conservatoire de Paris, où il s'est formé pour devenir professeur de guitare. Aujourd'hui, il joue de la guitare depuis plus de 20 ans. Son style de musique préféré est le blues, même si souvent il joue du métal, du rock et même du jazz. Talentueux, ses cours sont très demandés et il bénéficie d'une très bonne réputation. Marie-Lou, elle, apprend la guitare sèche, elle a essayé la guitare électrique, mais ne trouve pas vraiment le son qui lui convient. Sur sa guitare offerte par Fanny et Tristan, Yamaha classique d'étude en épicéa, elle se débrouille pas mal malgré une faiblesse sur le solfège.

Marie-Lou adore aussi le patin à glace. Elle se rend souvent à la patinoire avec ses amies de classe et un parent de l'une d'elles pour les accompagner. Les filles y passent l'après-midi à s'amuser et à se dépenser sur la glace.

La plupart du temps, c'est la maman de la petite Claire qui accompagne le groupe de filles. Claire est la meilleure amie de Marie-Lou, elles se disent tout et partagent tous leurs secrets. La maman de Claire s'installe dans les gradins de la patinoire et prend du temps pour lire, sans relâcher la vigilance dans la surveillance des jeunes filles. Il arrive aussi que Fanny et Tristan accompagnent le groupe des filles. Dans ce cas, eux aussi participent au jeu de la glisse, mais le niveau du couple en matière de patinage est assez novice, bien que Fanny soit tout de même plus à l'aise sur la glace que Tristan, la grâceféminine sans doute.

Tristan est employé dans une société de logistique basée à Paris et étendue dans plusieurs régions de France comme La Provence, le Gard, la région lyonnaise, Paris et Marseille. Il gère le fret des imports de matériaux en container venus d'Asie et d'Amérique du Sud. Il suit l'acheminement dans les dépôts par le biais du transport routier.

C'est un poste que Tristan occupe depuis vingt ans et dans lequel il progresse relativement bien. En poste de maîtrise, il travaille quarante heures avec des journées de huit heures par jour, cinq jours par semaine. En retour, il a le droit à vingt-trois jours de *RTT* par an.

Vingt-trois jours de pur bonheur à l'arrivée du printemps, période où Tristan concentre ses demandes de *RTT* afin de pouvoir préparer son jardin à la belle saison et profiter des après-midi ensoleillés à se relaxer. Tristan est manuel, adore les fleurs et son jardin. Il passe beaucoup de temps à l'entretenir. Il y taille les rosiers, coupe les haies qui entourent le jardin, plante les bulbes pour l'été. Il nettoie la terrasse et tond la pelouse quand cette dernière est assez haute. Il adore ensuite se poser sur le gazon et écouter de longues minutes les oiseaux chanter. Bien plus jeune, Tristan aimait écrire des poèmes, son âme romantique et bucolique a toujours beaucoup influencé ses écrits. Il aurait aimé publier un recueil de poèmes, mais ne se sentait pas, dans sa jeunesse, le talent pour le faire. Il lui arrivait d'écrire cinq à six poèmes par jour lorsque l'inspiration s'emparait de lui. Mais bien souvent, en se relisant, il les trouvait tellement personnels qu'il a toujours préféré les garder pour lui. En voici deux que j'apprécie beaucoup, en lecture pour vous, cet avant-goût de son écriture.

Peindre la mer

J'ai ouvert grand les voiles, je navigue sans regret,
Aux mers sombres des toiles, de peintres stupéfaits
D'une gouache grivoise, se noie le chevalet.

Et de vagues à mer (amer), aux tempêtes cubistes
Oui, je n'ai pas de pairs, dit moi, l'impressionniste,
Ma femme reste la mer, et des Bermudes j'oublie.

De mes poches sans *MONET*, je suis riche des abîmes,
Je dessine le reflet, d'elle battant la rime,
Navigue loin des méfaits, des tempêtes qui éliment.

Et puis celui-ci :
Le prisonnier

Encore une salle sans fleurs, aux épines bien obscures
Où est donc, le bonheur, est-il derrière ce mur ?
D'une rose qui se meurt, posée sur la clôture.

10 ans sans un jardin, et pour toi, beaucoup plus,
Oublierais-je le jasmin, les prairies d'hibiscus,
À l'anglaise, un chemin, une coursive, rien de plus.

10 ans n'ont pas tenu, et je pars sous les fleurs,
Devient, l'homme pendu, qui fleurissent aux lueurs,
Pardonne-moi, je n'ai eu, dans mes yeux que des pleurs.

Ses poèmes sont parfois troublants, doux, tristes ou remplis de joie. Ils évoquent l'humeur du moment, la complicité d'un instant, d'une émotion. Il aime la mer, la liberté, la nature et adore en parler.

Tristan écrit toujours des poèmes. Sur les réseaux sociaux, je croise encore des publications de vers empreints d'amour et de liberté, de douceur et du verbe aimer. L'inspiration d'un homme romantique qui apprécie les choses simples de la vie et de son jardin.

Justement, son jardin est simple, mais si agréable. De la pelouse sur 1200 m², des massifs de rosiers, des bordures des fleurs le long des murs. Des arbres fruitiers tels qu'abricotiers et pommiers. Toujours et encore les oiseaux qu'on entend et que l'on peut voir se poser. Des mésanges à tête bleue, des mésanges charbonnières, des merles, des pigeons et des rouges-gorges le long des terres retournées. Le soir, à la pénombre, les chauves-souris prennent leur envol et partent du pignon de la maison de Fanny et Tristan pour commencer leur ballet de chasse aux insectes.

Puis la nuit vient et laisse les cris des oiseaux à ceux des rapaces. Un encerclement général de chouettes. On peut distinguer des chouettes hulottes et chevêches d'Athéna. Parfois, Tristan, lors de ses observations nocturnes, croise furtivement une chouette toute vêtue d'un manteau blanc. Oh, l'instant ne dure que quelques secondes et celle-ci ne reste pas longtemps là où elle se trouve. Mais un rapace d'une beauté inégalée.

Parfois perchés en haut des poteaux électriques, ou en appuient sur les clôtures, les cris de la nuit rappellent continuellement leur présence.

Dans cet espace que Tristan a créé pour y rêver et s'y perdre dans ses pensées, les samedis se suivent et se ressemblent. Surtout les samedis après-midi avec les venues de Marie-Lou.

Parfois seule, la jeune fille vient aussi avec sa meilleure amie Claire et sa petite sœur, Anaïs. Claire a seize ans, un an de plus que Marie-Lou. La petite sœur de Claire, Anaïs, elle, a dix ans.

Ce dernier samedi de février, le temps est doux avec 14 degrés. Marie-Lou est seule, énervée et survoltée. Tristan sait qu'il va avoir le droit au retour des coups de la jeune fille, aux poursuites interminables et aux cris qui percent ses oreilles. Mais il s'en amuse après tout le temps passé avec elle, est toujours agréable même s'il doit finir sur les genoux bien trop souvent, par la fatigue et l'épuisement qui le gagnent. Parfois après deux combats, entre une victoire de Tristan et une ruse de Marie-Lou, cette dernière le regarde dans un moment qui est difficile à expliquer et elle s'adresse à lui.

« Quand on se bat, quand on fait la bataille, c'est vraiment là où je sais que je t'adore, dit-elle avant de rajouter : tu sais que j'ai ton image dans ma tête. Quand je veux que tu sois avec moi, il me suffit de penser à toi. »

Tristan ne porte pas trop attention à la signification des petites phrases de la jeune fille. Il les décrit dans sa tête comme une belle amitié et sa façon à elle de lui dire qu'elle l'apprécie. Il les prend avec douceur et réconfort.

Dans son cœur, il est plaisant de se sentir aimé par Marie-Lou, car il ne manque pas d'affection pour elle et il adore la complicité qu'ils partagent tous les deux.

De samedi en samedi, les rencontres passent, et les attitudes évoluent dans une certaine tendresse. Marie-Lou, lors de leurs jeux dans le jardin, à d'ordinaire, l'habitude de se relever seule dans les chutes et les glissades qui concluent souvent une attaque d'un des deux combattants. Chutes accentuées par l'eau jetée et par les passages répétés sur ces zones délicates. Et puis, dans les derniers temps, quand Marie-Lou se retrouve au sol, elle demande à Tristan de la relever. Tristan tend ses mains vers les mains de Marie-Lou dans un contact qui ne semble plus être le même. Leurs mains restent l'une dans l'autre plus longtemps, le toucher est moins fort et plus doux. L'échange se prolonge plus longtemps pendant que les regards se croisent et ne se lâchent plus. Et plus le jeu se poursuit, plus Marie-Lou semble tomber au sol et appelle désespérément Tristan pour venir à son aide. Le rituel est bien huilé et leurs mains se croisent et se tiennent, leurs regards se perdent et se retrouvent.

Il y a quand même quelque chose de changé dans les attitudes, du moins du côté de la jeune fille qui semble vouloir plus de complicité. Peut-être cherche-t-elle à exprimer son amitié pour Tristan. Les attitudes sauvages, frileuses, les réactions de peur ont disparu pour laisser place à quelque chose d'autre dont il est difficile de définir sa nature exacte.

Dans les jeux de poursuite, lorsqu'ils courent l'un et l'autre, il arrive que Tristan, sur une bonne pointe de vitesse, rattrape Marie-Lou dans le jardin. L'étonnement est grand de sa part quand il rejoint la jeune fille après un effort effréné, que cette dernière laisse aller son bras autour de la taille de Tristan. Parfois, ses doigts viennent même serrer le dessus de sa hanche.

Tout au début, Tristan n'y porte, une nouvelle fois, aucune attention. Ils jouent, chahutent, s'arrosent et quelque part s'amusent énormément. Tristan ne se pose à aucun moment de questions, il partage simplement un moment de sa vie avec elle chaque samedi.

À la fin de certains de ces après-midi, quand Marie-Lou repart, Tristan est un peu attristé. Il attend le prochain samedi pour reprendre le combat que sa combattante préférée revienne le défier afin de prendre sa revanche. Quand cette dernière n'est pas au rendez-vous. Retenue par sa grand-mère qui veut la voir rester dans l'ancien corps de ferme ou lorsque Marine, sa maman, se dégage un après-midi pour le passer avec elle, Tristan attend. Il est impatient, mais comme il ne voit pas venir Marie-Lou, alors il se noie dans ses pensées.

Un samedi après-midi, Marie-Lou arrive vers 14 h 40. Tristan regarde la télé, une émission animalière sur la télévision. On y voit des flamants roses se tenir debout, une patte en l'air, l'autre dans l'eau. Le plan du documentaire s'arrête sur deux flamants roses, l'un face à l'autre, dans une position d'équilibre qui ne semble poser aucun problème pour les deux oiseaux.

« Oh ! qu'est-ce qu'ils font les gros oiseaux ? »

Tristan se met à sourire et laisse même aller un petit rire d'amusement.

« Ce sont des flamants roses les gros oiseaux comme tu dis, ils sont là tranquilles, ils se reposent, tu vois bien. »

« Waouh, tu crois qu'on peut faire comme eux. Dis, Tristan, viens, on va faire les flamants roses, vite, vient, vient. »

« Venir pour faire quoi ? Tu veux quoi ? Qu'aimerais-tu, que je fasse et quoi exactement ? »

« On va dans le jardin, et on se tient comme eux sur une jambe l'un et l'autre, comme eux, faire ce qu'ils font dans la télévision, vient, on va s'marrer ! »

« Tu as toujours de drôles d'idées, Marie-Lou. Pff… bon d'accord je viens. »

Tristan se lève, lui qui est bien installé tranquillement à digérer les bonnes lasagnes de Fanny du midi. L'épouse de Tristan adore cuisiner, de plus elle est très douée et les plats compliqués ne lui font pas peur. C'est un point commun qu'elle partage avec la petite Marie-Lou.

Tristan rejoint la jeune fille dans le jardin côté sud ou le soleil brille toujours énormément. Tous deux sont face à face et ils se regardent. Marie-Lou crie à Tristan :

« Fais comme moi, lève ta jambe droite, les bras le long du corps et on ne bouge plus, comme les flamants roses. »

Tristan entame 3 essais. Le premier, il relève la jambe gauche, essaie de se stabiliser, mais un manque d'équilibre l'oblige à reposer sa jambe.

Pour le deuxième essai, sa jambe gauche toujours relevée, Tristan se situe dans un équilibre précaire. La jambe gauche reste en l'air, mais la chute ne se fait pas attendre dans un éclat de rire de Marie-Lou.

Pour le 3e essai, c'est la jambe droite que Tristan relève. Il écarte les bras dans un premier temps pour trouver une certaine stabilité, puis les ramène contre son corps afin de trouver la position idéale qui ressemble le mieux aux gros oiseaux comme dit Marie-Lou.

Elle est déjà en équilibre, son faible poids, comparé aux 80 kilos de Tristan, lui permet de bien se tenir et même de se moquer du temps que met Tristan pour y arriver.

« Super Tristan, voilà, nous sommes deux flamants roses », elle se met à rire.

« On sera toujours deux flamants roses Tristan, veux-tu ? »

« Si cela te fait plaisir, Marie-Lou, moi je veux bien, mais il faut arriver à tenir comme ça. »

« Mais c'est facile, allez, regarde-moi », dit-elle.

Il se passe un moment, un instant qui paraît si long, que les regards des deux ne se quittent plus.

Et puis, une trentaine, de secondes plus tard c'est Marie-Lou qui voit son équilibre fuir sous elle, entraînée dans une glissade et une chute prévisible. Elle accroche ses mains aux bras de Tristan, se retrouve au niveau de ses épaules, regarde les yeux une nouvelle fois de Tristan avant de lui dire :

« Les deux flamants roses, c'est nous… »

« Oui… C'est nous Marie-Lou. »

Mais que peut bien se dire Tristan, à 40 ans, de tout cela. Et surtout qu'en pense-t-il ?

Oui, j'avoue, entre eux, on peut deviner la naissance d'une certaine tendresse et une complicité bien plus forte qu'au début de leurs jeux.

Pourtant, Marie-Lou reste frileuse et distante avec Tristan hors et loin de ces jeux qui les rapprochent le temps de quelques heures.

Tristan lui envoie parfois un SMS emoji ou une vidéo amusante sur son portable, mais elle ne répond que rarement.

Alors pourquoi cette attitude si différente quand elle est avec lui ? Il a parfois tellement de mal à comprendre Fanny, son épouse, alors, pensez-vous, comprendre une adolescente, c'est peine perdue. Mais il y a quand même des interrogations qui restent sans réponses.

Lorsque Marie-Lou se rend chez les Mercier, ses rencontres avec Fanny se réduisent de visite en visite pour passer le plus de temps possible avec Tristan.

Claire, la meilleure amie de Marie-Lou, qui vient de temps à autre avec la fille de Marine chez les Mercier, dit toujours :

« On dirait deux gamins » quand Marie-Lou et Tristan jouent ensemble.

« Deux enfants qui n'ont pas grandi et qui sont toujours dans la cour de la maternelle », rajoute-t-elle.

C'est vrai qu'ils sont toujours l'un après l'autre, enfin c'est Marie-Lou qui vient toujours provoquer Tristan, le bousculer, le regarder dans les yeux. Tout est dans leurs regards, tout. Et puis il y a des mots, des phrases, toujours et encore quand elle part de chez Fanny et Tristan, au dernier moment quand elle est seule face à Tristan.

« Je t'adore, tu sais. »

Et le sentiment augmente avec les semaines qui passent à :

« Je t'adore si fort… »

Tristan est touché. Car les mots de Marie-Lou ont tendance à beaucoup le troubler. Il se sent touché par l'affection de la jeune fille, mais son questionnement reste sans réponse. Si troublé, qu'un samedi, après le départ de la jeune fille, Tristan parle à Fanny des petites phrases que lui dit Marie-Lou avant de partir. « Ne t'inquiète pas, Tristan. Marie-Lou a une réaction d'amitié. C'est pour te dire qu'elle t'apprécie, tout simplement », dit Fanny tout en partant dans un éclat de rire et poursuit sa phrase : « Tu ne t'imagines quand même pas qu'elle est amoureuse de toi. »

« Eh bien, je me pose des questions. »

Fanny pouffe encore de rire et conclut l'échange d'idées sur les petites phrases de Marie-Lou. « Non, mais tu vas bien, elle a 15 ans, tu ne crois tout de même pas qu'une fille de son âge puisse tomber amoureuse de toi. Tu es beau mon Tristan, mais vous n'avez pas le même âge et tu n'as plus son âge non plus. »

« Tu as peut-être raison, je me fais sûrement des idées… Désolé de t'avoir embêté avec ça. »

Pourtant, Tristan ne semble pas convaincu. Tout d'abord, il y a les regards. Vous savez, ce regard que vous croisez, qui vous trouble, vous donne cette impression de confiance et de force, un silence pour des mots qui ne s'écrivent pas. Ceux-là mêmes qui vous provoquent cette chaleur dans le cœur, qui vous font trembler à l'intérieur. Ils vous laissent cette image dans vos pensées à sourire bêtement, mais heureux comme vous ne l'avez jamais été.

Ensuite, les gestes de la jeune fille. Plus précis, plus délicats, plus complices. Tristan n'avait jamais remarqué la douceur des mains de Marie-Lou, mais ces derniers temps la fille de Marine trouve toujours un prétexte à les glisser dans celles de Tristan.

Et puis il y a ces moments de contes de Noël.

Nous connaissons tous, dès le mois d'octobre, tous ses films de Noël qui passent et repassent à la télévision et qui décrivent des histoires d'amour romantiques. On pleure puis on sourit à se réjouir du bonheur d'un moment magique où se retrouvent les deux héros de ce conte de Noël.

Ce moment qui les conduits à être l'un près de l'autre, et puis, vient l'attente de ce baiser de la magie de Noël, dans un instant si long que nous nous entendons dire : Embrasse-le ou embrasse là. Selon que nous sommes un homme ou une femme.

Eh bien, ces moments existent entre Marie-Lou et Tristan et que cela soit au sol, après une course dans le jardin ou lorsqu'ils se reposent l'un à côté de l'autre. Il y a toujours un instant ou si la situation n'était pas si grave, si impossible, si effrayante que dans un autre monde, dans un autre ordre d'idée, on pourrait s'attendre à les voir s'embrasser. Et puis revient la raison, l'intelligence d'un moment qui ne peut pas exister, qui ne doit pas se produire, et qui serait une grave erreur. Chacun repart pour un moment, s'éloignant à un autre endroit, dans le doute d'eux-mêmes. Sans perdre de vue l'ombre de l'autre, un peu comme un aveu.

L'amour reste un sentiment qui ne se construit pas, qui ne s'évite pas, qui s'invite simplement sans que l'on puisse le deviner. Puis il grandit sans même y prêter attention avant de venir vous mettre dans un état de joie avant que surgisse le doute.

L'amour n'est pas une attirance physique, ne se construit pas de désirs ni d'envies, c'est un soleil qui vient briller en nous, pour nous réchauffer ou se brûler en dessous.

Il fait perdre la tête à tant d'hommes, tant de femmes. Il fait gagner et perdre des guerres, il rendu fou de joie et détruit tant d'âmes. Il est une arme d'avenir, un arrêt brutal, un sentiment qui ne se contrôle pas. Peut-être que j'extrapole, que je me noie dans des explications qui n'ont pas lieu d'être et qui font sourire ou révoltent. Après tout, Marie-Lou exprime peut-être simplement son amitié à Tristan. D'ailleurs, le téléphone de Tristan est toujours silencieux pour ce qui est de possibles messages de Marie-Lou. Si elle a dans son cœur un sentiment d'aimer, pourquoi reste-t-elle silencieuse ? Un silence de prudence peut-être aussi.

Certes, l'amitié et l'amour sont proches, parfois difficiles à différencier. Seul un baiser peut les identifier. Et encore je n'en suis pas si sûr. Ce qui est dans mes certitudes, c'est que le sentiment entre Marie-Lou et Tristan est très fort, qu'il y a de la sincérité de leur part et qu'aucun des deux ne fait semblant. Aimer est un grand mot, car il emporte avec lui beaucoup de choses, l'amour et l'amitié. Il laisse aux autres des sous-entendus que certains attribuent à défaut à des situations qu'ils ne comprennent pas.

Tristan cède souvent aux caprices de Marie-Lou, tout comme d'ailleurs Fanny. Le dernier en date, de grands bâtons de combat en mousse comme ceux souvent utilisés dans les jeux de téléréalité. Marie-Lou veut recréer les combats médiévaux et les défis afin de se battre avec dans le jardin. Tristan étudie la commande qu'il doit, sans tarder, passer chez *Amazon*.

Il faut dire qu'elle sait être convaincante quand elle désire quelque chose la jeune Marie-Lou. Son regard doux, ses yeux brillants, son sourire quand elle dit : « Allez, s'il te plaît, s'il te plaît. »

Elle sait passer du regard de chien battu à celui du chien agonisant, un spectacle de rôle qui mérite bien de céder de temps à autre, tant le mal qu'elle se donne pour être convaincante est grand.

Fanny et Tristan ne roulent pas sur l'or, mais possèdent une situation financière stable. Fanny, statisticienne dans un institut de sondage et Tristan, lui, dans son entreprise de fret. L'un comme l'autre n'ont pas de salaires mirobolants, mais un peu plus que les minimas. Cela leur permet de pouvoir se faire des plaisirs, des sorties et s'offrir des vacances en Bourgogne où ils aiment aller et pouvoir, dans le même temps, rendre visite à Pauline, la sœur de Fanny.

Fanny et Tristan n'ont pas d'enfants de leur union. Mais Fanny et Tristan ont chacun un enfant d'un premier mariage. Fanny a un grand garçon maintenant de 19 ans. Il est engagé dans un métier militaire au sein de la marine et il est posté à Toulon. Quant à Tristan, il a une grande fille de 20 ans, infirmière qu'il ne voit pas beaucoup, cette dernière étant dans l'humanitaire en Afrique et en Asie. Fanny et Tristan sont tous deux divorcés d'un premier Mariage.

Il faut dire qu'ils s'entendent merveilleusement bien. Ces dix ans de vie commune ne leur apportent que du bonheur. Chaque jour qui passe semble renforcer leur amour et le rendre plus fort, plus beau.

Ils se sont rencontrés un matin d'octobre. Fanny, sur le bord de la route, le pneu avant droit crevé, qui se demande comment changer la roue. Et puis, le sauveur, Tristan qui arrive et dépanne Fanny.

L'histoire ne dit pas que Tristan a eu beaucoup de mal à changer la roue de Fanny, car les boulons de roues ne voulaient pas se desserrer. Fanny a beaucoup ri, Tristan aussi, et ce fut le premier contact avant un repas le soir dans un restaurant de Nîmes, El capitano.

Marie-Lou est passionnée à faire la cuisine. Elle passe le temps du mercredi et du samedi après-midi, quand il n'est pas consacré à s'amuser chez les Mercier, à cuisiner chez Paul et Françoise. Elle fait des recettes bien gastronomiques pour ses grands-parents qui peuvent les déguster le soir venu ou le lendemain. Elle y met tout son cœur et toute sa passion. Son rêve est de devenir cuisinier et elle est très motivée pour cela. Malheureusement, il semble que Marine, sa maman ne soit pas de cet avis.

Permettez-moi de laisser mon avis de journaliste à ce sujet. Je n'ai jamais compris pourquoi les parents choisissent pour leurs enfants le métier qui leur est destiné. Je ne généralise pas, bien sûr, mais dans la majorité des cas cela se passe comme ça. Beaucoup d'enfants ont des affinités avec certains métiers, pourquoi ne pas leur donner la chance d'ouvrir la voie vers ce choix ? Je comprends bien que tout parent à la volonté que son enfant puisse aller au plus loin de ses études, avec au minimum un baccalauréat en poche. Mais les filières professionnelles restent des enseignements très compétents et qui ne sont pas destinés, à tort, comme beaucoup le pensent, aux élèves qui éprouvent des difficultés. Ensuite, tout le monde ne peut pas être Notaire, avocat ou médecin spécialisé en diverses aptitudes.

Mais surtout la petite Marie-Lou ne manque pas de talent. Que ce soient des plats difficiles à réaliser, des recettes régionales, la fille de Marine est vraiment très douée. Elle prend un livre de recettes, tourne quelques pages et s'arrête sur la recette choisie, et démarre le travail de préparation.

Paul et Françoise se chargent de lui acheter les produits pour réaliser le plat. Mais bien souvent c'est Françoise qui descend au supermarché *Carrefour* de la zone commerciale pour aller chercher des poivrons, du citron vert, des oignons rouges ou des courgettes et tomates pour Marie-Lou.

Le savoir-faire d'une vraie cuisinière se fait sentir dans sa cuisine et dans ses préparations. Elle sait manier les légumes et leurs assortiments aussi bien que le maniement des condiments, des piments et assaisonnements.

Mais comme dans tous les travaux qui nécessitent l'utilisation de beaucoup d'instruments de cuisine ou d'outils, il reste en fin de réalisation le nettoyage des instruments et du plan de travail.

Il n'est pas rare de voir, alors à ce moment venu, Marie-Lou quitter les lieux et laisser le ménage et le lavage des outils de cuisine à Françoise. Alors le grand-père de la jeune fille, Paul, lui dit qu'elle ne doit pas laisser sa grand-mère nettoyer toute seule et qu'elle doit aider. À cela, Marie-Lou répond continuellement à son grand-père, qu'il doit acheter un lave-vaisselle à Françoise pour la soulager. Marie-Lou a toujours à réponse à tout, ce qui agace souvent Paul lorsqu'il essaie de lui faire comprendre quelque chose.

Mais en dehors de sa phobie du nettoyage, elle est étonnante de facilité dans la réalisation des plats et des recettes. Certains sont nés avec un don dans les domaines qui sont devenus leur fer de lance. Par exemple, connaissez-vous ce peintre paysagiste contemporain, David Dunlop ? Époustouflant, capable de vous faire un paysage à la manière des peintres de *l'Hudson* avec un simple morceau de chiffon de longues lignes de peinture sur une toile et un pinceau tout simple. Il y a aussi les musiciens tels que Beethoven ou Mozart devenus, à travers les temps, des personnages incontournables dans la musique dite classique.

Je pense sincèrement que nous pouvons tous apprendre dans différents domaines. Apprendre oui, mais, ce qui fait la différence, ce qui fait le talent, c'est le don que nous avons pour la chose à laquelle nous sommes faits.

Marie-Lou a du mal à vivre le fait que sa maman ne veuille pas la laisser suivre un parcours en cuisine, décision qui blesse énormément la jeune fille et la rend parfois très triste.

Marine rêve, on peut la comprendre, comme toute maman, à un beau métier pour Marie-Lou. Bien que la cuisine soit un métier des plus nobles, on s'en rend compte au nombre de chaînes de télévision à thèmes culinaires, elle a peut-être peur de répéter les erreurs qu'elle-même a faites étant une jeune adolescente. N'empêche que, c'est tout un avenir professionnel qui se dessine dans les choix et les décisions prises.

Souvent, la fille de Marine vient discuter avec Fanny. Dans la voix de la jeune fille, une peine de ne pouvoir, un jour, faire ce métier de cuisinière. Bien sûr, elle ne désespère pas d'arriver à convaincre sa mère, mais c'est pour la jeune fille une chose difficile à porter. Elle essaye de trouver raison et réconfort auprès de l'épouse de Tristan, mais c'est difficile de se plier au choix de sa mère qui s'y oppose. Fanny réconforte Marie-Lou du mieux qu'elle peut.

« Rien n'est perdu Marie-Lou, fait tes études, suis bien tes cours et travaille à la bonne réalisation de tes devoirs pour montrer à ta mère que tu es une bonne élève. Même si tu étudies jusqu'au baccalauréat tu auras toujours la possibilité de t'orienter ensuite vers un *BAC pro* pour la cuisine tu sais voir un *BTS*. J'ai la certitude que ta mère te laissera choisir ce chemin professionnel si tu arrives dans un premier temps à avoir ton baccalauréat. C'est ce que désire pour toi le plus ta maman. L'orientation pour la formation initiale tu peux la faire après la 3e, la seconde et après le fameux baccalauréat. Tu peux alors, en faisant plaisir à ta maman, t'orienter vers un *BTS* et tu serais vraiment sur la bonne voie pour réussir ton désir professionnel. Mais comme je te disais juste avant, tu dois travailler, beaucoup travailler parfois, mais cela va de pair avec tes ambitions. Un *CAP* de cuisine te permet de travailler en cuisine, mais tu ne seras jamais dans des conditions où tu pourras faire ce que tu souhaites. Pour cela, crois-moi, va jusqu'au baccalauréat et oriente-toi vers un *BTS*. »

Les grands-parents de Marie-Lou n'ont guère le pouvoir de décider pour la jeune fille et encore moins de convaincre Marine, leur fille, la maman de Marie-Lou. Pour le moment, Paul profite et ne se plaint jamais des recettes de sa petite fille, bien au contraire. Il se réjouit toujours de pouvoir déguster de très bons plats, car il est de nature gourmande et son embonpoint, malgré le sport qu'il pratique régulièrement, ne dira pas le contraire. Mais Françoise veille au grain comme on dit. Il est au régime sur la décision de sa femme Françoise et sous surveillance calorifique. Mais il peut profiter des bons petits plats sans que Françoise ose lui dire non en présence de Marie-Lou de peur de blesser la fille de Marine qui se donne tant de mal pour les réaliser.

Françoise, protectrice avec Paul, son mari, l'est aussi avec Marie-Lou. Elle a tellement peur des réactions, parfois exagérées de sa fille Marine, qu'elle veut toujours que tout se passe bien lors des gardes de Marie-Lou.

Les colères de Marine, les remarques d'un mauvais jour peuvent être très dures et blessantes. Elle peut être très désagréable envers ses parents à toujours imaginer le pire et parfois se perd même dans des reproches injustifiés envers ses parents. C'est la nature de Marine d'être aussi lunatique et parfois méchante et blessante. Mais on peut sentir qu'il n'y a pas vraiment d'amour pour sa mère et son père qu'elle considère plus comme une garderie que pour un partage de sentiments familiaux.

Mais il faut dire que Marie-Lou n'est pas non plus une élève assidue, mais plutôt une jeune fille qui se laisse porter par le moment présent, sans penser vraiment à demain. Elle n'étudie que peu, et pourtant ses possibilités sont grandes, mais elle semble démotivée. Ce n'est pas son manque de présence en classe, rarement malade et toujours à l'heure pour le début des cours. Assez agitée sur sa chaise du fond de classe, souvent réprimandée pour une voix portante qui se fait trop entendre et une mauvaise habitude à se relever de sa chaise continuellement.

Sans forcer, sans même prendre le temps parfois de faire correctement les prépas aux interrogations, elle obtient une moyenne générale de 12.

La meilleure amie de Marie-Lou s'appelle, Claire. Une enfant que l'on peut nommer de modèle. Toujours élégante, d'un grand respect et d'une grande politesse, au contraire de Marie-Lou qui a souvent le gros mot à la bouche. De plus, autant Claire est une jeune fille bien habillée et soignée, autant la fille de Marine ne sait pas prendre soin de ses affaires matérielles ni de ses vêtements. La guerre avec sa mère se situe entre les devoirs bâclés ou non faits et une chambre dans un foutoir indescriptible.

Claire a une moyenne générale de 18 à l'école, un bon niveau d'anglais et de mathématique. Elle est aussi très forte en français, ce qui se ressent dans son parler, employant toujours des temps appropriés et des mots convenables. Une jeune fille bosseuse qui veut devenir chercheur scientifique. Une jeune adolescente qui aime faire les boutiques avec ses parents à la recherche de vêtements ou d'un nouveau sac, voire d'un bijou fantaisie.

Quand elle est avec Marie-Lou, Claire s'offusque souvent des mots utilisés par sa meilleure amie et de sa façon parfois d'être dure envers Tristan. Il faut dire que Marie-Lou ne ménage pas Tristan, mais ce dernier ne porte plus attention à cela, il s'est habitué à ce traitement sans pitié, mais quelque part touchant, de Marie-Lou.

Claire est aussi la complice de Marie-Lou pour les duos des médias sociaux. Il faut dire qu'elle connaît le mouvement et danse vraiment très bien.

Elles peuvent passer un après-midi entier à faire une vidéo de 2 minutes de danse, avec une chorégraphie qui colle à la musique choisie parmi des dizaines de titres possibles.

D'ailleurs, leurs vidéos sont regardées et likées à de très nombreuses occasions. On sera tous d'accord, la façon de danser de

Marie-Lou n'est pas encore complètement aboutie. Elle manque de souplesse et ses mouvements deviennent vite saccadés, mais l'attention qu'elle met à réaliser la chorégraphie au mieux rattrape cette petite difficulté d'exécution.

Il arrive que Claire et Marie-Lou se retrouvent chez Fanny et Tristan et transforment l'après-midi tranquille et calme en une débauche de décibels et la jolie terrasse de bois en scène de tournage du dernier remake de *fame*.

Tristan est un homme qui s'intéresse à tout, passionné par la lecture et la photographie, portraitiste amateur qui inscrit les instants saisis en noir et blanc. Il aime découvrir les gens et apporte toujours une très grande écoute.

Il est d'ailleurs difficile d'imaginer les venues de Marie-Lou chez Fanny et Tristan, ce dernier n'étant pas très ami avec Marine, la maman de la jeune fille.

En effet, il y a quelques années, Tristan s'est pris la tête avec la prétentieuse fille de Françoise et Paul. La maison des parents de Marine est en contrebas de celle des Mercier, mais comme elle a peu de place pour se stationner là-bas, elle avait pris l'habitude de se garer devant chez Fanny et Tristan. Puis, stationnée là, elle part rejoindre la maison de ses parents par un petit chemin de terre qui traverse tout le côté ouest des habitations. Cette dernière avait aussi la désagréable habitude de juger et critiquer tout le monde et tout se savait par l'intermédiaire de la bouche de Françoise. Sa façon de se conduire lors des visites chez ses parents à stationner son véhicule devant le petit portail bleu de la maison de Fanny et Tristan devenait très agaçante. Mais de plus sa façon de klaxonner longuement quand elle repartait de ses parents était insupportable.

Tristan fit la remarque à Paul, le père de Marine, lui demandant de parler à sa fille pour qu'elle stationne ailleurs que devant son portail et qu'elle arrête de klaxonner.

Mais deux jours plus tard, c'est le même scénario qui se répète. Le véhicule de Marine se retrouve encore garé devant le portail. Dans un élan de colère, Tristan prend le volant de sa voiture et bloque les options de sorties du véhicule de Marine et laisse ainsi son véhicule tel que, avant de rentrer chez lui.

Dans la soirée, il entend l'hystérie de Marine qui hurle dehors, Tristan en profite pour aller la voir et lui dire sa façon de penser droit dans les yeux. Tristan n'est pas du genre à s'énerver facilement, mais là il n'en peut plus. Les noms d'oiseaux fleurissent les abords et Tristan se décide après de longues minutes à laisser partir Marine en voiture en claquant sur le toit de la voiture de cette dernière, sa main d'un coup fort et ferme.

Depuis, lors de ses visites à Françoise et Paul, Marine stationne son véhicule devant chez ses parents et non plus devant le petit portail bleu de Fanny et Tristan.

Mais peut-être n'est-ce pas la seule raison de cette animosité entre eux.

Marine est une femme rancunière, qui n'a peu d'égards pour les autres. Pourtant, assez surprenant que cela puisse être, elle n'interdit pas à Marie-Lou de se rendre chez les Mercier. Un geste pour sauver les apparences peut-être. Ou pour d'autres raisons que seule, elle connaît.

Tristan possède une moto Kawasaki Vulcan. C'est une moto d'un style roadster, qui permet à Tristan et son mètre soixante-dix de pouvoir poser les pieds par terre. Tristan a toujours conduit des 125 cm^3, mais s'est lancé, il y a quelque temps le défi de réussir à obtenir le permis moto. Le code en une fois, ainsi que le plateau et la conduite, Tristan a réussi le défi lancé.

Tristan a toujours fait de la moto et depuis son plus jeune âge. Il a toujours roulé avec un deux-roues, ses débuts avec une Mobylette 103 de style sport à ses 14 ans. Il a toujours été très doué pour la mécanique avec sa fameuse Mobylette de ses 14 ans. Customisé, le moteur modifié atteint pour l'époque, les 110 km/heure.

La Vulcan Kawasaki, c'est son rêve. Avant de passer son permis moto, il a cherché dans les sites internet, dans des magazines et dans des visites de concessionnaires la moto idéale. La Vulcan propose la possibilité à Fanny de pouvoir accompagner Tristan en balade sans éprouver de difficulté à monter dessus. Tristan adore faire de la moto, mais prend beaucoup de plaisir à pouvoir en profiter en couple par de longues balades et des week-ends en amoureux.

Marie-Lou ne connaît pas l'existence de la moto de Tristan, car elle ne l'a jamais vue avec, et la moto est rarement dehors, mais plutôt bien au chaud dans le garage. C'est un vendredi, alors que Tristan se prépare à graisser la serrure de la porte du garage, Marie-Lou découvre le deux-roues de Tristan : « Tristan, Tristan, oh ! c'est ta moto dite donc. »

« Oui, Marie-Lou, c'est ma moto, hé oui, tu ne l'avais jamais vue. »

« Non, Tristan, je la découvre maintenant… Oh ! Elle est trop belle. Euh, Tristan ? »

« Quoi Marie-Lou ? »

« Moi j'irais bien me promener avec ! »

« Euh… Là je ne sais pas. Franchement je ne me suis pas posé la question Marie-Lou. En plus, il faut que tu demandes l'autorisation à ta mère si tu veux venir, sans son autorisation il ne vaut mieux pas s'aventurer à ce genre de chose. »

« Bah alors, tu la connais, maman elle va dire non, je suis sûr. »

« Tu n'as même pas demandé, comment peux-tu savoir ? »

« Argh… Alors là Tristan j'ai trop peur de lui demander, oh ! J'ai une idée, oui… »

« Qu'est-ce que tu vas encore inventer ? »

Marie-Lou part du garage où la moto de Tristan est stationnée et part dans la cuisine pour retrouver Fanny.

« Dis Fanny, t'entends-tu bien avec maman ? »

Fanny est toujours en bons termes avec la maman de Marie-Lou. Le fait d'accueillir la petite à la maison est primordial pour Fanny de pouvoir en parler et en discuter souvent avec Marine afin que cela ne pose pas de problème. Et, surtout, qu'en cas d'incident, Marine ne soit pas surprise que la petite soit chez elle et Tristan.

« Oui, Marie-Lou, pourquoi tu me demandes ça ? »

« Tristan dit que si je veux faire de la moto avec lui je dois avoir l'autorisation de maman. »

« Eh bien, appelle ta mère pour lui demander. »

« Ah non je ne peux pas, elle va me dire non à moi. Mais toi, tu pourrais lui demander hein ? N'est-ce pas Fanny ? Nan parce que moi c'est mort là si je demande. »

« Avant d'appeler ta mère, il te faut déjà un casque et un blouson. Essaie de voir si mon casque te va, demande à Tristan de le sortir ainsi que le blouson pour que tu les essayes. »

« Ah ! J'espère que ça aller. OK, je vais faire l'essayage. »

Marie-Lou retourne voir Tristan dans le garage qui passe un coup de chiffon feutré sur la couleur vert bouteille du réservoir de la moto.

« Elle t'a dit quoi Fanny alors ? » demande Tristan.

« Elle a dit qu'il faut que tu sortes son casque et son blouson pour que je puisse essayer. »

Tristan regarde Marie-Lou de haut en bas, grimace légèrement et il dit :

« Mouais… faut voir, pas sûr. Pas sûr. »

« Hein ? Ah ! J'espère que ça va m'aller. Ah ! Maintenant, j'ai trop peur pff… »

Tristan va au fond du garage, ouvre la porte du vestiaire métallique et sors un casque jet (casque ouvert en bas sans protection directe au menton).

Le casque est rose avec des autocollants blancs de petites formes et de petits personnages, il comporte une visière fumée amovible.

« C'est quoi ça ? » demande Marie-Lou.

« C'est le casque de Fanny, c'est pour toi l'essayer. »

« Ah ! Mais non je ne peux pas essayer ça. »

« Et pourquoi tu ne peux pas essayer ça ? » répond Tristan sur un ton un peu lassé.

« Nan, mais il est beau, mais… Ben regarde Tristan, il est rose. »

« Pourquoi, n'aimes-tu pas le rose ? »

« Bah le rose s'est rose… Là c'est très rose. »

« Hé, écoute Marie-Lou, le rose, c'est pour les filles, tu es une fille et tu as besoin d'un casque alors dépêche-toi d'essayer ça. »

Marie-Lou s'exécute et entre sa tête dans le casque de Fanny avec un peu de mal. Elle a d'abord cherché le sens pour le mettre ce qui fait beaucoup sourire Tristan.

« Bon alors, tu vas la mettre ta tête dedans non, mais ! »

Le casque est mis, il a l'air correct en taille. Tristan s'approche pour vérifier s'il ne nage pas sur la tête de Marie-Lou et resserre la dragonne au cou, car c'est beaucoup trop large pour la jeune fille. Il met ensuite une petite tape sur le haut du casque et demande :

« Comment te sens-tu ? Pas trop serrée ? »

« Rose, je me sens, rose ! » grimace Marie-Lou.Tristan éclate de rire :

« Oh ! Mais comme tu es difficile vraiment. Bon il faut essayer le blouson maintenant. »

Tristan prend le blouson dans le vestiaire en métal et le tend vers Marie-Lou qui l'essaye sans attendre. Mais ça coince un peu au niveau de la taille. Marie-Lou se retrouve avec de grands bras sans mains, et un blouson de moto qui fait, exceptionnellement pour elle, jupe.

Tristan rigole. Il faut dire qu'il est de cette nature avec bien souvent le sourire aux lèvres. Il aime rire, sourire, faire des petites plaisanteries, il aime et adore la vie. La seule chose que n'aime pas Tristan, c'est l'hiver. Les journées sont courtes, le jardin n'est pas accessible, pas de chants d'oiseaux. L'hiver, quand les journées sont bordées de froid sec, il se risque toujours à sortir la moto et partir à l'aventure, seul sur les routes pour penser et se relaxer. Fanny l'hiver ne fait jamais de moto avec Tristan. Elle déteste le froid et ne supporte pas le vent glacial qui s'engouffre dans son casque. Lui par contre est toujours bien couvert, des gros gants et des sous-gants, deux pulls, une polaire, le blouson puis un sous-pantalon spécial moto pour protéger ses jambes sous ses jeans.

Tristan prend Marie-Lou par les épaules et la tourne vers la glace qui est fixée sur la porte du garage.

« Allez, regarde comme tu es belle », dit-il avec un large sourire.

Tristan ajuste le blouson avec les pressions de la taille et celles des manches pour qu'il soit le mieux possible pour la jeune fille.

Fanny arrive dans le garage à son tour et jette son regard sur Marie-Lou :

« Oh et bien tu es superbe comme ça ! Je vais appeler ta maman, croise les doigts jeune fille ! »

« Allo Marine, bonjour, ici Fanny Mercier au téléphone, comment vas-tu ? »

« Je vais bien Fanny, merci et toi comment vas-tu ? »

« Moi aussi très bien. Dis-moi, je me permets de t'appeler pour te demander une autorisation pour Marie-Lou. »

« Elle demande quoi encore ? »

« Elle veut aller promener à moto avec Tristan, mais il ne veut pas sans ton autorisation. Et pour l'équipement, avant que tu me le demandes, on a un casque, un blouson un peu grand, mais les protections sont aux bons endroits et des gants pour elle. Je te fais une photo d'elle tout équipée et je te l'envoie en *MMS*. »

« Où vont-ils aller à moto ? »

« Se balader, rouler un peu. Tristan veut juste montrer à ta fille le bien-être de faire de la moto. »

« D'accord, mais tu dis à ton mari de bien faire attention à elle, je ne veux pas qu'il lui arrive quelque chose, veux-tu ? »

« Promis, il sera prudent, surtout avec un passager derrière et puis Tristan n'aime pas la vitesse. »

« OK, merci Fanny ! Envoie-moi le *MMS*, ça me fera en plus, une photographie en souvenir. Je te laisse, désolée, je suis en cours avec les enfants jusqu'à 20 h ce soir. »

« Bon courage ! À plus tard. »

Fanny raccroche et rejoint Marie-Lou dans le garage.

« Alors, alors, maman est d'accord ? » demande Marie-Lou.

« Oui, oui elle est d'accord, soyez prudents. Il me faut juste prendre une photo de toi Marie-Lou pour envoyer à maman comme quoi tu es très bien protégée et vous pouvez filer. »

Tristan range ses outils, laisse de côté le graissage de la serrure du garage et se lave les mains avant de se préparer pour partir faire un tour de moto avec Marie-Lou.

De son côté, Fanny essaie tant bien que mal de faire une photo correcte de Marie-Lou pour envoyer à sa mère, mais la jeune fille ne fait que des bêtises et des grimaces.

« Marie-Lou, tu m'épuises là ! Si ta mère n'a pas la photographie, tu ne pars pas ! »

« D'accord Fanny, je ne bouge plus, vas-y ! »

Fanny arrive enfin à prendre correctement la jeune fille en photo et l'envoie immédiatement à Marine.

Quelques secondes plus tard, Marine envoie un *SMS* à Fanny : *Super ! C'est ok pour moi ! Prudence avec Marie-Lou.*

Tristan prend les clefs de la moto dans la boîte de la cuisine. Il revient au garage et s'équipe à son tour. Malgré les 10 degrés de cette journée de mars, relativement froide, Marie-Lou commence à prendre chaud dans son équipement. Elle a baissé la visière et la buée recouvre maintenant tout son champ de vision.

Tristan enfile son casque, c'est un intégral de marque italienne. Il démarre la moto, et la laisse tourner quelques instants. Pour que la petite Marie-Lou puisse monter correctement sur la moto, Tristan libère les espaces autour. Il déplace sa caisse à outils, les chiffons et brosses à briller pour la moto. Il demande à Marie-Lou de monter côté gauche de la moto en appuyant son pied sur le cale-pied et ensuite d'enfourcher la moto.

Marie-Lou s'exécute, mais donne un bon coup de pied à Tristan quand elle tente de replier la jambe. Fanny se précipite vers la jeune fille et l'aide à monter correctement. Fanny s'assure que Marie-Lou est bien installée et lui indique qu'elle doit tenir les barres sur le côté de son emplacement pour se tenir ou mettre ses bras autour de Tristan. La fille de Marine opte pour les bras autour de Tristan, car elle se sent un peu crispée.

Tristan est au guidon de la moto, il se retourne vers Marie-Lou :

« Prête mademoiselle ? »

« Je suis prête, monsieur ! »

Tristan quitte le garage avec sa passagère, il roule quelques minutes plus tard dans le centre-ville de Nîmes et prend ensuite la D127 direction Courbessac. Tristan roule tranquillement, le vent commence à caresser leurs visages et après plusieurs virages et accélérations, Marie-Lou commence à prendre confiance et relâche la pression de ses bras autour de Tristan.

Le paysage est magnifique. Le soleil brille et la moto file hors de la grande ville pour prendre les chemins de villages autour de Nîmes. La moto se dirige vers Les chemins Bas, traverse Mas De Mingue avant de s'arrêter à Courbessac, la destination choisie par Tristan.

Tristan s'intéresse énormément à l'histoire de la région et le passé des villes et villages. Les deux motards se stationnent en bas du vieux village de Courbessac. Marie-Lou descend de la moto et hésite si elle doit descendre par la gauche ou par la droite. Finalement, elle descend par la droite, déstabilise la moto, mais Tristan remet le véhicule droit et descend à son tour après avoir pris le soin de mettre la béquille pour que la Vulcan puisse bien être posée. Tristan détache la dragonne du casque de Marie-Lou et récupère le casque qu'il glisse dans une des deux valisettes, celle de gauche, qui se trouve à l'arrière de la moto. Ce qui est bien pratique pour la fille de Marine pour monter et descendre comme un point d'appui même si c'est une chose qu'il ne faut absolument pas faire.

Tristan glisse son casque dans la valisette de droite et récupère sa sacoche avec ses papiers et son argent. Il aide la fille de Marine à détacher son blouson et lui met sur le bras pour le porter le temps de la petite visite de la ville que Tristan tient à faire découvrir.

Finalement, Marie-Lou remet le blouson, car elle trouve qu'il fait froid dehors. Il faut dire que tous deux se sont un peu refroidis avec le trajet. D'ailleurs, Tristan, lui aussi quitte son blouson de cuir marron et le pose sur la Vulcan met l'antivol de la moto, reprend son blouson à la main et commence à marcher côte à côte avec Marie-Lou. Maiscomme le froid de son côté à lui est aussi présent, il le remet sur lui.

« Tu vois la moto, c'est agréable Marie-Lou, mais les blousons, c'est toujours délicat à emporter avec soi. Là, nous sommes presque au printemps, bien que le froid semble s'installer chez nous et les températures sont basses pour un mois de mars. Donc, on peut les garder sur nous, mais imagine l'été, il faut les porter à la main, et de plus c'est assez lourd. Mais tu sais, à moto il faut vraiment bien se protéger. Mais dis-moi, sinon Marie-Lou, tu connais un peu ce vieux village de Courbessac ? »

« Ah non je ne connais pas Tristan, tu crois qu'il y a un marchand pour boire un chocolat chaud ? hein ? Parce que là j'ai un peu les pieds gelés, tu sais. »

« Déjà ? »

Tristan rit, car Marie-Lou est très intéressée, mais par l'envie de rouler à moto, mais seulement lorsque cette dernière fonce sur la route. Puis, elle est surtout attirée aussi par sa grande passion, boire et manger. Car pour ne rien vous cacher, Marie-Lou est d'une grande, très grande gourmandise. Tristan se doute bien qu'elle va ruser pour échapper à ses explications sur le côté culturel de ce petit village ancien rempli d'histoire et d'anecdotes.

« Ne t'inquiète pas, il y a un petit café sympa avec du chocolat chaud que tu peux boire sur place ou même prendre à emporter. On ira après, est-ce pour vous d'accord jeune fille ? »

« Ah ouais, génial. Merci. Bon, allez, je t'écoute sinon on ne va jamais aller boire le chocolat chaud vu que tu vas en avoir, j'imagine, une tonne à raconter. »

Ils se regardent tous deux, s'échangent de jolis sourires et Tristan commence alors à parler du vieux village de Courbessac :

« Tout d'abord, le village est connu dans un côté artistique pour avoir abrité le tournage d'un film, le salaire de la peur avec une actrice qui s'appelle Éléonore Aussel et l'acteur Yves Montand. Est-ce que cela te dit quelque chose ? »

« Pas vraiment… »

« Bon. Le film est un grand succès dans le monde du cinéma. Il est sorti dans l'année 1953 et est, aujourd'hui, encore le seul film à avoir remporté la même année la palme d'or du festival de Cannes et l'ours d'or au festival de Berlin. Ce sont des récompenses décernées pour des films devant des personnes qui sont désignées comme Jury. »

Marie-Lou et Tristan pénètre dans les vieilles rues de l'ancien village et Tristan reprend son cours culturel après le côté cinéphile.

« Le vieux village prend ses racines autour de la vieille route de Courbessac. Avant que l'on aménage le contournement, elle était un passage obligé pour se rendre à Poulx. La riche histoire connue de ce hameau débute au néolithique, comme l'atteste un mégalithe de 4 500 ans situé aux alentours. L'aqueduc romain de Nîmes le traverse également et y a laissé des vestiges bien visibles, un temps utilisés comme champignonnières. Le Plan et Villevieille sont les quartiers qui témoignent le plus de la structure urbaine resserrée de l'ancien hameau agricole. On y trouve une église (une plus ancienne aurait été rasée par, dit-on, les Sarrasins), un calvaire marial, des puits anciens, simples ou à godets. Il y a aussi un rinçoir restauré où s'affairaient au linge les courbessadières et les lavandières venues de Nîmes. Un peu à l'écart se trouve un cimetière où sont enterrés les anciens nobles du domaine d'Escattes, protecteurs séculaires des paysans du coin. Au XVIIIe, Courbessac accueille une léproserie et compte 300 habitants. Les cahiers de doléances prérévolutionnaires font état d'une gronde contre le privilège d'exploitation de ces terres par le Chapitre de Nîmes. Culture du ver à soie, de la vigne, de la garance (qui servit plus tard à teindre en rouge les pantalons des poilus), du pyrèthre, insecticide naturel ou de l'olivier. Les productions témoignaient de la richesse des sols, malgré la mauvaise réputation des proches marécages. »

« Tu vois, j'ai bien révisé ma leçon. Alors qu'en penses-tu de cet ancien village rempli d'histoire ? »

« Euh… As-tu vu Tristan si je n'ai pas dormi ? »

« Même pas mademoiselle ! Bravo à toi. D'autres questions ? »

« Hé bien, je pense à ton marchand de chocolat chaud. Je me demande vraiment Tristan, mais très sérieusement tu sais, s'il a des pâtisseries à vendre. »

Tristan éclate de rire, serre Marie-Lou avec son bras gauche contre lui et lui dit :

« Ok, ok, c'est parti pour le chocolat de madame. Allez hop, en haut de cette rue qui nous conduit au sommet de la place, tu auras ta boisson chaude. Quand je te demande si tu as d'autres questions, je parle pour Courbessac Marie-Lou. »

« Ah, d'accord… euh, pas d'autres questions professeur Tristan. »

« Bien, allez, on file boire notre chocolat, non, mais ! Nous l'avons bien mérité ! »

Effectivement, un vieux bar de village, Le petit Courbessac se dresse devant Marie-Lou et Tristan qui en finissent avec la difficile montée qu'ils viennent d'emprunter. Le petit bar est un établissement de tabac, de presse et jeux de hasard. On trouve aussi en vente des narguilés électroniques et le matériel qui va avec pour les amateurs. Il y a aussi de grandes marques de cigares, et même quelques Cubains.

Autour, du petit bar, une petite place tranquille, en pavé, très agréable. Le propriétaire est un ancien du village, ses parents étaient aussi originaires d'ici. Tristan le connaît bien, il est allé au collège avec lui et ensemble ils ont gagné la compétition de fléchettes organisée par la région dans le cadre des intercollèges.

« Bonjour, Charles. »

« Oh ! Bonjour, Tristan, comment va mon ami ? »

« Je vais bien, je te remercie et toi ? Dis-moi, comment vont les affaires ? »

« Je vais bien merci et pour les affaires, tu sais, moi ce qui m'importe, c'est de vivre ici, dans mon village. Tu sais, nous avons toujours été dépendants de Nîmes, mais il règne ici un esprit d'irréductibles et l'irréductible est heureux dans son village. Oh ! Bonjour, mademoiselle ! »

« Avez-vous du chocolat chaud ? Et des pâtisseries ? »

« Ah direct, un chocolat chaud ! »

Tristan sourit encore, il regarde Charles et lui dit :

« C'est la petite fille de Françoise et Paul, tu sais les retraités qui habitent en contrebas de chez moi. Elle voulait faire un tour de moto alors nous sommes venus ici pour visiter ton ancien village et je lui ai parlé de l'histoire qui l'entoure. Mais j'ai l'impression que seul le chocolat chaud l'intéresse. »

« Va pas l'embêter avec tes histoires Tristan, allez, mademoiselle, je vais vous faire un grand chocolat chaud avec le meilleur cacao ! Cependant, je n'ai pas de pâtisseries, encore désolé. Cependant, vous consommerez les chocolats chauds sur place où vous voulez à emporter ? »

« On va prendre à emporter et on ira sur le banc, n'est-ce pas Tristan ? »

« Ai-je vraiment le choix Charles ? »

« Oh, Tristan, je crois que la demoiselle sait ce qu'elle veut ! Je vous prépare deux grands chocolats chauds à emporter. »

Quelques minutes plus tard, Charles revient avec deux grands gobelets en carton remplis de chocolat chaud.

« Allez, régalez-vous, c'est pour moi, je vous les offre, cela me fait plaisir. »

« Merci, Charles, ça me touche, merci encore. »

Marie-Lou, le gobelet de chocolat chaud dans sa main gauche montre à Tristan, avec son autre main, le banc sur lequel elle veut aller se poser. C'est un ancien banc en pierres très vieux qui a vu passer beaucoup de gens et qui possède une longue histoire à lui. Dessus, des cœurs et des initiales sont gravés un peu partout. On y voit même une année inscrite, 1910. Les deux motards déposent leurs lourds blousons sur le côté du banc et s'y installent, eux aussi.

« Dis Tristan, le connais-tu le gars du bar ? N'est-il pas un peu bizarre ? »

« Mais non, il est un ami proche à moi. Nous sommes allés au collège ensemble. On a gagné la coupe de fléchettes en duo dans la compétition intercollèges. Nous étions imbattables, mais on s'entraînait beaucoup. On était même devenus inséparable. C'est un homme très gentil, il a une grande âme. Tu vois, il nous a même offert les chocolats chauds. »

« Oui, il est gentil, mais bon, il faut qu'il pense à vendre des pâtisseries aussi ! Parce que là, vraiment… »

« Ah ! Toi boire et manger, c'est ce qui te fait vivre », s'amuse Tristan.

« Mais Tristan, pour vivre, il faut boire et manger. Comment ne peux-tu pas savoir cela ? »

« Oh ! Personne ne m'en a parlé, Marie-Lou, es-tu sûre ? Mais vraiment, heureusement que tu es là pour me le dire », répond Tristan avec un grand sourire taquin.

« Ah, ok… ne te moque pas de moi, hein ? »

« Oh ! Tristan regarde. Tu as du chocolat qui coule sur le coin de ta bouche. Attends, je vais nettoyer sinon ton blouson va finir comme mes tee-shirts », dit Marie-Lou, qui se met à rire.

Il faut dire que Marie-Lou est la championne des tâches en tout genre sur ses vêtements et cela au grand désespoir de Marine, sa mère.

Marie-Lou cherche un mouchoir dans la poche de ses jeans, rien dans la poche de gauche, rien dans la poche de droite… alors, elle prend son doigt et frotte le coin de la bouche de Tristan pour retirer la goutte de chocolat.

Mais Marie-Lou n'arrête pas son geste, elle pose son doigt sur les lèvres de Tristan, comme on fait pour demander le silence et d'un coup pose ses lèvres sur l'autre côté de son doigt. Tristan ne sait plus quoi dire, ce qui se passe le trouble énormément. Tristan prend la main de Marie-Lou, la serre dans la sienne et s'adresse à elle :

« Marie-Lou, je ne crois pas que cela soit une très bonne idée. »

« Pourquoi Tristan, n'ai-je pas le droit de t'embrasser ? »

« Là, n'est pas la question Marie-Lou. Nous n'avons pas le même âge, je suis trop vieux et toi si jeune. Et puis, non, tu n'as pas le droit, voyons ! Et que pouvons-nous gagner à jouer à ce jeu ? Rien. Nous avons tout à perdre toi et moi. Moi je vais perdre Fanny que j'aime énormément et avec qui je partage une vie très agréable pour un baiser que tu veux échanger ? »

« Tristan, il s'agit juste de s'embrasser, je ne te demande pas de m'épouser », s'agace la jeune fille.

« Marie-Lou, j'éprouve pour toi beaucoup d'amour, mais tu me demandes des choses impossibles, là. Si je te laisse m'embrasser, qui peut dire ce qui se passe ensuite ? Nous allons échanger un baiser et pourquoi, ensuite, il n'y aurait plus rien ? Te crois-tu vraiment assez forte pour te contenter de cela ? »

« Donc… Dis-moi pourquoi tu ne veux pas Tristan ! »

« Écoute-moi, si je t'embrasse et si nous échangeons un baiser, avec les sentiments que j'ai pour toi, l'affection et les pensées que j'ai aussi, cela va me faire mal. Ma peur est que cela gâche complètement notre si belle amitié. Marie-Lou, j'ai 40 ans et je ne vais pas tout remettre en cause comme ça. Je ne veux pas te faire souffrir non plus, mais si nous nous embrassons toi et moi, nous allons faire souffrir beaucoup de personnes. Et puis, quelle vie tu veux avoir, dis-moi ? Tu as 15 ans, tu es mineure, nous ne pouvons vivre ensemble, même pas vivre une histoire d'amour. Et tu imagines, ta mère, les voisins… Ce serait invivable et nous ne pourrions pas être heureux alors que là, nous le sommes. Nous vivons une très belle histoire d'amitié toi et moi, alors c'est dommage de tout perdre. Qu'en penses-tu ? »

« Je suis désolé Tristan, je n'ai pas pensé à tout cela. Je voulais juste sentir tes lèvres sur les miennes. »

« On n'est pas beau là, comme ça, hein ? On peut se voir, sortir à moto maintenant. On peut jouer ensemble, boire des chocolats chauds, enfin passer de bons moments ensemble, tous les deux. On ne va pas prendre le risque de se mettre dans une situation inconfortable, car tu le sais très bien, si cela se sait, ta mère ne te laissera plus me voir. Et plus de sorties non plus pour toi. Moi j'adore les moments que l'on passe ensemble. J'adore, être avec toi, entendre ton rire, voir tes sourires et surtout t'entendre dire que tu me détestes (sourire de Tristan). »

« D'accord Tristan, je suis désolée, encore. »

« Pas grave Marie-Lou. Allez, on finit nos chocolats et on se rentre. »

Marie-Lou et Tristan terminent les chocolats de Charles et retournent tous les deux à la moto. Tristan laisse entrevoir quelques sourires, mais Marie-Lou ne répond pas forcément. Il est inquiet, car il a peur d'avoir blessé la jeune fille par ce refus.

Arrivée à la moto, Tristan prend le casque de Marie-Lou dans la valisette de gauche et le met en place sur sa tête. Il serre bien la dragonne autour du cou de la jeune fille pour que le casque puisse bien tenir. Dans la valisette de droite, il prend son casque et le fixe à son tour. Tristan resserre et ajuste le blouson de Fanny que Marie-Lou porte et lui demande :

« En route, mademoiselle ? »

« Oh ! Je suis prête monsieur ! Mais je pense Tristan, une idée comme ça. Maintenant que nous avons nos casques et que nos visières sont baissées, on peut s'embrasser, hein ? »

Elle lâche un large sourire. Tristan est rassuré, au moins sur le moment, car elle plaisante de nouveau.

« Oui, mais ne mets pas ta langue, tu vas baver sur l'intérieur de ta visière ! » et ils se mettent à rire tous les deux.

La moto fait entendre le bruit de son moteur, la Vulcan est en route sur le chemin du retour. Marie-Lou est attachée avec ses bras autour de Tristan, puis elle pose sa tête contre le haut de son dos, comme un câlin d'affection… ou d'amour.

Qui peut dire à quoi pense Marie-Lou quand elle essaie d'embrasser Tristan. Est-ce de l'amour, un défi face à Fanny ? Est-ce l'envie de se sentir une femme ou bien tout simplement l'envie de l'embrasser comme un baiser échangé qui n'engage à rien ? Pour Tristan, ses sentiments sont clairs. Ce qu'il éprouve pour Marie-Lou est d'une grande force et d'une grande sincérité. Lui a peur, qui sait, peut-être d'éveiller la passion, de ne plus pouvoir se passer d'elle. D'entrer dans un cercle dangereux qui ne conduit, bien souvent, qu'à des larmes de regrets. Mais il ne joue pas, ça, c'est sûr, il respecte trop Marie-Lou pour s'amuser d'elle. Mais aujourd'hui, Tristan sait très bien que ce moment sur le banc, ce doigt posé sur ses lèvres, il ne l'oubliera jamais.

De retour au domicile des Mercier

Fanny entend la moto arrivée alors qu'elle nettoie la poussière qui s'accumule sur la terrasse. La moto est quelques rues derrière, mais en approche, son bruit se fait entendre virage après virage. Fanny se rend au garage et en ouvre la porte afin de permettre à Tristan d'y garerla moto en arrivant. Elle s'allume une cigarette en attendant le retour des deux promeneurs. La fraîcheur de ce mois de mars se fait ressentir encore plus saisissante lorsque les fins d'après-midi arrivent.

VROUM ! VROUM ! Fais la moto qui entre dans le garage. Fanny aide Marie-Lou à descendre du deux-roues, une opération bien périlleuse pour la petite Marie-Lou. Elle l'aide aussi à retirer le casque et le blouson qu'elle porte sur elle. Tristan coupe le moteur, descend de la moto et s'allège aussi, à son tour, de l'équipement de motard qu'il porte.

« Alors Marie-Lou, comment était la promenade ? » demande Fanny.

« J'ai beaucoup aimé, c'était vraiment très bien… »

« Hé, je suis trop contente pour toi Marie-Lou. Mais dis-moi jeune fille, tu as les yeux tout rouges, as-tu roulé la visière ouverte ou quoi ? »

« Oui, oui Fanny, je voulais sentir le vent, oui maintenant j'ai un peu mal aux yeux. Je suis désolée… »

Tristan pense que Marie-Lou a dû pleurer assise derrière lui à le tenir si fort sur le chemin du retour. Finalement, Marie-Lou est peut-être amoureuse de Tristan. Et ce qu'elle ressent, ne serait-ce pas un sentiment rempli de beaucoup d'amour pour lui ? Mais si c'est vraiment ce que le cœur de Marie-Lou a pour Tristan, cela peut-il changer quelque chose entre elle et lui ? Non, c'est une pure folie de pouvoir imaginer un seul instant d'autres bases, que celles de leur si belle amitié.

Il est 18 h 30 quand Marie-Lou repart de chez Fanny et Tristan après avoir pris le temps de se réchauffer. Elle n'a pas beaucoup parlé, et ses échanges avec Tristan ont été vraiment très courts.

Fanny l'accompagne au bout de la maison jusqu'au chemin qui permet de rejoindre, en contrebas, la maison de ses grands-parents. Fanny vient de passer un appel à Françoise pour lui dire que sa petite fille arrive.

Fanny commence à préparer la table, Tristan l'aide. Fanny lui demande :

« Comment s'est passée cette promenade ? »

« Oh ! Très bien, tu sais. On est allé promener à Courbessac, au vieux village. On a visité et j'ai raconté l'historique et les souvenirs du film du salaire de la peur à Marie-Lou. Tant l'histoire qu'Yves Montand, elle avait l'air un peu perdue. »

« Surtout Yves Montand, comment veux-tu qu'elle le connaisse », s'amuse Fanny.

« Je sais bien Fanny. Mais on a quand même pris un chocolat chaud au café de Charles, tu sais le patron du petit Courbessac. Tu peux les consommer à emporter dans de grands gobelets cartonnés et de plus, il nous a offert les chocolats ! »

« Eh bien, vous ne vous embêtez pas ! »

« Tu sais, j'essaie de toujours faire plaisir à Marie-Lou. »

« Oh oui, ça je le sais Tristan. »

Vers 19 heures, Fanny et Tristan passent à table. Tristan se perd peu à peu dans ses pensées. Il repense à l'acte manqué de Marie-Lou, ses rires, ses sourires et puis sa déception visible sur son visage rougi de larmes.

Fanny a préparé un cassoulet fait maison pour le dîner de ce soir.

Tristan ne semble pas avoir très faim.

« Alors Tristan, ce que je vois, est-ce l'air de quelqu'un qui ne trouve pas mon plat appétissant ? »

« Ah non Fanny, au contraire, ton plat paraît très appétissant, mais je n'ai pas beaucoup d'appétit. »

« Voilà ! Quelle idée aussi d'avoir bu un chocolat chaud ! Le lactose, tu sais bien que tu ne le digères pas bien. »

« Oui, je suis désolé, je voulais faire plaisir à Marie-Lou et de mon côté j'aurais dû m'abstenir d'en prendre un. Mais tu connais ma gourmandise pour les boissons chaudes chocolatées. »

« Ne te force pas Tristan, tu mangeras le cassoulet demain midi, ce n'est pas grave, mais ne reste pas le ventre avec juste un chocolat, il y a des litchis au réfrigérateur si tu le souhaites. Profites-en, je pense que ce sont les derniers de la saison. »

« Ah, oui, je vais manger des litchis, très bonne idée Fanny ! »

Tristan se lève, va au réfrigérateur, sort les litchis et en met quelques-uns dans un bol et prend quelques noix épluchées à manger avec. Il s'assoit ensuite devant la télévision et commence à manger une, puis deux noix et ensuite quelques litchis. Mais, là aussi, ça ne passe pas vraiment.

Tristan est noué, il s'inquiète. Il se demande à quel point il a blessé la petite dans le refus de l'embrasser. Il se demande si elle a compris ses explications et si, elle a pris conscience, que malgré se baiser qu'il n'a pas donné, que son amour pour elle est très fort. Au fond de lui, Tristan a peur, oui, très peur de perdre Marie-Lou.

Leur douche prise, Fanny et Tristan après avoir regardé un documentaire à la télévision vont se coucher, car il commence à être tard et le temps passe plutôt assez vite.

« Mais qu'est-ce que tu as ce soir à bouger comme ça ? » demande Fanny.

« Je ne sais pas, je ne trouve pas ma place dans le lit et encore moins le sommeil. »

« Ne te sens-tu pas, fatigué ? »

« Si Fanny, peut-être trop de fatigue, c'est peut-être pour ça que je n'arrive pas à dormir », répond Tristan.

« Essaie de te détendre, sinon je n'arriverais pas à m'endormir non plus. »

Tristan cesse de bouger, mais il ne dort pas. Il a dans sa tête continuellement la scène vécue à Courbessac avec Marie-Lou. C'est complètement dingue, se dit-il dans sa tête. Comment je peux en être arrivé là ? Être autant à penser à elle alors que j'ai une vie bien établie et que j'en suis heureux. Mes pensées pour elle me ronge et je sens mon cœur si triste.

Finalement, après quarante-cinq minutes, Fanny s'est endormie comme un bébé. Mais Tristan, lui, ne dort toujours pas. Il se lève sans faire trop de bruit, descend au salon doucement et allume la télévision du rez-de-chaussée pour se passer les idées qui le hantent. Il s'allonge sur le canapé, se couvre d'une couverture et regarde un programme sur la chaîne de documentaires. Deux heures environ après, il s'endort sur le canapé.

Le lendemain matin Tristan se réveille à 6 heures comme chaque jour de la semaine pour se préparer et prendre son petit déjeuner, avant d'aller travailler. Bien sûr, les jours de *RTT*, Tristan reste sagement au lit et en profite pour se détendre et récupérer de sa fatigue.

Fanny, elle se réveille une heure plus tard, sur les coups de 7 heures.

Tristan part au travail à 7 h 30, Fanny à 8 heures. Ils ont le temps de se croiser, de parler de leur journée à venir, des courses à prévoir et de toutes sortes de choses comme la météo du jour et quelques infos entendues. Ils adorent ça tous les deux, ces petites conversations matinales. C'est une façon aussi de bien démarrer la journée avec en cadeaux, les jolis sourires de l'autre pour s'aider à patienter jusqu'au soir.

La journée de travail fait du bien à Tristan. Il oublie les questions en suspens, les sourires de Marie-Lou et ce doigt posé sur ses lèvres. Tristan a même le sentiment de s'être inquiété peut-être pour pas beaucoup. Après tout, Marie-Lou est une jeune fille qui veut peut-être tout simplement, un premier baiser comme beaucoup d'autres filles de son âge. Peut-être qu'elle a trouvé en lui une personne à qui elle fait confiance et avec qui elle partage beaucoup de rires et de joies.

En tout cas, la journée sera prolifique pour oublier ces questionnements qui le perturbent et, le soir venu, Tristan va mieux lorsqu'il rentre chez lui. Il ne s'inquiète plus, pense à Fanny et profite de la soirée avec elle pour organiser une sortie au restaurant et ensuite aller au cinéma palace. Même si aucun des deux ne sait ce qui passe au cinéma actuellement, ils décident de faire le choix du film quand ils seront sur place. La décision est faite pour *Maison de retraite*, un film avec Kev Adams que Fanny et Tristan aiment beaucoup.

Le samedi suivant

D'un coup le cœur de Tristan s'emballe, je vais enfin revoir Marie-Lou, se dit-il très content. Il fait ses travaux le matin et même Fanny prépare les pistolets à eau, car l'après-midi est annoncée chaude et ensoleillée.

Les heures passent ce samedi sans la venue de Marie-Lou. Il cst 17 heures et Tristan est déçu… De nouveau son cœur se pince.

« Elle te l'a dit qu'elle passerait aujourd'hui la petite ? » demande Fanny.

« Non, elle ne m'a rien dit. »

« Elle est peut-être avec Claire, tu sais, ou chez sa maman. Ne t'inquiète pas, elle va venir samedi prochain et le week-end prochain s'annonce encore beau. »

Et, pourtant les autres samedis, toujours pas de présence de Marie-Lou. Tristan n'est pas bien, il est vraiment malheureux, mais essaie de ne pas le montrer à son épouse. Il est sûr que son refus du baiser de Courbessac joue dans la décision de Marie-Lou de ne plus venir. Il est tellement inquiet qu'il envoie un *SMS* à Marie-Lou et lui demande si elle va bien, mais… pas de réponse.

C'est le troisième samedi ou Marie-Lou est absente. Tristan est dehors avec Fanny, ils vont changer une jardinière en bois qui commence à se détériorer et faire les plantations dedans pour la préparation du printemps. Tous deux entendent des cris de filles qui jouent. Il semble qu'en contrebas de chez Fanny et Tristan, Marie-Lou et Claire s'amusent chez les Parents de Marine.

« Est-ce la petite qu'on entend Tristan ? »

« Oui, oui je crois bien que c'est elle. Il me semble reconnaître sa voix. »

« Mais pourquoi elle ne vient plus nous voir ? »

« Tu me demandes ça à moi, mais je ne sais pas. Vois-tu, je ne comprends pas pourquoi elle nous ignore. »

« J'espère que ce n'est pas encore sa mère qui l'a punie en lui interdisant de venir chez nous. »

« Sa mère… ou ses grands-parents. Françoise est tellement jalouse, que voir la petite passer plus de temps chez nous que chez elle la fait réagir parfois bizarrement. »

Trois jours plus tard, vers 18 h 30, Fanny fait ses courses au supermarché *Carrefour* de la zone commerciale de Nîmes. Elle y croise Marine, la maman de Marie-Lou.

« Oh, bonjour, Marine, comment vas-tu ? »

« Je vais bien merci. J'ai pas mal d'élèves à mes cours en ce moment alors je n'ai pas beaucoup de temps, alors tu vois, je fais les courses en soirée. Et toi comment vas-tu Fanny ? »

« Je vais bien, je te remercie Marine. Tiens, dis-moi, tu sais pourquoi Marie-Lou ne passe plus nous voir à la maison ? On ne comprend pas pourquoi Tristan et moi. »

« Tu as demandé à ton mari ? », dit Marine à Fanny.

« À Tristan ? Pourquoi tu veux que je lui demande ? »

« Eh bien, j'ai trouvé le cahier de textes de Marie-Lou avec le prénom de ton mari et des petits cœurs autour. »

« Tu rigoles Marine ? »

« Ah non Fanny, je ne plaisante pas. Je lui ai interdit de venir chez vous, car je n'ai pas du tout apprécié. »

« Mais tu sais, c'est une adolescente. N'as-tu jamais connu ça quand tu étais ado toi ? Moi je me rappelle que j'étais amoureuse de mon professeur de Piano. J'avais 14 ans, il en avait au moins trente et je me faisais plein de films sur lui et moi. J'avais même écrit son prénom sur ma table en bois du cours de musique. »

« Nan, mais là c'est de ton mari qu'on parle ! Ils sont toujours ensemble. J'ai de bonnes raisons de me poser des questions sur les intentions de Tristan ! »

« Attends, Marine, est-ce que tu imagines que mon Tristan puisse faire du charme à Marie-Lou ou la draguer ? C'est complètement dingue que tu puisses penser ça. »

« Dingue ou pas, elle a interdiction de venir chez vous, point ! »

« Bah, Marine, écoute, je crois qu'il vaut mieux laisser tomber. C'est mieux comme ça croit moi ! De plus, comme tu ne supportes pas Tristan j'imagine que ça t'arrange bien. »

« Et si ton Tristan s'approche encore de ma fille, je porte plainte, as-tu entendu ? »

« Laisse tomber Marine, je te l'ai dit ! Tu n'y comprends rien à l'histoire d'adolescence, je préfère que moi et toi nous en restions là, mais surtout ne t'avise plus jamais de me faire des menaces, est-ce bien compris ? »

Marine repart sans répondre à Fanny qui, elle aussi, décide d'en rester là et de faire comme tout le monde, ses achats alimentaires. Elles s'arrangent l'une comme l'autre, tout au long de leurs courses, pour ne pas se croiser. Ne pas envenimer ce moment d'incompréhension. Une situation qui semble intolérable pour Marine. Mais pour Fanny, plutôt celle d'une ado en manque d'amour et surtout de repères. Et puis elle grandit Marie-Lou, elle devient une jeune femme, alors Fanny ne se retrouve pas plus choquée que ça par les petits cœurs autour du prénom de Tristan. Encore que…

Une fois ses courses terminées, le coffre de la voiture remplie par les sacs et les packs d'eau et de sodas, Fanny rentre chez elle. Elle passe un coup de fil à Tristan pour qu'il ouvre le garage et lui donne un coup de main à décharger les courses et ranger les boissons dans le garage.

Tristan rejoint Fanny à l'entrée du garage et ouvre le coffre pour prendre les courses.

« Tiens Tristan, j'ai vu Marine au magasin ! »

« Oui ? Comment va-t-elle ? Tu lui as demandé, pourquoi on ne voit plus sa fille à la maison ? »

« Oh ! Non, elle ne va pas bien. Figure-toi qu'elle a trouvé le cahier de textes de sa fille avec ton prénom écrit dessus et accompagné de petits cœurs. »

« Ah bon ? Ah ! Mince, ce n'est pas génial ça… »

« Pas génial du tout tu veux dire ! j'ai même eu le droit à des menaces si tu approches de Marie-Lou. »

« Ah bon, mais je ne lui ai rien fait moi à sa fille ! »

Fanny attend quelques secondes puis s'adresse à Tristan :

« Tristan ? »

« Oui, Fanny ? »

« S'est-il passé quelque chose que je devrais savoir ? »

« Mais non Fanny, rien du tout, je n'ai rien à me reprocher, je t'assure. »

« En es-tu sûr, Tristan ? Oserais-tu me cacher quelque chose ? »

« Promis Fanny, rien du tout promis. Qu'est-ce que tu vas t'imaginer ? Pourquoi je t'ai déjà menti ? »

« Non, Tristan. Mais ça commence vraiment à devenir insupportable toi et Marie-Lou. »

« Comment ça, explique-toi ! »

« Tout ce que je sais c'est qu'on était tranquille avant que la gamine débarque tous les samedis après-midi ici. Maintenant, je veux du calme. Marine m'a mise en colère et je préfère ne plus évoquer, pour le moment, le sujet Marie-Lou. »

Même si Tristan n'a rien fait de mal, il ne veut pas raconter à Fanny l'épisode de Courbessac. Il ne veut pas mettre en défaut la petite Marie-Lou et ne pas lui porter préjudice. Et de plus, vu la réaction d'agacement de Fanny, il sait très bien que c'est sur lui aussi que tout cela peut retomber.

Quelques jours plus tard, la neige remplace le soleil par des vents froids.

De ce mois d'avril, dans une saison complètement déréglée et folle, la neige est tombée abondamment les deux dernières nuits. 6 à 10 cm de neige recouvrent toute la ville, c'est à ne rien y comprendre, une météo complètement imprévisible. Les axes principaux sont dégagés, mais il reste beaucoup de neige sur les axes secondaires et dans les environs de Nîmes. Bien que cette neige soit toujours contrariante, car les difficultés pour se déplacer ou se rendre au travail sont présentes, le silence qui s'en dégage est des plus agréables pour Tristan. Beaucoup moins de bruit de véhicules, et la beauté de la neige qui laisse apparaître les traces des oiseaux dessus l'émerveillent beaucoup.

Sur le site internet du journal local, on peut lire : *Nous n'avions jamais vu de neige autant que ça depuis 2010.*

Il faut dire que 2010 reste une année à marquer d'une croix blanche en ce qui concerne la neige sur la jolie ville de Nîmes. C'est un épisode historique qui a touché Nîmes, cette année-là. Entre 20 et 25 cm de neige au centre-ville, tombé en quelques heures, devenant la plus grosse chute de neige depuis plus de quarante ans voire plus de 60 ans pour le centre-ville, avec environ 23 cm à Nîmes Garons tombé pendant l'hiver 1974. Mais pour l'année 2010, on était au-dessus de 1974 pour le centre-ville de Nîmes. La tempête de neige se déclencha entre 22 h 30 et Minuit environ, avec les célèbres monuments qui sont devenus magnifiques sous un manteau immaculé. Puis, par la suite, il était tombé pas loin de 10 cm entre 23 h et Minuit. C'était une année que les Nîmois n'oublieront pas de sitôt.

Tristan ne travaille pas, car il est impossible d'emprunter le chemin de son domicile, composé de montées et de descentes qui conduisent vers les grandes routes. Même si les axes principaux pour se rendre à son travail sont dégagés ou sur le point de l'être, sortir de chez lui est un exercice trop risqué. Les petites rues et ruelles ne sont que rarement dégagées. Il faut dire que personne ne s'attendait à autant de neige ni de froid. Elle, Fanny est absente pour dix jours en formation à la demande de son entreprise, pour se faire la main sur un nouveau logiciel de statistiques appelé *Workstats*. Le centre de formation se trouve à Avignon. Elle est absente depuis le 22 avril et a évité les chutes de neige des deux derniers jours à Nîmes.

Malheureusement, comme je le disais, complémentaires à la neige du jour, les températures et les vents nocturnes sont devenus hivernaux et sont bien présents malgré le printemps qui s'est annoncé depuis le 21 mars. Et ce matin au réveil, Tristan n'a plus d'eau. Le tuyau qui par du compteur à la maison a dû geler.

Ce n'est pas la première fois que ce tuyau d'eau gèle, d'ailleurs Tristan a dans son programme d'automne, le renforcement de l'isolation de cette alimentation. Mais il n'a pas pensé à le faire avant l'hiver et le voici avec le chalumeau à la main, des bandes isolantes et des colliers. C'est quand même le mois d'avril, il ne doit plus geler comme ça, se dit Tristan. Et la neige qui paralyse les routes, c'est fou !

Tristan ouvre le robinet de moitié, mais rien en coule, il sort dehors avec ses outils et accessoires. Il est emmitouflé dans des vêtements chauds. Il laisse la porte ouverte pour entendre le moment où la canalisation va laisser passer l'eau. C'est ce qui va lui donner le signal pour s'arrêter, afin de ne pas trop chauffer le tuyau et éviter tout risque d'incendie par propagation de chaleur le long du tube de cuivre.

Tristan allume son chalumeau et commence avec des gestes de va-et-vient à chauffer la tuyauterie extérieure. Après cinq, voire sept bonnes minutes, il entend l'eau qui coule par le robinet de la cuisine. Enfin, l'eau est revenue, le tuyau est dégelé !

Il rentre à la maison, referme le robinet, prend de la mousse et retourne à l'arrivée d'eau extérieure. Là, il installe ses mousses et les fixes avec l'aide des colliers, les bandes isolantes autour.

Tristan semble entendre comme des pas dans la neige. Il n'y fait pas plus attention que ça et rentre à la maison une fois le tuyau protégé comme il se doit. Il démarre le poêle à bois, met quelques morceaux de petits bois pour démarrer et prépare aussi deux ou trois bûches pour la continuité du feu.

« Voilà maintenant qu'il faut chauffer fin avril… » se dit-il.

D'un coup, Tristan entend frapper à la porte. Surpris, il va ouvrir. C'est Marie-Lou. Habillée d'une grosse doudoune noire et d'une écharpe marron, mais comme à son habitude, ses jeans sont troués à hauteur des genoux. C'est la mode, paraît-il.

« Alors là, pour une surprise, c'est une surprise », laisse échapper Tristan.

« Bonjour, Tristan. Dis-moi, je ne vous dérange pas Fanny et toi ? »

« Non, moi tu ne me déranges pas, mais Fanny est en formation à Avignon. Pour ma part, je viens de finir de dégeler le tuyau d'eau dehors. As-tu vu comme il fait froid en ce mois d'avril ? Allez, entre j'ai allumé le poêle à bois, il faut éviter de chauffer dehors. »

Marie-Lou entre dans la cuisine et Tristan referme la porte.

« Mais dis-moi, j'ai cru comprendre que tu n'as plus le droit de venir nous voir ? »

« Oui, maman me l’a interdit. Je suis désolée, vraiment désolée Tristan. Mais je suis là, car je suis chez Mamy Françoise et Papy Paul et papy a voulu allumer le chauffage électrique pour bricoler dans le garage et la lumière à couper. Il n’y a plus d’électricité au garage. Papy a regardé le compteur et c’est un fusible qui a grillé qu’il m’a dit. Il m’a demandé de passer vous voir pour savoir si vous en aviez un. Enfin, si tu en as un. »

« Montre-moi. »

Marie-Lou sort de sa poche un fusible cartouche qui correspond aux vieux tableaux électriques qui ne comportent pas de différentiels. Tristan avait prévenu Paul depuis déjà pas mal de temps qu’il doit revoir son installation électrique, qui est maintenant, dépassée.

« Oh, ce n’est pas tout jeune ces fusibles-là, 16A, je vais regarder dans le garage si j’en trouve un. »

Tristan part dans le garage suivi de Marie-Lou. Pendant qu’il entame la recherche d’un fusible pour Paul, le grand-père de Marie-Lou, Tristan s’adresse à la jeune fille :

« Sinon comment vas-tu toi ? Les cours ? La cuisine ? »

« Tu sais Tristan, ça peut aller. C’est un peu tendu avec maman, mais bon, je fais avec. Pour la cuisine, j’en fais encore chez mamy et papy qui, lui, se régale toujours autant. Pour les cours, ben, je fais de mon mieux. »

« C’est important d’avoir de bonnes notes, l’ignores-tu ? »

« Non, Tristan, je ne l’ignore pas, tu sais. Je m’applique. Promis. »
Une sonnerie de téléphone portable interrompt leur conversation.

Marie-Lou met sa main dans sa poche et sort avec étonnement un portable qui ne semble pas à elle.

« Ah mince ! » s’écrie Marie-Lou.

« Pourquoi, mince ? »

« J’ai le téléphone portable de maman avec moi. »

« Pourquoi l’as-tu avec toi ? »

« Arf… Tristan, j’étais avec maman à la maison. Comme la neige empêche ses élèves de venir aux cours, elle est avec moi chez papy et mamy pour faire de la peinture murale dans son atelier dans l’attente de la reprise des cours. Avant que je vienne te voir et que l'électricité coupe, maman est partie se reposer à la maison, mais je n'ai pas pris mon téléphone, mais le sien. »

« Essaie d'appeler ta mère sur ton téléphone, elle doit avoir pris le tien. »

Marie-Lou essaie de joindre son téléphone, mais ça ne répond pas. Tristan suggère à la petite d'appeler à leur domicile, sur leur téléphone fixe. Si Marine est partie se reposer, elle doit être arrivée maintenant. Marie-Lou essaie encore une fois sans succès de joindre sa mère, le téléphone fixe du domicile ne répond pas non plus.

« Tristan maman doit être en route, peut-être qu'avec la neige elle prend son temps pour rentrer chez nous. »

« Oui, sûrement Marie-Lou, tu réessayeras après, il faut attendre un peu. »

Entre-temps, Marine, qui est sur le chemin pour rentrer à son domicile, s'aperçoit qu'elle n'a pas son téléphone avec elle. Elle décide de faire demi-tour et de retourner chez ses parents, Françoise et Paul, le récupérer.

« Ah voilà, j'ai trouvé un 16A en fusible style cartouche pour Paul », s'exprime Tristan.

« Merci, Tristan. Papy va être content, tu sais, tu es le meilleur ! Oh ! Tristan, je ne veux pas t'embêter, mais je suis inquiète, tu sais, très inquiète. J'ai vu un petit oiseau qui avait du mal à voler dans ton jardin. »

« Mince ! Es-tu sûre ? Le pauvre. Montre-moi où il est, je vais le mettre à l'abri. »

Marie-Lou presse le pas devant Tristan, elle sort du garage, traverse la cuisine. Tristan s'arrête quelques instants pour mettre dans le poêle les bûches qu'il a préparées. Marie-Lou ouvre la porte de la maison et sort sur la terrasse enneigée. Tristan la suit.

« C'est par là », dit la jeune fille en montrant son doigt vers le fond du jardin.

« OK, je vais voir s'il est toujours là. »

Tristan fait quelques pas dans la neige en direction du fond du jardin quand tout d'un coup il reçoit de la neige plein le cou.

« Je n'y crois pas ! Tu oses m'attaquer… Mais le petit oiseau ? »

« Oh, il a dû s'envoler depuis tout à l'heure ! N'empêche que je t'ai bien eu, Tristan, je t'ai bien eu ! » rigole Marie-Lou fière d'elle.

Tristan ne se laisse pas abattre, il saisit à son tour de la neige et court après Marie-Lou. La fille de Marine essaie de s'enfuir, mais, avec la neige, le jardin est très glissant, elle chute dans un virage serré entre le pommier et l'abricotier. Tristan la rattrape, glisse à son tour et tombe sur la jeune fille, la neige de sa main qui s'écrase au sol. Marine est là, allongée, et Tristan sur elle. Elle tend les bras pour prendre de la neige avec sa main gauche et la frotte dans le cou de Tristan. C'est une neige froide et glacée.

« Ah non, non, tu ne vas pas t'en sortir comme ça, tu ne vas pas me battre cette fois. En plus, jeune fille, c'est glacial ! Je vais attraper du mal ! » lui dit Tristan.

Mais loin de décourager Marie-Lou, celle-ci recommence de nouveau. Tristan se retrouve avec le cou tout rouge et de la neige qui descend dans son dos. La neige lui refroidit tout le corps. Alors, pour empêcher la jeune fille de recommencer encore et encore, Tristan lui attrape les poignées, et les bloque en relevant les mains de Marie-Lou au-dessus de sa tête. Les deux complices rigolent, mais Tristan se retrouve tout près de Marie-Lou. Bien trop près peut-être…

Mais en signe de sa grande affection pour elle, en reconnaissance de toute la gentillesse et la tendresse qu'il ressent, Tristan pose ses lèvres sur le front de Marie-Lou et dépose un baiser rempli de douceur. Un geste très personnel qui symbolise pour lui l'affection qu'il a pour Marie-Lou. Mais à ce moment-là, ne loupant aucune occasion, Marie-Lou relève la tête et place ses lèvres sur celle de Tristan et dépose un baiser à celui pour qui elle dessine des petits cœurs sur son cahier de textes.

Ils sont là allongés dans la neige, un silence berce le moment qui vient de se passer. Dans leur poitrine à chacun, leur cœur bat très fort, le temps est arrêté sur ce moment qui semble merveilleux. Tristan ne pense plus, il n'est plus assez fort pour ça. Le baiser ne dure pas longtemps, mais les yeux de l'un comme de l'autre sont fermés. Tristan lâche les poignées de Marie-Lou et met ses mains pleines de neiges sur les joues de la jeune fille. De nouveau, Marie-Lou recule ses lèvres de celles de Tristan et lui adresse un large sourire vainqueur. Tristan la regarde, n'ose rien dire, ne sait pas trop quoi faire, il se sent bien, mais il est très gêné de se baiser volé par Marie-Lou. Il est un peu perdu dans sa tête une nouvelle fois. Les idées s'embrouillent et puis… Il ressent comme une douleur, comme une brûlure, comme un froid et chaud qui surgit de son dos. Eh oui, Marie-Lou n'a pas perdu de temps non plus à remettre de la neige dans le cou et le dos de Tristan.

« Mais c'est glacial, je t'ai dit ! Ah non ne recommence pas ! Oh !

Comme tu m'énerves ! »

Marie-Lou éclate de rire, un éclat de rire fort et puissant, elle est heureuse comme tout. Tristan bloque les poignées de la jeune fille une nouvelle fois pour éviter d'avoir encore cette neige froide et collante dans le dos.

« Mais tu vas te tenir tranquille non, mais ! »

Marie-Lou rit de plus belle. Elle essaie de se dégager pour continuer à jeter de la neige à Tristan.

D'un coup, un cri strident se fait entendre.

« Lâche là, je te dis de la lâcher, je vais appeler la police ! Marie-Lou, ma fille, dis-moi qu'il ne t'a pas fait de mal ? »

« Hein ? Maman ? Bah non, bien sûr que je vais bien… » répond, très gênée, Marie-Lou qui s'échappe d'en dessous de Tristan. Mais la jeune fille se relève avec une grande difficulté à retrouver son équilibre sur un sol bien enneigé.

« Il a essayé d'abuser de toi, je l'ai vu, j'ai tout vu ma fille, j'ai vu, oui. J'ai bien vu, comment il te tenait ce salopard ! je vais te faire enfermer en prison, je vais aller à la police, crois-moi Tristan ! »

Marie-Lou comme Tristan ne s'attendait pas à voir Marine arrivée. Ils étaient plongés dans un moment où le temps s'arrête et en sont sortis de stupeur aux cris de Marine. Tristan se relève à son tour et essaie d'expliquer à Marine que lui et Marie-Lou jouaient et qu'ils sont tombés comme ça dans la neige. Ce qui est d'ailleurs, la stricte vérité.

« Mais je t'ai vu la tenir contre toi et elle qui se débattait. »

« Mais non Marine tu n'as pas compris. Elle se débattait oui, c'est vrai, mais pour me mettre de la neige dans le cou, je t'assure. »

« Eh bien, quand les gens vont apprendre ça ! Crois-moi, je vais t'apprendre à abuser d'une gamine. »

Il semble que positionnée comme elle était, Marine ne s'est pas rendu compte que Marie-Lou avait embrassé Tristan. Lui, les poings serrés, il a compris que Marine pense qu'il forçait Marie-Lou dans une tentative d'abuser d'elle. C'est une horreur, se dit Tristan dans sa tête. Il commence à paniquer, car il connaît bien Marine et il sait qu'elle va tout faire pour lui causer le plus de problèmes possible.

Pensez donc, Tristan sur sa fille, sa fille qui se débat, les mains de Tristan qui bloquent les poignées de Marie-Lou, pour elle, il n'y a pas de doute, il a essayé d'abuser de sa fille, il a essayé de la violer.

L'instant est des plus délicats. Si Tristan explique vraiment ce qui s'est passé, il doit parler du baiser. S'il en parle, Fanny sera au courant et le moment va vraiment très mal se passer. Il essaie donc une nouvelle fois de réfléchir au mieux, au plus vite. Mais impossible de raisonner Marine, cette dernière attrape sa fille violemment par le bras, et l'emmène avec elle. Elles repartent toutes les deux à pied, chez Françoise et Paul.

Malheureusement, qui pouvait prévoir que Marine retournerait chez ses parents pour reprendre son téléphone ? Elle a compris, en voyant le téléphone portable de sa fille sur la table, qu'elle était partie avec le sien. Paul a indiqué, à ce moment-là, que Marie-Lou est partie demander un fusible chez Fanny et Tristan. Les grands-parents ignorent dans l'instant et en tout état de cause que Fanny est absente.

De plus, les pauvres, ils ont, depuis l'histoire du cahier de textes, l'interdiction de laisser la jeune fille aller chez les Mercier. Mais Paul, à son âge, ne se sentait pas le courage d'y aller lui-même pris par la peur de tomber sur cette neige glissante.

Finalement, Marine est partie voir Marie-Lou chez les Mercier pour récupérer son téléphone et elle a surpris sa fille et Tristan dans une situation qu'elle identifie tout de suite de la part de Tristan comme malsaine et violente envers sa fille.

Pour ce qui est de Tristan, il est paniqué. Il n'a dans sa tête que l'image agressive de Marine qui va crier, et il n'en doute pas, haut et fort, qu'il a essayé de violer sa fille. Tristan a du mal à réagir, il cherche ce qu'il doit faire, ce qu'il doit dire et comment faire pour se sortir de cette mauvaise histoire qui tourne au vinaigre.

Le soir venu, Tristan téléphone comme chaque soir à Fanny en stage à Avignon. Il décide de lui parler de la situation, car la proportion que peut prendre la réaction de Marine envers lui risque d'être sans égale. Marine éprouve beaucoup de rancœur et de haine pour Tristan, lui, ne sait pas trop pourquoi. Il y a bien un moment de leur vie, ou garder en silence, un épisode qui peut, peut-être, expliquer cela. Mais Tristan se refuse à y penser, à même l'évoquer.

Tristan téléphone à Fanny.

« Bonsoir, Fanny, comment vas-tu ? »

« Bonsoir, Tristan. Oh ! Une journée difficile aujourd'hui, mon amour. Tu sais, nous devons apprendre à maîtriser le nouveau logiciel qui sera en route dans l'entreprise dès le mois prochain. C'est beaucoup de choses à retenir, car il est vraiment très différent de celui avec lequel je travaille actuellement. J'en ai plein la tête, mais pour le moment je ne décroche pas, c'est plutôt bon signe. Et toi ta journée alors, toujours la neige ? »

« Oui, toujours la neige, il est encore tombé deux à trois centimètres cette nuit. Du coup j'ai posé des *RTT* jusqu'à vendredi, je vais rester à la maison tranquille. Mais avec le froid tout souffre, ce matin j'ai dégelé l'arrivée d'eau à cause des températures de la nuit. »

« Ne devais-tu pas le protéger à l'automne ? »

« Et si, mais j'ai oublié, du coup, c'est fait maintenant ! »

« Au moins, tu auras de l'eau pour te laver ce soir. J'ai vu la météo, il devrait tomber de la pluie cette nuit et les températures revenir vers 10 à 12 degrés. »

« Tant mieux pour les températures, j'adore la neige, mais là tout devient compliqué. Oh, tiens, il m'est arrivé une drôle d'aventure aujourd'hui. »

« Où ? À la maison ? »

« Oui, j'ai vu Marie-Lou, elle est venue chercher un fusible pour son grand-père Paul, car il a apparemment mis le chauffage électrique dans son garage et le fusible a grillé. »

« Tiens donc ! Là, elle n'a pas d'interdiction pour venir la petite Marie-Lou. Ah çà, quand ils ont besoin de quelque chose… »

« J'ai trouvé du coup un fusible pour Paul dans mes pièces anciennes. Lorsque je suis sorti pour raccompagner Marie-Lou, enfin elle m'a dit qu'un oiseau avait du mal à voler, enfin un truc comme ça de ses inventions habituelles, mais moi j'ai pensé que c'était vrai. Mais, malheureusement, dès que j'ai eu le dos tourné, elle a commencé à me jeter de la neige et la mettre dans mon cou. Alors, j'ai voulu riposter et on est tombés dans la neige. »

« Ne me dis pas que Marie-Lou s'est blessée… Ah non ne me dit pas ça, je ne veux rien à voir avec sa mère ! Elle est complètement folle, je vais me faire incendier ! »

« Non, Fanny, je suis tombé sur Marie-Lou en courant après elle. Et comme elle voulait continuer à me mettre de la neige dans le cou j'ai tenu ses poignées, et là sa mère est arrivée en croyant que je voulais abuser de la petite. »

« Attends, Tristan. Tu peux me réexpliquer tout ça, s'il te plaît ! »

« Bah tu sais Fanny, on chahute toujours Marie-Lou et moi, là, on a joué avec la neige, la petite est tombée puis moi je suis tombé sur elle, mais vraiment je n'y suis pour rien, on a glissé tous les deux sur le côté des noisetiers. »

« Et pourquoi tu lui tenais les mains ? »

« Elle voulait me mettre de la neige dans le cou, c'était pour l'empêcher, et là sa mère est arrivée et elle dit qu'elle va aller à la police porter plainte. »

« Je t'avais prévenu Tristan qu'elle porterait plainte. Je commence à en avoir marre de cette petite, elle est en train de mettre le foutoir dans mon couple. Et toi tu te laisses faire, mais tu fais chier Tristan ! Bien sûr, tu étais allongé sur elle ! Et quand je ne suis pas là, comme de par hasard, c'est ça ou j'ai oublié quelque chose ? »

« Pourquoi tu dis les choses comme ça Fanny ? Je suis tombé sur elle, je n'étais pas volontairement sur elle ! Mais tu me prends pour qui, un violeur toi aussi ? Ce n'est pas la peine de vivre 10 ans en couple pour s'entendre dire ça ! »

« Parce que Tristan, j'en ai marre des cahiers de textes avec ton prénom et des cœurs, j'en ai marre de vous voir vous regarder pendant de longues secondes dans les yeux. J'en ai marre de vos glissades et de vous voir toujours l'un contre l'autre ou l'un sur l'autre maintenant. Merde et encore merde Tristan, sais-tu qu'elle n'a que 15 ans ? tu réalises ou pas ? »

« Bien sûr que je réalise, mais pour moi il n'y a pas de confusion !

Ah ! Je croyais que tu l'aimais bien Marie-Lou… »

« Mais Tristan, ce n'est pas la question. Ce que tu me racontes est-ce bien la vérité ? »

« Mais bien sûr que oui ! Non, mais franchement tes insinuations me blessent énormément. Pourquoi tu ne crois quand même pas que j'ai essayé d'abuser d'elle ? »

« Je ne l'espère pas Tristan, je ne l'espère vraiment pas ! »

« Mais Fanny, je te jure que l'ont à glisser et que l'on est tombés comme ça ! »

« Tu imagines si elle porte plainte, on va nous prendre pour qui dans la ville ? Vraiment Tristan, à croire que tu le fais exprès, ce n'est pas possible, vraiment pas possible. Écoute, je suis fatiguée, je dois encore me laver et aller manger, rappelle-moi demain s'il te plaît et là franchement tu ne peux pas savoir à quel point cette gamine je la déteste. Pire, je la hais ! Oui, c'est vrai, et je le redis, elle arrive et vlan, elle fout tout en l'air, et toi tu es là toujours son complice, tu ne sais même pas lui dire non. »

« Ok Fanny, désolé, mais c'est la vérité, on est tombés, c'est tout. »

« Bonsoir, Tristan et j'espère vraiment que tu me dis la vérité ! »

« C'est la vérité Fanny ! »

Fanny raccroche d'un bref au revoir. Tristan reste un peu secoué par la colère de son épouse. Mais après tout, Tristan n'a pas menti, les mains sur les poignées de Marie-Lou, lui qui est tombé sur elle, c'est bien la vérité, non ?

Maintenant, il reste le fameux baiser volé. Quelque part, la vérité de Marie-Lou et Tristan est très loin des idées que se fait Marine sur ce qu'elle a vu.

Le 28 avril 2021

Enfin, le printemps est là, la douceur du soleil est agréable, et ce, depuis hier.

Marine, la maman de Marie-Lou se rend à la compagnie de gendarmerie de Nîmes, 56 rue Sainte-Geneviève. C'est un grand bâtiment sale sans ravalement, gris clair, qui est bâti entre la rue Sainte-Geneviève et l'avenue Pierre Gamel.

L'entrée est fermée par une grille blanche et d'une petite porte automatisée de la même couleur dont l'ouverture se fait de l'intérieur de la gendarmerie par l'intermédiaire de l'agent d'accueil. Un Interphone permet de se présenter avant de pouvoir être autorisé à entrer.

Marine appuie sur le bouton de l'interphone.

« Gendarmerie nationale, je vous écoute. »

« Oui, bonjour, je viens pour déposer plainte. »

« Oui, madame, pour un vol ? »

« Non, monsieur, c'est pour une tentative de viol sur ma fille de 15 ans. »

Les mots sont durs et accusateurs remplis de colère dans la voix de Marine.

« Je vous ouvre, madame. »

Un clic fait trembler la porte et celle-ci s'entre ouvre de quelques centimètres. La maman de Marie-Lou pousse la porte et entre dans l'allée qui conduit à l'entrée de la gendarmerie. Une grande porte en bois franchie, Marine se présente devant le guichet d'accueil. Le gendarme s'adresse immédiatement à elle.

« Madame, l'adjudant-chef Céline Marest va prendre votre déposition de plainte. »

Marine est invitée à s'asseoir quelques instants, puis environ 3 minutes plus tard, une femme en uniforme s'approche d'elle.

« Bonjour, je suis l'adjudant-chef Marest. Vu la gravité des faits que mon collègue m'a transmis qui concerne votre dépôt de plainte, c'est moi qui vais enregistrer votre déclaration. Veuillez me suivre s'il vous plaît. »

Marine se lève, entre dans un long couloir bleu clair, mal éclairé et qui résonne d'un clic que fait un tube néon du plafond qui semble en fin de vie. Dans le couloir, une odeur de javel se fait sentir. Quelques marques humides indiquent qu'il a été lavé il y a peu.

« Entrez, madame, et asseyez-vous s'il vous plaît. »

Marine s'exécute, entre dans le bureau de l'Adjudant-chef Merest et s'installe sur la chaise de droite. Devant elle, un écran d'ordinateur très gros et ancien. Elle peut apercevoir un store gris cassé devant la fenêtre du bureau. Des barreaux dessinent le contour de la fenêtre de l'extérieur, le bureau se trouve au premier niveau de la gendarmerie. Un grand porte-manteau noir est dressé sur la gauche. Dessus est accroché, une veste militaire de gendarmerie. Sur les murs, des affiches *la gendarmerie recrute* et d'autres qui parlent de *discrimination raciale*, *de vols* et la dernière affiche indique le *numéro 3 919 pour les femmes battues* et précisent que ce numéro est joignable 24 h/24 h.

L'adjudant-chef Marest Céline saisit le clavier de l'ordinateur, le place devant elle et s'adresse à Marine.

« Mon collègue de l'accueil m'a dit que vous veniez pour déposer une plainte pour viol. Qui est la victime ? »

« Oui, c'est exact, je veux porter plainte pour tentative de viol sur ma fille de 15 ans. »

« La personne concernée est un membre de la famille, est-ce quelqu'un de proche ? »

« Non, il s'agit d'un homme qui vit près de chez mes parents. »

L'adjudant-chef Merest réfléchit quelques secondes et prend la parole.

« Je vais procéder à l'enregistrement de votre plainte et tout d'abord je vais prendre votre état civil, mais je dois vous informer sur différents points avant l'enregistrement de votre plainte. Vous pouvez aujourd'hui déposer plainte pour votre fille en son nom, mais elle-même peut aussi porter plainte en venant ici à la gendarmerie.

Ensuite, l'enquête sera prise en charge par les gendarmes formés pour auditionner les enfants et les personnes soupçonnées d'infractions sexuelles. Nous avons aussi, ici en gendarmerie, la brigade de protection des personnes et une unité de la brigade des mineurs.

Nos enquêteurs choisiront le meilleur moment pour entendre votre fille. En règle générale, l'enfant donc votre fille sera auditionnée rapidement dans un temps voisin de l'action. Elle sera interrogée une nouvelle fois dans le cours de ses déclarations. Ensuite, elle sera tranquille à la suite de ses confidences et déclarations que nous aurons pu recueillir. L'entretien avec votre fille sera composé d'un enregistrement sonore ou audiovisuel, ce qui est obligatoire pour une mineure. Mais pour cela, il nous faudra votre consentement ou celui de son représentant légal en cas de divorce, mais s'il s'agit de vous, cela ne pose pas forcément de problème. Ces auditions sont menées dans le cadre d'une procédure appelée "Mélanie". C'est le nom de la première jeune fille à avoir été auditionné dans ces conditions. Selon cette procédure, un gendarme formé à ce type d'entretien est à l'intérieur, un autre à l'extérieur. Un expert psychiatre peut être réquisitionné pour faciliter l'audition, qui dure 20 à 30 minutes.

Maintenant, j'aimerais aussi vous informer, sur le fait d'une fausse déposition. En effet, dans certains cas, lors d'un divorce par exemple, nous enregistrons des plaintes pour attouchements sexuels contre l'un ou l'autre des parents, plus principalement le papa, afin d'obtenir une garde ou un éloignement du parent divorcé ou séparé. Ce n'est apparemment pas votre cas, mais permettez-moi de vous en donner connaissance.

Selon l'article 226-10 du Code pénal, la dénonciation calomnieuse est la dénonciation d'un fait fondé sur un mensonge à une personne ayant le pouvoir d'y donner suite ou à celle qui peut la saisir. Le fait de dénoncer doit être de nature à entraîner une sanction judiciaire, disciplinaire ou administrative.

À savoir qu'une personne qui est accusée d'un fait qui ne la concerne pas peut également introduire un recours pour dénonciation calomnieuse.

En date du 2 mars 2022, la peine encourue pour le délitde dénonciation calomnieuse est de cinq ans d'emprisonnement et d'une amende de 45 000 €.

Après ses informations, madame, souhaitez-vous poursuivre le dépôt de votre plainte ? »

« Oui, je souhaite poursuivre », répond Marine.

« Votre identité madame ? »

« Je suis, Marine Paillon, née le 16 avril 1984, à Nîmes. »

« Votre adresse ? »

« 417 rue des Clapas à Nîmes. »

« Votre plainte concerne-t-elle votre fille ? »

« Oui, Marie-Lou Paillon, née le 30 juillet 2007, à Nîmes. »

« Le motif de votre plainte ? »

« Tentative de viol sur ma fille. »

« Pouvez-vous me décrire les faits qui vous incitent à déposer plainte ? »

Marine Paillon sort de sa poche un petit carnet rouge et ouvre les premières pages.

« Oui, bien sûr. Le 25 avril 2022, ma fille Marie-Lou qui était chez ses grands-parents s'est rendue chez monsieur Tristan Mercier. »

« Qui est monsieur Mercier, quelqu'un de votre famille, un ami de la famille ? »

« Un voisin de mes grands-parents et un ami à eux. »

« Poursuivez la description des faits s'il vous plaît. »

« Le 25 avril 2022, ma fille Marie-Lou est partie chez les Mercier pour chercher un fusible, car mon père, qui garde ma fille pendant mes activités professionnelles, n'avait plus d'électricité dans son garage. Il a envoyé ma fille pour demander si les Mercier avaient un fusible de rechange pour les dépanner. »

« Pourquoi dites-vous les Mercier ? »

« Car c'est un couple, Fanny et Tristan Mercier. »

« Était-ce la première fois qu'elle se rendait chez les voisins de vos parents ? »

« Non. Elle s'y rend souvent malgré que mes grands-parents ont l'interdiction de la laisser aller chez les gens sans mon autorisation. »

« Pouvez-vous me donner l'adresse de vos parents et leur identité s'il vous plaît ? »

« Oui, ma maman s'appelle Paillon Françoise, née Demartin et mon papa, c'est Paul. Ils habitent au 17 chemin des buttes à Nîmes. »

« Connaissez-vous l'adresse des Mercier ? »

« Je ne me rappelle plus le numéro, mais c'est rue des Cèbes à Nîmes. »

« Merci. Pourquoi votre fille va-t-elle chez les Mercier autrement que pour aller chercher un fusible ? »

« Elle y va souvent pour rendre visite à la femme de monsieur Mercier, ils cuisinent ensemble, écoutent de la musique, regardent la télévision et aussi jouer sur l'ordinateur. Et puis du printemps à l'été, elle joue dans leur jardin. Souvent avec monsieur Mercier d'ailleurs. Elle joue au ping-pong, au ballon, avec des pistolets à eau ou à se courir après. Deux fois, l'été dernier elle a été malade par les jeux d'eau donc j'avais interdit à mes grands-parents de la laisser y aller. »

Marine exclut de la conversation le cahier de textes de sa fille qui comporte le prénom de Tristan et les cœurs autour.

« Vous parlez de leurs activités du printemps à l'été, très bien, mais le 25 avril, l'épouse de monsieur Mercier, n'était-elle pas présente ? »

« Oui, elle est toujours présente sauf le 25 avril où elle n'était pas là. D'après ma fille, Fanny, ou si vous préférez madame Mercier, était absente, car en formation à Avignon. »

« Que vous a dit exactement votre fille ? »

« Elle ne m'a rien dit. »

« Excusez-moi, mais je ne comprends pas, les faits que vous décrivez pour la journée du 25 avril d'où les tenez-vous ? »

« Ma fille avait emporté mon portable avec elle. Elle utilise souvent mon téléphone pour jouer à des jeux quand le sien est en recharge et donc je suis partie dans l'idée de le récupérer. J'ai appelé chez mes parents et ils m'ont dit qu'elle était partie chez les Mercier demander un fusible pour un problème électrique. Ils n'avaient plus d'électricité dans le garage. Je me suis donc rendue chez les Mercier, rue des Cèbes. Leur maison est en haut d'une petite côte et je n'ai pas réussi à grimper avec la neige tombée la nuit dernière. J'ai stationné mon véhicule en bas de la montée et je suis partie à pied. Quand je suis arrivée à la hauteur de la maison des Mercier, j'ai vu Marie-Lou se débattre et quand mon regard s'est posé sur le jardin et derrière un petit bonhomme de neige, Tristan Mercier était allongé sur ma fille. »

« Qu'avez-vous vu madame ? »

« Ma fille criait et se débattait, il était sur elle, et elle ne pouvait plus bouger, Tristan Mercier est un homme costaud et ma fille ne pouvait pas se dégager d'en dessous. Heureusement, je suis arrivée à temps. »

Marine indique dans sa déclaration que la petite Marie-Lou criait. Ce qui n'est pas vrai, elle ne criait pas, mais elle rigolait avec Tristan.

Elle se débattait aussi, certes, mais pour mettre de la neige dans le cou de Tristan et pas pour les motifs que semble insinuer Marine.

« Mais qu'avez-vous avez fait à ce moment précis ? »

« J'ai hurlé à Tristan Mercier de la lâcher, j'ai crié à Marie-Lou de venir tout de suite auprès de moi et de venir immédiatement. »

« Quelle était la réaction de monsieur Mercier ? Avez-vous distingué quelque chose qui laisse à penser qu'il allait abuser de votre fille ? »

« Il m'a dit que je me méprenais, mais j'ai bien compris son jeu, je lui ai dit que j'allais aller porter plainte et que des salauds comme lui devait aller se faire soigner. J'ai pris Marie-Lou par le bras et nous sommes reparties toutes les deux à pied chez mes parents. J'ai laissé ma voiture en bas de la montée et je suis venue la récupérer tard dans la soirée. »

« Que vous a dit votre fille ? Vous a-t-elle parlé ? »

« On marchait doucement, la route était glissante, mais je tremblais beaucoup, j'étais très énervée. Je lui ai demandé s'il l'avait touchée, s'il lui avait demandé de le toucher, de faire des choses. Elle ne m'a pas répondu, elle avait la tête baissée. Nous sommes rentrés chez mes parents, je l'ai pris dans mes bras, je l'ai serré fort tout contre moi, mais elle semblait réticente à mes marques d'affection. Puis nous sommes reparties en voiture, la ville commençait à sabler de nouveau les routes. Nous sommes allées aux urgences à l'hôpital, je leur ai expliqué la situation. Ils lui ont fait passer un examen postviol, je ne sais même pas ce que cela veut dire, je suis vraiment perdue. J'espère qu'il n'a pas violé ma fille sinon je le tue, je vous le jure s'il l'a touchée, je tue cette ordure. »

« Le test postviol a-t-il été effectué donc le 25 avril ? »

« Oui, c'est ça, mais ils ne m'ont pas donné le résultat. Ils m'ont dit que le résultat sera connu que lorsqu'une plainte sera déposée. »

« C'est normal madame Paillon, le résultat d'un test postviol n'est communiqué qu'à la police ou à la gendarmerie qui enregistre votre plainte et seulement si, une plainte a bien été déposée. Je vais vous demander de m'attendre quelques instants, je vais contacter la police scientifique pour connaître le résultat, car c'est chez eux que les résultats de tels examens sont enregistrés. Les prélèvements sont faits à l'hôpital, mais l'analyse est toujours pour la police scientifique dans les affaires comme celle qui concerne votre fille. »

« D'accord, je vous attends. »

L'adjudant-chef Merest revient cinq minutes plus tard.

« Les résultats de la police scientifique donnent en conclusion que l'examen postviol a un résultat négatif. Il n'y a pas eu viol, pas de rapports sexuels contraints. Pas de rapports sexuels du tout. »

À la suite de ce résultat, Marine demande un test de virginité pour sa fille.

« Je veux savoir si ce salaud couche avec ma fille. »

« C'est impossible madame Paillon. »

« Comment ça, c'est impossible ? Je veux savoir s'il abuse de ma fille et je veux savoir s'il couche avec elle. »

« Madame Paillon, le test de virginité est prohibé en France. Il est en effet considéré comme une atteinte à la liberté des personnes. Votre fille aujourd'hui est en majorité sexuelle, c'est-à-dire, que si elle donne son consentement, elle a le droit à la liberté d'avoir une relation sexuelle. Dans le test de virginité que vous nous demandez, l'organisme mondial de la santé dénonce qu'il s'agit d'une violation de plusieurs droits humains, dont le droit des filles et des femmes. De plus, le médecin est tenu selon le code de déontologie de respecter le patient. Ainsi, toutes les personnes qui exigent la pratique d'un test sont passibles d'une poursuite pénale.

Madame Paillon, pour ce qui est de l'âge de votre fille, 15 ans, la majorité sexuelle en France est actuellement fixée à cet âge-là précis. »

« Comment ça ? Vous voulez dire que ma fille peut avoir des rapports sexuels avec une personne majeure, avec ce gars-là, Tristan Mercier. Mais comment cela est possible ? »

« Madame, en France, il existe bien une majorité sexuelle, fixée à 15 ans. En conséquence, si un majeur a une relation sexuelle avec un mineur de moins de 15 ans, celle-ci est automatiquement considérée comme une "atteinte sexuelle". Mais, aujourd'hui, aucune loi ne prévoit un seuil d'âge en dessous duquel la société considère qu'il ne peut y avoir de débat sur le consentement sexuel d'un enfant.

Dans le monde, certains pays ont fixé un tel seuil : 12 ansen Espagne ou aux États-Unis, 14 ans en Allemagne et en Autriche par exemple. En France, le droit se place du côté de l'auteur pour rechercher s'il a commis l'infraction et ne s'interroge pas sur le consentement de la victime, mais il existe deux seuils dans la loi française. Le premier, le plus bas, c'est l'atteinte sexuelle, qui recouvre tout acte sexuel entre un adulte et un mineur, avec ou sans pénétration. Lorsqu'elle est commise sur un mineur de moins de 15 ans, cette infraction est punie de 5 ans d'emprisonnement. La loi prévoit également une atteinte sexuelle sur mineur de moins de 18 ans, mais commise cette fois par un adulte ayant autorité comme un parent ou un enseignant. Elle est punie de deux ans d'emprisonnement.

Le second seuil concerne les actes commis par un adulte sur un mineur avec contrainte, menace, surprise ou violence. S'il n'y a pas pénétration, il s'agit d'une agression sexuelle. La justice retient la minorité de moins de 15 ans comme une circonstance aggravante et la peine encourue passe de 5 ans à 7 ou 10 ans. S'il y a pénétration, il s'agit d'un viol passible des assises. Là encore, la minorité de moins de 15 ans aggrave la peine encourue de 15 à 20 ans. En revanche, si la contrainte n'est pas retenue, la loi considérera qu'il n'y a pas eu agression sexuelle ou viol. Et c'est à la juridiction saisie d'apprécier le consentement du mineur. »

« Si je vous comprends bien, un homme peut avoir des rapports sexuels avec une jeune fille de 15 ans donc. »

« C'est le tribunal qui décide s'il y a consentement ou pas de la part du ou de la mineure. Mais en tout état de cause, oui, la loi ne peut pas condamner un homme majeur qui a des rapports sexuels consentis avec une mineure de 15 ans si le tribunal reconnaît le consentement du ou de la mineure. »

Marine reste sans voix, prostrée, dépitée, révoltée de l'intérieur. Elle ne trouve pas les mots. Elle réfléchit et cherche. Elle se dit que ce ne peut pas être comme ça…

« Il l'a violée, ou contrainte j'en suis sûr, il doit aller en prison. Je veux que cet homme se retrouve en prison, je ne veux plus qu'il approche d'autres enfants, c'est un homme dangereux, il a essayé de violer ma petite fille, je veux qu'il aille en prison. »

« Madame Paillon, vous ne pouvez pas lancer des accusations comme vous le faites. L'enquête déterminera s'il y a délit ou pas, mais soyez sûr que nous allons faire une enquête sérieuse pour déterminer tout ce qui s'est passé le 25 avril. Je comprends votre détresse, madame Paillon, calmez-vous, respirez doucement. Tout d'abord, croyez-moi, nous allons suivre la procédure et si ce monsieur Mercier a fait quoi que ce soit à votre fille Marie-Lou, il sera condamné pour cela, je vous le promets. Je vais vous expliquer le déroulement de la procédure après votre visite à l'hôpital. Tout d'abord, maintenant que votre plainte est en cours d'être enregistrée, la procédure va suivre son cours. La procédure judiciaire va se dérouler ainsi : avant d'entendre monsieur Tristan Mercier qui est la personne aujourd'hui soupçonnée d'une tentative de viol, les enquêteurs vont chercher à obtenir le maximum d'informations sur lui et sur sa femme, qui pourrait, bien sûr, être complice, c'est ce que les enquêteurs devront établir. Ils vont travailler donc sur leurs environnements à tous les deux. Madame Mercier sera interrogée, puis l'employeur de monsieur Mercier, pour savoir comment il se comporte au travail.

À l'issue de la garde à vue, si cette dernière est prononcée, c'est le parquet qui décide des poursuites, ou d'un classement sans suite. Dans le premier cas, la procédure est classique. Elle dépend de la gravité des faits. Les suites peuvent aller d'un jugement en comparution immédiate au tribunal correctionnel, à, en cas de viol, un procès devant une cour d'assises. Mais ce type de procédure est long et coûteux. Alors, pour aller plus vite et pour préserver les victimes, les faits sont souvent correctionnalisés. Le crime est converti en délit et jugé devant un tribunal correctionnel donc sans jurés. »

« Donc maintenant j'ai quelque chose à faire ou dois-je attendre les résultats de la procédure ? »

« Oui, madame Paillon, attendez le déroulement de la procédure, mais, entre-temps, vous et votre fille recevrez une convocation pour être entendues, ici dans nos locaux. Nous comparerons vos déclarations avec celles faites par madame et monsieur Mercier. Mais c'est surtout celle de Tristan Mercier qui va nous intéresser. Ensuite, nous entendrons votre petite Marie-Lou et selon ce qu'elle va nous dire des faits que vous rapportez, une garde à vue pourra être prononcée contre Tristan Mercier si la situation le demande. »

« D'accord. Merci beaucoup. J'espère vraiment qu'il ira en prison. »

« Madame Paillon, une nouvelle fois, vous ne pouvez pas tenir ce genre de propos ou de souhait, appelé ça comme vous le voulez, tant que la procédure n'est pas aboutie. Pour ce qui est du reste, je vous en prie madame Paillon, nous sommes là pour vous aider vous et votre jeune fille. »

C'est cinq jours plus tard, le 3 mai 2022, que Fanny et Tristan découvre dans leur boîte à lettres une convocation urgente de la gendarmerie de Nîmes. Il est précisé dessus : veuillez contacter immédiatement l'adjudant-chef Céline Merest à la gendarmerie de Nîmes en appelant, dès la connaissance de cet avis, le 04.66.38.50.41 Fanny et Tristan se regardent un instant, se demandent ce qui se passe. Tristan prend le poste téléphonique posé à droite de la télévision et compose le numéro de téléphone de la gendarmerie.

« Gendarmerie nationale, j'écoute. »

« Oui, bonjour, monsieur, j'ai reçu un avis de convocation et il est écrit dessus de vous appeler dès la réception de l'avis, donc voici la raison de mon appel. »

« Oui, monsieur, quel est votre nom et votre lieu de résidence ? »

« Je suis monsieur Mercier Tristan, et j'habite chemin des Cèbes à Nîmes.

« Quelle est la personne à contacter ? »

« L'adjudant-chef Merest Céline. »

« Merci, patientez s'il vous plaît. »

Pendant le laps de temps d'attente, Tristan regarde Fanny et lui dit.

« Tu crois que c'est la mère de Marie-Lou qui a déposé cette plainte ? »

« J'en ai bien peur Tristan. Tu sais bien qu'elle ne te fera pas de cadeau. »

« Je te le dis et je te le redis une nouvelle fois Fanny, je n'ai rien à me reprocher. »

Le temps commence à défiler lorsque la personne qui a accueilli l'appel de Tristan revient au téléphone.

« Monsieur Mercier, vous devez vous rendre ici à la gendarmerie ce matin même ou cet après-midi vous et madame Mercier Fanny, votre épouse. »

« Ce matin nous ne pouvons vraiment pas, nous sommes désolés, mais cet après-midi nous pouvons sans aucun souci. »

« Je vous expliquerais à la gendarmerie le motif de votre convocation. Merci de venir pour 15 heures. »

« D'accord, nous serons là pour 15 heures, à tout à l'heure. »

« Je note monsieur Mercier, nous vous attendons vous et votre femme à 15 heures à la gendarmerie principale de Nîmes, 56 rue Sainte-Geneviève, au revoir. »

« Au revoir. »

Fanny et Tristan se regardent et sans être totalement convaincus, l'un et l'autre pensent quand même à la menace de Marine de porter plainte.

« Je me demande bien ce que tout ça va faire, je n'aime pas les problèmes, tu le sais Tristan. »

« Je le sais Fanny, mais je vais leur dire, si c'est bien Marine qui a porté plainte, ce qui s'est passé et la version de Marie-Lou confirmera la mienne. »

« C'est quand même une sacrée garce. Comment elle peut penser qu'il peut se passer quelque chose entre toi et sa fille ? C'est absurde. »

Tristan est un peu gêné. Bien sûr, la version de Tristan est la vérité, mais la situation ne joue pas en sa faveur surtout si Marie-Lou parle du baiser. Quelque part, cela sauve Tristan d'une situation où Marine pense qu'il a voulu abuser de sa fille, mais de l'autre côté, il perd sa femme Fanny.

Pour un baiser… Oui, pour un baiser volé voilà où nous en sommes, se dit Tristan dans sa tête. Mais qu'est-ce qui m'a pris, pourquoi j'ai laissé faire ça, pourquoi je l'ai laissée m'embrasser… Je m'en veux, je m'en veux terriblement, se dit-il encore.

Mais Tristan a succombé à ses sentiments. Il est indéniable qui est tombé en tendresse pour Marie-Lou, ses pensées pour elle, ses manques quand elle est absente, ses sourires et ses regards que Tristan dévore à chaque instant avec elle.

Mais la punition de Marine d'empêcher Marie-Lou de venir chez lui et Fanny l'avait presque guéri. Avec le résultat d'écarter la jeune fille de lui depuis plusieurs semaines. Il avait repris les sorties avec Fanny, les soirées câlines, les petits repas en amoureux et une complicité forte et sincère. Malheureusement, il n'a fallu qu'un instant pour qu'il bascule de nouveau sous les traits charmeurs de Marie-Lou, sans penser, sans même réfléchir à en oublier le chemin de la raison.

Finalement, l'heure du repas du midi arrive, mais l'appétit est absent.

Tous deux grignotent quelques rondelles de saucisson, des olives noires, un peu de pâté de campagne, du pain bûcheron et quelques pommes. De l'eau pour Fanny avec ce petit repas improvisé, Tristan lui a décapsulé une bière allemande.

L'heure semble figée, comme coincée, avec l'impression que le temps n'avance plus.

Tristan s'adresse à Fanny.

« Tu sais Fanny, je ne pense pas que Marine ait déposé une plainte contre moi. Je sais bien qu'elle me déteste sans même que je sache vraiment pourquoi, mais quand même. Marie-Lou et ses explications ont bien dû la convaincre qu'elle a mal jugé la situation qu'elle a vue. De plus, moi aussi je me suis expliqué à Marine. Franchement je ne vois pas, comment elle peut déposer une plainte. Mais tu sais, il y a plusieurs jours, je me suis pris la tête avec le vieux Movitch, et lui, par contre, a dit qu'il porterait plainte au procureur de la République, je crois. Apparemment, d'après ses dires, il le connaît bien. Du coup, moi je pense plutôt à lui. »

« Je n'en sais rien Tristan. Si c'est Marine, comme tu dis, le témoignage de sa fille va vite mettre sa plainte loin de nous nuire, si c'est le vieux Movitch, j'espère que ça ne fera pas d'histoires avec ce gars-là. Déjà qu'il pense qui est le Maître ici, qu'est-ce que ça va être après. »

« De toute façon, on va le savoir très vite Fanny. »

« Oui, mais je m'en passerais bien de tout ça Tristan. »

« Oui, je sais… »

Car ce n'est peut-être pas Marine après tout, comme le suggère Tristan. Il pense au vieux Movitch, un ingénieur en retraite de 70 ans qui habite de temps à autre la maison du bout de la rue. Une maison qui appartenait aux parents de l'ingénieur, mais après le décès du dernier vivant, il en a hérité et partage son temps libre de retraiter entre Nîmes et son autre maison à Martigues.

Tristan surnomme Movitch « coco ». L'ingénieur en retraite à la fâcheuse habitude lorsqu'il s'adresse à quelqu'un de toujours appeler les gens « cocos ». Ce qui énerve Fanny et Tristan. Il est, de plus, plutôt familier avec Fanny et il est quelqu'un de très curieux. C'est un homme célibataire qui n'a jamais été marié, prétentieux et malicieux. Movitch possède un Danois du nom de Biba. Son chien, lorsque le vieux Movitch vient passer du temps ici à Nîmes, vagabonde toujours dans la rue, les champs voisins ou dans le jardin des Mercier. Tristan est vite agacé par ce chien qui traîne partout et dont son propriétaire donne l'impression de se croire tout permis. Mais c'est lorsque Fanny ou Tristan trouvent les gros besoins de Biba dans leur jardin que le ton monte. Il y a deux semaines, l'échange entre Tristan et le vieux Movitch à propos des saletés que Biba laisse dans le jardin des Mercier est devenu très tendu. Si tendu, que le vieux Movitch s'est senti menacé et a dit qu'il porterait plainte au procureur de la République par lettre recommandée en expliquant les détails de l'accrochage avec Tristan.

Alors qui sait ?

14 h 45, le même jour

Fanny et Tristan se préparent pour leur convocation à la gendarmerie. Tristan est étonné que Fanny soit aussi sur la convocation, car s'il s'agit de la plainte du vieux Movitch, pourquoi est-elle concernée vu que c'est lui qui a réprimandé ce dernier. De même si la plainte est de Marine, pourquoi Fanny est convoquée.

De toute façon, il faut s'y rendre pour comprendre le pourquoi du comment. Tous deux se préparent et rejoignent leur voiture. On ne se parle pas beaucoup, on est dans l'interrogation, on se demande ce qui se passe.

Fanny et Tristan ont une grande complicité, ils ne se cachent jamais rien et ont pour ligne de conduite de tout se dire et de parler de tout ce qui peut les tracasser ou les soucier. Mais depuis un certain temps, Tristan ne dit pas tout. Courbessac et le doigt de Marie-Lou sur ses lèvres et le baiser dans la neige ont été volontairement mis de côté. Si seulement Tristan avait parlé de Courbessac, Fanny ne serait pas sur la défensive, elle aurait connaissance de la position de Marie-Lou envers lui. Bien sûr, il y a le cahier de textes et les petits cœurs autour du prénom de Tristan, mais Fanny se demande quand même si Tristan n'a pas fait quelque chose pour que la petite s'imagine un amour avec lui. De plus, les absences de Marie-Lou interviennent après la promenade à moto. Fanny trouve cela étrange et se demande ce qui s'est passé lors de la fameuse sortie en deux roues.

Il est 14 h 55 lorsque le véhicule du couple Mercier s'immobilise sur le parking de la gendarmerie de Nîmes. Fanny sort la première, son sac à main qu'elle jette sur son épaule, son écharpe qu'elle remonte et puis, elle referme sa portière. Tristan, lui, sort quelques secondes plus tard. Il prend son portefeuille, referme sa veste et passe la main sur ses cheveux pour se recoiffer.

C'est Tristan qui appuie sur la sonnette de la gendarmerie.

« Oui, bonjour, je vous écoute. »

« Bonjour, nous sommes Fanny et Tristan Mercier, on nous a demandé de venir pour 15 heures. »

« Très bien je vous ouvre. »

Fanny et Tristan entrent dans la cour de la gendarmerie de Nîmes, et après avoir refermé le portail blanc derrière eux. Tous deux se dirigent à l'intérieur du hall d'accueil. Là, deux gendarmes en civil, une femme et un homme s'approchent d'eux. C'est la gendarme qui s'exprime à Fanny et Tristan.

« Bonjour, nous sommes enquêteurs à la brigade de la protection des mineurs. Je suis le sergent-chef Moreau et voici ma collègue, le sergent Moretti. Madame Mercier, veuillez suivre le sergent Moretti jusqu'à son bureau s'il vous plaît. Monsieur Mercier, venez avec moi. »

Donc, il ne fait aucun doute que la plainte est celle de Marine. Deux enquêteurs de la brigade de protection des mineurs, il n'a plus de doute possible et dans sa tête, Fanny est très énervée après Tristan de se retrouver dans cette posture si gênante.

Fanny s'exécute et accompagne le sergent Moretti alors que Tristan rejoint un bureau au fond du couloir avec Moreau, le sergent-chef.

Moreau et Moretti sont de la brigade d'enquêtes de la protection des mineurs et sont spécialisés dans les affaires d'atteintes à la personne. Ils sont détachés de Marseille, mais font bien partie du groupement pour la gendarmerie de Nîmes qui est, entre autres, leur zone d'intervention.

Lorsque Fanny pénètre dans le bureau où elle est conduite, elle s'assoit sur la première chaise qui se présente à elle. Dans ses pensées tout est confus. Tout se bouscule. Elle en veut à Marine de pousser le bouchon si loin avec Tristan. Mais elle en veut aussi à son mari qui ne semble plus contrôler la situation.

« Madame Mercier, je me présente », dit la gendarme.

« Je suis le sergent Moretti de la brigade de gendarmerie de Marseille. Je suis enquêtrice dans les affaires d'atteintes à la personne pour la brigade des mineurs. Vous êtes convoquée dans l'enceinte de la gendarmerie de Nîmes, vous et votre mari, afin d'évaluer et de comprendre une situation qui a été rapportée à nos services par l'intermédiaire d'une plainte déposée contre monsieur Mercier Tristan, votre époux. »

« L'atteinte à la personne, la brigade des mineurs, je ne comprends pas. Une plainte ? Qui a porté plainte ? Pourquoi quelqu'un porte plainte contre mon mari et pourquoi je suis convoquée ? Nous n'avons rien fait, je ne comprends vraiment pas. Tout cela n'a aucun sens », s'exclame Fanny.

« Madame Mercier, nous avons reçu une plainte de madame Paillon, en date du 28 avril 2022, enregistrée par l'adjudant-chef Marest Céline. »

« Je connais madame Paillon, c'est la maman de Marie-Lou. Mon mari m'a parlé de la menace de madame Paillon de porter plainte contre lui. Il lui a expliqué une situation qu'elle aurait mal interprétée, mais apparemment elle ne veut rien comprendre. Elle s'est imaginé des choses qui ne sont pas, mon mari m'a expliqué et je crois ce qu'il m'a dit. »

« Madame Mercier, pouvez-vous me donner votre adresse ? »

« Avec mon mari nous habitons au 171 chemin des Cèbes à Nîmes. »

« Quelle est votre profession ? »

« Je suis analyste dans une société de statistiques. »

« Quand je vous ai parlé de madame Paillon, vous avez évoqué Marie-Lou, sa jeune fille. La connaissez-vous ? »

« Oui, bien sûr, elle vient souvent chez nous. Sa mère la dépose en garde chez ses grands-parents qui habitent le chemin au-dessous de chez nous et souvent elle vient nous rendre visite. »

« Quels sont les rapports de monsieur Mercier, votre mari, avec Marie-Lou Paillon ? »

« Ses rapports avec la petite ? Bah, elle vient souvent, comme je vous disais, et mon mari joue souvent avec elle dans le jardin. Elle est toujours prête à l'embêter. Alors ça commence par des batailles de pistolets à eau, des courses dans le jardin, enfin ils s'amusent tous deux, mais je suis toujours là et c'est toujours en ma présence que la jeune Marie-Lou se rend chez nous. »

« Étiez-vous chez vous, le 25 avril 2022, dans l'après-midi ? »

« Le 25 avril 2022, j'étais en formation à Avignon depuis déjà plusieurs jours. »

« Dites-moi donc, vous n'étiez pas présente, c'est bien ça ? »

« Non, je n'étais pas là, j'étais à Avignon. Mon mari, Tristan était à la maison. J'étais partie en formation, lui était en *RTT*, car avec la neige il ne pouvait pas se rendre à son travail. Il m'a dit que Marie-Lou était passée à la maison de la part de son grand-père Paul qui voulait savoir si Tristan avait un fusible pour le dépanner. Ensuite, Tristan m'a expliqué avoir joué à la neige avec la petite Marie-Lou et qu'ils étaient tombés tous les deux, lui sur elle, mais que cette situation n'était que le résultat de la chute. Il m'a dit aussi que quand Marine est arrivée, elle l'a vue tenir les poignées de sa fille. Mais mon mari m'a assuré que c'était pour éviter que la petite ne lui mette de la neige dans le cou ! Franchement, dites-moi ce qui se passe, car là je ne comprends pas du tout. »

« Nous avons enregistré en date du 28 avril 2022, une plainte de madame Marine Paillon. Elle déclare s'être rendue chez vous le 25 avril 2022 pour récupérer son téléphone portable que sa fille Marie-Lou avait avec elle. Elle n'aurait pas pu emprunter la petite côte qui mène chez vous en voiture et serait montée à pied et elle aurait surpris, selon ses déclarations, votre mari couché sur sa fille. Marie-Lou dans la neige de votre jardin, les mains de votre mari, monsieur Tristan Mercier, sur les poignées de la jeune fille qui ne pouvait pas se défendre. Elle continue sa déclaration en affirmant que sa fille criait et se débattait. »

« Est-ce une plaisanterie ? Mon mari serait incapable de s'en prendre à une gamine et encore moins à Marie-Lou. C'est n'importe quoi, ils jouent ensemble, mais il n'y a rien de tout ce que vous me dites, qui puisse être dans le contexte de la situation. Mon mari et moi avons une vie sexuelle épanouie et il n'a jamais été attiré par les adolescentes, jamais ! Je sais que Tristan ne s'entend pas avec Marine, la mère de Marie-Lou, mais là je ne comprends pas pourquoi elle dit ça, c'est vraiment, mais vraiment n'importe quoi. Elle est folle cette femme, je ne veux plus de Marie-Lou chez moi, c'est fini, je ne comprends pas toutes ces histoires. »

Fanny prend sa tête dans ses mains et pleure à hautes larmes comme effondrée. Son teint est rouge, ses yeux remplis de chagrin, c'est un choc terrible pour elle, comme si tout s'écroulait. Que l'on puisse imaginer son mari s'en prendre à une gamine la rend folle.

Le sergent Moretti tend un mouchoir à Fanny et s'adresse à elle :

« Madame Mercier, avez-vous des ordinateurs chez vous ? »

« Deux… » répond Fanny entre ses sanglots.

« Je vais vous demander de m'accompagner jusque chez vous, madame Mercier, nous allons prendre possession des disques durs de vos ordinateurs utilisés par votre mari pour analyse. J'ai là une autorisation du juge d'instruction aux affaires judiciaires. »

« Pourquoi vous voulez pren… prendre les ordinateurs ? Prendriez-vous mon mari pour un pervers ? Mais de quel droit vous voulez faire ça, mais pourquoi faites-vous ça ? »

« Nous allons exécuter une perquisition dans le cadre de l'enquête. Veuillez venir avec moi s'il vous plaît. »

« Comment faites-vous pour ne pas voir que cette femme, Marine Paillon, est une menteuse complètement folle ? Je ne sais pas pourquoi elle fait ça, et quel est son but, mais mon mari n'a rien fait, il faut arrêter avec ça, c'est ignoble… »

« Madame Mercier, votre mari est actuellement interrogé par mon collègue, il pourra donner sa version des faits reprochés et s'expliquer. »

Pendant que le sergent Moretti et un brigadier de la gendarmerie de Nîmes partent avec Fanny à son domicile, Tristan est interrogé sur cette journée du 25 avril 2022.

« Comme je vous disais monsieur Mercier, madame Paillon a porté plainte contre vous. Elle a déclaré que l'après-midi du 25 avril 2022, alors qu'elle venait récupérer son portable que sa fille avait avec elle, elle vous aurait surpris, allongé sur sa fille, lui tenant les poignées.

Ainsi, dans cette position, pour l'empêcher de se défendre. Madame Paillon précise que sa fille criait et se débattait. Pouvez-vous me donner votre version des faits s'il vous plaît. »

Tristan est calme, agacé par cette plainte que la mère de Marine dresse contre lui, mais il sait qu'il n'a rien à se reprocher. Il est très exaspéré de la façon de se conduire de l'enquêteur qui le considère presque comme un délinquant sexuel.

« Pour l'après-midi du 25 avril, la petite Marie-Lou Paillon est venue au domicile de mon épouse et de moi, mais je ne me souviens plus exactement de l'heure. Je venais de finir de passer au chalumeau notre tuyau d'eau qui s'était gelé dans la nuit avec les basses températures. Ensuite j'ai vu Marie-Lou arrivée. Elle m'a dit que son grand-père voulait savoir si j'avais un fusible de rechange. Elle a sorti de sa poche un fusible cartouche de 16 A. Elle a aussi précisé que son grand-père avait provoqué une coupure de courant en branchant un radiateur électrique dans son garage. D'où, j'imagine, le fusible grillé. Ensuite, nous sommes allés tous les deux au garage et j'ai trouvé un fusible 16 A. Quand je suis ressorti avec Marie-Lou, elle m'a dit qu'un oiseau était malade dans le fond du jardin, qu'il n'arrivait plus à voler. Je suis allé voir et là la petite m'a attaquée avec de la neige qu'elle a mise dans mon cou. Je lui ai couru après et nous sommes tombés tous deux au même endroit, elle en premier et moi sur elle. Marie-Lou voulait continuer à mettre de la neige dans mon cou, mais déjà toute la neige qu'elle avait mise auparavant descendait dans mon dos et était glaciale. Pour qu'elle ne recommence pas, j'ai mis mes mains sur ces poignées au-dessus de sa tête. Tout simplement. »

« Teniez-vous les poignets de la petite Marie-Lou comme le déclare Marine Paillon dans sa plainte ? »

« Je viens de vous le dire, je tenais ses mains ou ses poignées, je ne sais plus. Est-ce si important que ça ? Je ne voulais pas qu'elle me glisse de la neige dans le cou, c'est tout ! »

« Dans quelle position étiez-vous ? »

« On était tombés juste un peu avant, elle en arrière et moi en avant donc oui, je suis tombé sur elle. Mais c'est simplement une chute due à une glissade, je ne vois pas ce que l'on me reproche dans ce jeu de neige, je ne vois vraiment pas. Je n'ai pas eu un acte de désir sexuel ni essayé de la violer ni autre chose, vous vous trompez, je ne suis pas comme ça, on jouait comme on joue souvent, c'est tout. »

« Monsieur Mercier, d'après l'enquête que nous avons menée, nous avons appris que vous étiez traité pour un trouble de l'attention et de la concentration est-ce vrai ? »

« Oui, c'est vrai, mais je ne vois pas où vous voulez en venir. »

« Le médicament préconisé par votre médecin traitant est-il bien le Bupropion ? »

« Oui, c'est le Bupropion, mais pourquoi vous me demandez ça ?

Est-il interdit de prendre du Bupropion ? »

« Monsieur Mercier, le Bupropion est reconnu pour augmenter la libido et le désir sexuel avec la provocation d'érection et d'hypersexualité. D'après votre médecin traitant, vous avez signalé plusieurs fois avoir des érections non contrôlées et des désirs sexuels qui arrivent à n'importe quel moment de la journée, est-ce vrai ? »

« Oui, c'est vrai, mais je ne transfère pas mes désirs sexuels ailleurs qu'envers mon épouse. Nous avons une vie sexuelle vraiment très satisfaisante et je n'ai pas besoin d'autre chose. De plus, je n'ai pas d'attirance sexuelle pour les adolescentes et non je n'étais pas en érection quand j'étais sur la petite Paillon, car je sais que c'est à ça que vous pensez. On jouait, nous avons glissé, je lui tenais les mains pour ne pas recevoir de neige dans le cou, c'est comme ça et dans cela il n'y a rien de répréhensible n'est-ce pas ? »

« Notre enquête déterminera les faits exacts. J'ai bien noté votre déposition. Je ne vous cache pas qu'il y aura une confrontation avec Marie-Lou Paillon. Consultez-vous sur vos ordinateurs des sites pornographiques ou à déviances sexuelles ? »

« Mais vous me prenez pour qui, j'ai une tête à violer des petites filles ou quoi ? Oui, comme tout adulte, il m'arrive de regarder des vidéos X comme d'autres regardent des films X ou comme des chaînes de télévision en diffusent. Est-ce interdit ça aussi ? Franchement c'est n'importe quoi ! Maintenant, est-ce que je peux rentrer chez moi ? »

« En ce moment ma collègue, en présence de votre épouse et d'un brigadier de la gendarmerie va effectuer une saisie chez vous pour rechercher un ou plusieurs de vos ordinateurs dans le cadre de la perquisition organisée par nos services afin de les analyser. Au vu de vos déclarations et de celle de Mme Paillon, nous avons décidé d'entendre la jeune Marie-Lou afin de confronter vos déclarations. »

« Je ne comprends pas que vous ne l'ayez pas fait avant, c'est dingue ça ! Je suis là, pointez comme un violeur, alors que je n'ai rien fait et si vous demandez à la petite Marie-Lou Paillon, elle va vous dire la même chose que moi, on jouait, on est tombé et voilà... »

« Monsieur Mercier Tristan, je prononce votre garde à vue, aujourd'hui à 15 h 20, à la suite du dépôt de plainte de Marine Paillon pour tentative de viol sur sa fille Marine. Dans l'attente de la déposition de sa fille. »

Tristan se dit que tout cela va trop loin. Il attend avec impatience la déclaration de Marie-Lou pour que tout le monde comprenne qu'il dit la vérité.

Le sergent-chef Moreau tend une boîte en plastique à Tristan :

« À la suite de votre mise en garde à vue, monsieur Mercier, je vais vous demander de mettre vos lacets, votre ceinture ainsi que vos effets personnels dans cette boîte. Vous allez être conduit en détention provisoire dans une cellule de la gendarmerie. »

Pendant ce temps, au domicile des Mercier, Le sergent Moretti accompagné de Fanny Mercier et d'un brigadier démonte les disques durs des deux ordinateurs qu'utilise habituellement Tristan et les emporte avec eux.

Fanny est là, témoin impuissant encore dans l'incompréhension totale de la situation. Elle est en pleurs. Depuis son interrogatoire, ses larmes ne cessent de couler et elle n'ose pas imaginer que Tristan ait pu tenter d'abuser de Marie-Lou. *C'est impossible, ce n'est pas possible, non ce n'est pas possible*, se martèle Fanny dans sa tête.

Marine Paillon vient de recevoir l'appel de la gendarmerie qui lui demande expressément de se rendre en compagnie de sa fille Marie-

Lou à la brigade de Nîmes pour y être entendues. Marine avait été prévenue hier que les interrogatoires de Tristan Mercier et de son épouse auraient lieu aujourd'hui et dans le cadre de sa mise à disposition de l'enquête, qu'elle doit se tenir prête ainsi que sa jeune fille.

Juste avant l'audition, le mineur et ses parents ou ses représentants légaux (tuteur, curateur...) ou l'adulte approprié doivent être à nouveau informés par les policiers ou gendarmes des droits du mineur auditionné.

Le mineur a le droit d'être accompagné à l'audition par les personnes qui ont l'autorité parentale, si les enquêteurs estiment que leur présence est utile pour lui et qu'elle ne porte pas préjudice à la procédure.

Lorsqu'un adulte approprié a été désigné, il peut aussi accompagner le mineur à l'audition.

Mais qu'en est-il de Marie-Lou à cet instant ? La jeune fille a appris hier qu'elle doit expliquer la situation du 25 avril et décrire la scène que Marine a surprise ce jour-là.

À aucun moment Marine n'a voulu s'entendre dire que Tristan et Marie-Lou jouaient. Pour elle, il a voulu abuser de sa fille, c'est une évidence. La haine qu'elle porte contre les Mercier et Tristan en particulier fait de la situation une occasion rêvée pour elle. Maintenant ce qu'elle a vu, Tristan allongé dans la neige sur Marie-Lou, ses mains qui tenaient les poignées de la jeune fille ne sont peut-être pas issues d'une situation si anodine qu'elle paraît. Et si Tristan avait voulu forcer la fille de Marine à des actes sexuels, comment aurait-il procédé si ce n'est, peut-être de cette manière ? A-t-il vraiment tenté d'abuser d'elle ? Marine est-elle arrivée juste à temps ?

Le sergent Moretti, Fanny et le brigadier repartent du domicile de Fanny avec les deux disques durs des ordinateurs de son mari Tristan. Ils vont les apporter à la gendarmerie de Nîmes pour les examiner et rechercher dedans d'éventuels indices, voire des preuves qui conforteraient l'accusation de la maman de Marie-Lou.

Arrivé à la brigade, le sergent Moretti demande une dernière fois à Fanny de la suivre dans son bureau. Moretti s'adresse à Fanny :

« Vous pouvez rentrer chez vous, madame Mercier, si nous avons besoin de vous un brigadier, vous contactera. Au cas où, voici mon numéro pour tout contact dans le cadre de l'affaire en cours. »

« Et mon mari, rentre-t-il aussi avec moi ? »

« Votre mari a procédé à la déclaration de sa version des faits pour la journée du 25 avril 2022. Maintenant, nous attendons le témoignage de la petite Marie-Lou Paillon afin de comparer les dires et de connaître les explications de chacun. Dans cette attente, votre mari a été mis en garde à vue. Au terme de la déclaration de la petite Paillon et de l'analyse des ordinateurs de votre mari, nous informerons le procureur général qui, lui prononcera la libération ou des poursuites à l'encontre de votre mari. »

« Je veux voir mon mari, laissez-moi voir mon mari ! »

« Je suis désolé, mais ce n'est pas possible madame Mercier. Rentrez chez vous, nous vous tenons au courant de la suite de l'enquête en ce qui concerne monsieur Mercier Tristan, votre époux. »

Fanny est sur les nerfs, fatigués. Elle sent que tout s'écroule autour d'elle. Elle a confiance en Tristan, mais des interrogations, de plus en plus présentes, viennent dans son esprit. Fanny est désespérée, car elle ne sait plus quoi faire. Elle a peur sans raison, elle tremble, elle redoute les gens, les autres, elle-même. Elle a le cœur qui frappe, du mal à respirer, elle ne se sent pas bien. Arrivée à son domicile, Fanny prend un demi Lexomil qu'elle glisse sous la langue et s'allonge pour essayer de se reposer un peu. Elle a un peu de temps devant elle, le sergent Moretti lui a dit que Marine et Marie-Lou seraient à 16 h à la brigade pour le témoignage de la jeune fille. Enfin, elle ne témoigne pas, mais elle est entendue au titre de victime et non de témoin. Fanny espère venir chercher Tristan vers 17 heures et laisser derrière eux toute cette histoire incompréhensible et stupide. Mais il n'y a aucun doute sur les jours d'après dans la tête de Fanny. La maison sera vendue et ils partiront, elle et Tristan habiter ailleurs et plus question d'accueillir qui que ce soit à la maison, c'est terminé se dit d'un ton ferme Fanny.

Avant d'aller plus loin, il faut remettre cette affaire dans le contexte judiciaire actuel qui influence énormément toute cette affaire.

C'est le 27 janvier 2022, qu'éclate l'affaire Adam. L'histoire de cette enfant, fille de l'ex-compagne du condamné, violée au parloir de la maison d'arrêt de Nîmes qui défraya les chroniques des journaux locaux et nationaux.

Pour résumer, Raymond Adam est un ancien pompier volontaire, déjà condamné à 20 ans de réclusion pour avoir abusé de plusieurs enfants. Il comparaissait au côté d'une ancienne amie, Carine Boluda, qui lui amenait au parloir sa fille, où l'adolescente était victime de viol. Raymond Adam, ancien sapeur-pompier et boxeur, déjà condamné à 20 ans de réclusions criminelles pour plusieurs viols sur mineur. Raymond Adam avait souligné que c'était sa compagne de l'époque, qui, en 2011, alors que la fillette n'avait que 7 ou 8 ans, a ouvert la porte et accueilli chez elle un homme qu'elle connaissait à peine. C'est, elle aussi, d'après Adam pour se défendre, qui l'avait autorisé à dormir quelques jours seulement après avoir fait sa connaissance, dans le lit de la fillette. Ensuite, elle le laisse la conduire à l'école ou, plus grave, partager une chambre d'hôtel avec elle. À toutes ses occasions, Raymond Adam ne se fit jamais prier pour abuser de la fillette. L'ex-compagne, une femme de 51 ans, souffrait à l'époque d'un grave cancer quand elle rencontra Raymond Adam. Sans aucune éducation, privée d'affection et d'amour durant son enfance, elle était devenue par la maladie, une dépressive chronique. Elle déclara à la suite des accusations de Raymond Adam qu'elle n'avait rien vu venir malgré les plaintes répétées de sa fille qu'elle prenait, simplement pour une menteuse.

Cette sombre affaire de viols répétés au parloir de la prison d'arrêt de Nîmes est un scandale sans nom. L'administration pénitentiaire et la justice, prise en défaut, les yeux fermés sur ce qu'il se passait, n'arriveront jamais à s'expliquer publiquement sur ces viols à répétition de la fillette au parloir. Une affaire d'une grande ampleur à mettre en péril le ministre de la Justice, Éric Dupont-Moretti, qui restera en poste malgré cela. L'affaire ayant été jugée sur la responsabilité principale de la maman de la fillette… Elle sera condamnée à 14 ans de prison et cinq ans de suivi sociojudiciaire avec interdiction de toutes activités avec des mineurs.

Alors dans ce contexte, où les journaux et les médias télévisés ont visé et ciblé tout l'appareil juridique pénitentiaire, ce dernier ne rêve plus qu'à une seule chose, prendre une revanche. Montrer que la justice est toujours là et qu'elle ne laisse rien passer pour mettre tous délinquants reconnus, sous les verrous.

Et voici l'affaire Tristan Mercier qui tombe à point nommé. L'occasion pour tout le système judiciaire de se refaire la main et de montrer qu'il veille à la sécurité des citoyens. Et de plus l'affaire d'une jeune fille de 15 ans peut-être victime d'abus sexuels ou d'une tentative de viol ne peut que mettre le procureur de la République sur les dents. Des dents élimées sur sa réputation ternie, mais qui ne demande qu'à mordre une nouvelle proie, en l'occurrence, Tristan Mercier.

C'est un chasseur à l'affût, le procureur de la République, Simon Bellegarde. Depuis l'affaire Adam, il étudie toutes les remontées d'enquêtes en guise de rattrapage médiatique et scrute à la loupe toutes les affaires en cours. Il a entendu parler, bien sûr, de l'affaire de Tristan Mercier. Et pour cause, il a été prévenu par la gendarmerie et par le sergent-chef Moreau, de la brigade des Mineurs et de la protection des personnes de Marseille qu'il l'a averti ce matin au téléphone.

« Monsieur le procureur, sergent-chef Moreau, brigade desmineurs et de la protection des personnes de Marseille, puis-je m'entretenir avec vous ? »

« Bonjour sergent-chef Moreau. Oui, bien sûr ! Comment allez-vous ? »

« Très bien, monsieur le procureur, je vous remercie. Je vous appelle à la suite de la consigne que vous avez laissée aux brigades pour être averti de toutes les affaires qui pourraient concerner une personne mineure dans des contextes d'atteintes sexuelles ou qui s'y rapprochent. »

« Dites-m'en plus Moreau sur cette affaire. J'ai faim de regagner de la crédibilité après cette putain d'affaire Adam. »

« On a enregistré une plainte reçue de la part d'une mère de famille concernant sa jeune fille de 15 ans et un ami des grands-parents. La mère de la jeune fille aurait surpris l'homme de 40 ans allongé sur sa fille et qui lui bloquait les poignées pour la laisser sans défense. Les interrogatoires ont été menés ce matin après une enquête de voisinage, auprès des employeurs du couple et les ordinateurs du foyer ont été saisis pour analyse. »

« Quel est le résultat des interrogatoires, l'homme a avoué et a reconnu les faits reprochés ? »

« Non pas du tout monsieur le procureur, il a nié. Il parle d'une glissade dans la neige entre lui et la jeune fille de 15 ans lors d'une partie de jeu entre eux. »

« Et pour les mains qui bloquaient les poignées de la jeune fille ? »

« Il explique qu'il voulait éviter qu'elle ne lui jette de la neige dans le cou et c'est pour cela qu'il lui tenait les mains. Pour la maman de la jeune fille, elle persiste pour les poignées et dit qu'elle a vu sa fille se débattre pour essayer de se sauver et qu'elle l'a entendue crier. »

« Avec ce témoignage on peut boucler l'accusé, qu'en pensez-vous ? Et la mineure, a-t-elle été entendue ? Moreau, écoutez-moi, on pourrait lui faire dire que l'accusé lui a demandé une fellation ou de le masturber, voir qu'elle pourrait aussi dire que l'accusé l'aurait traité de *petite salope !* Combien de temps vous faut-il pour lui faire dire ça à la jeune fille ? »

« Ce ne sont pas nos méthodes, monsieur le procureur et pas aussi simple que ça. »

« Comment croyez-vous que je suis devenu procureur, Moreau, voyons ! »

« Monsieur le procureur, je vous rappelle que les mineurs témoignent sous vidéos et enregistrements vocaux et que toutes questions qui seraient subjectives ou ciblées risquent de porter atteinte directement à l'interrogatoire. »

« Et les ordinateurs de l'accusé, des photos compromettantes ? Des sites X ? »

« L'analyse a commencé monsieur le procureur, mais pour le moment, en ce qui concerne Internet, quelques visites sur des sites X plutôt classiques et pour le contenu des disques durs, pas de photos pornographiques, pas de vidéo non plus. Pas de passages sur le darknet. »

« L'interrogatoire de la mineure a-t-il été effectué ? C'est quel milieu familial ? »

« Non pas encore, elle doit être entendue cette après-midi. La mineure de 15 ans sera accompagnée de sa mère. D'ailleurs c'est sa mère qui a porté plainte en son nom. C'est un milieu ouvrier, monsieur le procureur. »

« Ah, je vois, encore des cas sociaux qui viennent nous occuper les tribunaux. Moreau, repoussez-moi quand même la déclaration de la jeune fille mineure jusqu'à demain matin, je vous rejoins à la brigade de la gendarmerie de Nîmes pour 10 heures. Fixez l'interrogatoire à 10 h 30, je veux être présent dans le bureau des écoutes et ensuite à la salle de déposition avec la mineure. Vous allez voir qu'avec moi elle va nous en dire plus la mineure. Sinon, on lui fera dire Moreau, je compte sur vous ! »

« Monsieur le procureur, ce ne sont vraiment pas nos méthodes, j'en suis désolé, mais nous ne travaillons pas comme ça ! »

« Moreau, pas d'état d'âme ! N'avez-vous jamais extirpé des aveux à des prévenus par la pression ? »

« Non pas vraiment, monsieur le procureur. »

« Alors, il faut vous y mettre ! Si la jeune fille avoue qu'il lui a demandé une fellation ou de le masturber, ou si elle nous dit que la main du prévenu était, par exemple, glissée dans sa culotte. Hein ! Moreau, comprenez-vous ce que je veux dire, on le coffre, on le boucle pour un moment et on me rédige un joli article là-dessus et je reviens à mon meilleur niveau ! Et moi après, je pense à votre promotion ! »

« Je verrais ce que je peux faire monsieur le procureur de la République. »

« Dites Moreau, vous n'avez pas connu la grande époque et c'est bien dommage. Je me souviens, un soir dans le commissariat du XIIIe arrondissement à Marseille, je n'étais encore qu'inspecteur. La municipale avait ramassé une jeune ado étrangère qui parlait à peine le français, une espèce de Roumaine et elle venait de se faire serrer en train de voler dans un magasin. Elle résidait dans un centre social. Pas de parents, personnes pour venir à son aide. Une inutile, limite nuisible. Ah, Moreau, je peux vous assurer que moi et les collègues on s'est bien amusés. En tout cas, maintenant elle a appris tout ce qu'elle avait besoin d'apprendre ! Finalement, nous œuvrons pour le social Moreau ! Ah oui ça c'est de la justice ! Et puis maintenant, elle ne revient plus porter plainte, ça fait baisser le pourcentage des mains courantes et c'est bon pour nous ! Finalement, nous œuvrons pour notre pays ! Moreau n'oubliez pas que c'est ça la beauté de la France ! Vous avez le pouvoir alors personne ne vient vous emmerder ! Allez à demain ! »

« À demain, monsieur le procureur. »

Le bureau des écoutes, dont le procureur parle, est une petite pièce derrière la glace sans tain qui se trouve dans la salle d'interrogatoire. Pour les mineurs, un enregistrement vidéo est obligatoire, et la partie technique pour recueillir les déclarations, en sons et en images, est aussi dans ce petit bureau des écoutes.

Et pour revenir à l'histoire que raconte Bellegarde sur la belle époque. Plusieurs condamnations ont été prononcées. Des officiers de la police judiciaire mais aussi deux juges et un commissaire ayant participé à des viols sur des victimes en garde à vue (trahis par la vidéo-surveillance obligatoire en cellule de garde à vue) ont été révoqués et condamnés. Lui Bellegarde s'en est toujours sorti. Hasard ou connaissance, beaucoup parient sur le fait que ce dernier est le bras long, assez long pour le blanchir dans une telle affaire.

Le téléphone sonne chez Marine Paillon, il est 15 h 30.

« Oui, allô ? »

« Oui, madame Paillon, le sergent-chef Moreau de la gendarmerie de Nîmes dans l'affaire Mercier. La déposition de votre fille est remise à demain matin 10 h 30. Monsieur le procureur de la République suit l'affaire avec attention et il souhaite être présent. Nous vous attendrons demain et au plus tard pour 10 h 15 à la brigade de gendarmerie. »

« D'accord, pas de souci, nous serons là demain matin. Merci de m'avoir prévenu. À demain. »

Marine Paillon raccroche son téléphone et s'adresse à sa fille.

« Marie-Lou, c'est la gendarmerie qui vient de téléphoner, le rendez-vous est reporté à demain matin. Marie-Lou, peux-tu me répondre s'il te plaît ? »

Marie-Lou ne répond pas.

« Marie-Lou ? Oh, ma fille, où es-tu ? »

Toujours pas de réponse.

Marine monte dans la chambre de sa fille. Certainement qu'elle écoute de la musique avec son casque et elle n'entend pas sa mère l'appeler.

Marie-Lou n'est pas dans sa chambre.

Marine descend voir dans la cuisine, elle n'y est pas non plus.

Mais où elle est passée ! s'exclame à haute voix Marine, toujours à la recherche de Marie-Lou.

Marine aperçoit de la lumière dans la salle de bain. Là, la petite Marie-Lou est en sueur, elle tremble, elle est très blanche de teint. Elle est assise sur le carrelage, près des toilettes. Il semble que Marie-Lou serre fort dans sa main droite, quelque chose qui ressemble à une plaquette de médicaments.

« Marie-Lou, Marie-Lou, mais qu'est-ce que tu as fait mon Dieu ! Qu'est-ce qui t'arrive, tu as quoi dans la main ? Mais ce n'est pas possible ! Tu as fait quoi, hein ? Mais réponds-moi ! Réponds-moi, ma fille, oh ! Marie-Lou ! »

Marine saisit la main de sa fille, force sur les doigts pour l'ouvrir et trouve une plaquette de Xanax 0,75 mg prescrit à Marine il y a déjà un certain temps.

« Mais es-tu complètement folle ou quoi ? Tu en as pris combien ? Tu en as pris combien Marie-Lou. Veux-tu me répondre s'il te plaît, oh ! Marie-Lou ! »

Marie-Lou semble comme anesthésiée. Elle a du mal à comprendre les mots de sa mère. Les nausées la gagnent et elle se met à vomir. Elle tremble beaucoup, la sueur envahit son dos et ses bras. Ses yeux sont rouges, ses pieds sont marbrés par le froid du carrelage des toilettes.

Marine est complètement affolée. Elle n'en croit pas ses yeux, Marie-Lou vient de faire une tentative de suicide. Marine se précipite dans le salon, elle prend son téléphone portable et appelle le 15. Là, un assistant de régulation médicale décroche :

« Ici les urgences du 15 j'écoute ! »

« Oui, bonjour, ma fille a avalé des comprimés de Xanax 0,75 mg, vite il nous faut une ambulance, s'il vous plaît, il faut faire vite ! très vite ! »

« Bonjour, madame, ne vous inquiétez pas, une équipe se prépare pour intervenir au plus vite chez vous. Mais il me faut votre nom, le nom de la personne concernée, son âge et votre adresse s'il vous plaît. »

« Je suis madame Paillon Marine, ma fille est Marie-Lou Paillon, elle a 15 ans, nous demeurons au 417 rue des Clapas, près de l'école primaire Saint-Césaire. »

« Merci. Votre fille a pris du Xanax 0,75 mg dites-vous ? »

« Oui, je ne sais pas combien, mais elle tenait une plaquette vide dans sa main. »

« Une équipe est en route pour venir chez vous madame Paillon, il faut placer votre fille en position latérale de sécurité savez-vous comment le faire ? »

« Oui, je sais ! »

« Alors, allez-y, le médecin du *SAMU* arrive bientôt, madame. Assurez-vous que votre fille ne boit ni ne mange le temps que les secours arrivent. »

« D'accord, monsieur, merci. »

Marine attrape Marie-Lou par les bras, la tire pour la faire glisser le long du sol pour la dégager entre WC et le mur. Elle lâche Marie-Lou à l'endroit le plus dégagé. Marine place sa fille sur le côté, en chien de fusil, en maintenant sa tête alignée dans l'axe du dos, la bouche ouverte, avec une main sous la tête.

Quelques Minutes plus tard, la sirène du *SAMU* se fait entendre, dans la rue des Clapas. Marine se précipite pour aller ouvrir la porte d'entrée du domicile. *Ouf... ils ont fait vite,* se dit Marine.

Le véhicule du *SAMU* s'immobilise devant l'entrée du 417, de la rue des Clapas. L'équipe médicale sort du véhicule et entre dans le domicile de Marine et Marie-Lou. L'équipe est composée du médecin urgentiste, d'un infirmier et du conducteur de l'ambulance.

Le médecin urgentiste aperçoit Marie-Lou en position latérale de sécurité et s'approche rapidement d'elle pour pratiquer un premier examen de la situation et de la santé de la jeune fille.

Il est en contact permanent pendant l'intervention auprès de la jeune fille avec le médecin régulateur du *SAMU*.

Marie-Lou a pris plusieurs médicaments Xanax 0,75 mg, mais Marine ne sait plus combien il en restait sur la plaquette que sa fille tenait dans sa main droite. L'infirmier procède à la prise de tension de la jeune fille et sa prise de pouls. Marie-Lou est consciente, mais sa tension est basse et son rythme cardiaque est très ralenti. L'infirmier qui suit les directives du médecin urgentiste, place la jeune fille sous oxygène et lui pose un cathéter.

Le médecin urgentiste décrit l'état de santé de la jeune fille au médecin régulateur avec qui il est en contact. Le médecin régulateur décide de diriger la jeune fille vers le service de réanimation pédiatrique et organise l'arrivée de la jeune fille avec le personnel sur place et les médecins spécialisés qui devront suivre la jeune patiente.

Le médecin régulateur convoque aussi un psychiatre qui devra prendre en charge le suivi et l'écoute de Marie-Lou.

Pendant que sa fille est prise en charge par l'équipe du *SAMU*, Marine prend son sac à main, les clefs de sa voiture et se prépare à sortir derrière le brancard sur lequel est allongée Marie-Lou.

Le médecin urgentiste s'adresse à Marine :

« Madame Paillon, nous transportons votre fille au service de réanimation médicale pédiatrique au Pôle ARDU de l'hôpital universitaire Carémeau, Halle 5, niveau - 1, connaissez-vous ? »

« Oui, je connais l'hôpital, je sais où il se trouve, mais pas le service de réanimation pédiatrique. »

« C'est tout simple, arrivé sur l'entrée principale, empruntez la voie de gauche qui descend, vous trouverez un parking pour stationner. Ensuite, suivez les tracés au sol jusqu'au bureau d'accueil du service de réanimation pédiatrique. »

« D'accord, docteur, merci. »

Le brancard avec Marie-Lou dessus est chargé dans l'ambulance. La jeune fille est perfusée au bras droit (Marie-Lou étant gauchère) et l'oxygène est posé sur son visage. Elle ne semble pas beaucoup réagir.

Marine est paniquée et elle ne comprend pas pourquoi sa fille a fait ça. Enfin si, elle le comprend, c'est la convocation à la gendarmerie qui a déclenché cette tentative de suicide de la part de Marie-Lou, car Marine prend conscience maintenant que sa fille a bel et bien voulu attenter à ses jours.

La conduite de sa voiture est difficile dans l'état de stress dont Marine se trouve. Elle est morte d'inquiétude pour la petite Marie-Lou. Elle aussi tremble, et s'impatiente derrière les autres automobilistes qu'elle trouve bien trop lents.

Il est près de 17 heures quand Marine, enfin, rejoint le parking en bas de la petite pente sur la gauche de l'entrée. La circulation est dense et elle a perdu beaucoup de temps dans la circulation et devant des feux tricolores qui semblaient ne jamais pouvoir passer au vert.

Marine gare son véhicule prend son sac à main, repose ses lunettes de soleil qu'elle utilise pour conduire et sort du véhicule. La porte fermée, elle regarde au sol à la recherche des tracés qui indiquent différents services dans différentes couleurs. Marine voit une ligne jaune avec indiquer Réanimation pédiatrique, elle hâte le pas pour s'y retrouver au plus vite.

Marine arrive à l'accueil.

« Bonjour, je suis Mme Paillon Marine, ma fille Marie-Lou Paillon a été hospitalisée en urgence il y a très peu de temps. »

La jeune femme de l'accueil, avec un badge nominatif au prénom de Nadine, tape sur son clavier le nom de, Paillon Marie-Lou.

« Oui, madame votre fille est bien dans notre service. Elle a été prise en charge par le personnel soignant du service. Le Dr Charbi, médecin réanimateur, va venir vous voir. Vous pouvez attendre dans la petite salle à votre gauche. Je vous remets cette brochure qui vous expliquera le fonctionnement dans le service de réanimation pédiatrique pour les démarches et l'accompagnement 24 h/24 h de votre enfant. Il faut bien la lire, car votre présence auprès de votre fille est essentielle et primordiale. Dans la brochure tout est expliqué pour toutes démarches, frais, accompagnement. N'omettez aucune information contenue dans la brochure, elles sont toutes importantes et vous permettront de pouvoir au mieux évolué ici, auprès de votre enfant. Je vous laisse la lire, madame, pendant votre attente. »

Marine prend la brochure et part rejoindre la petite salle d'attente sur la gauche de l'accueil.

Sur la revue que Marine consulte, 11 rubriques sont présentes qui décrivent le fonctionnement de l'établissement pour les patients et les visiteurs, familles, ami(e)s, proches.

Les règles d'un service de réanimation pédiatrique sont très particulières, strictes, et ont des modes opératoires et de fonctionnements particuliers. Je vous les laisse découvrir en même temps que Marine.

1/ Présentation du service

On y apprend que le service est une unité de réanimation médico-chirurgicale de 23 lits, qui accueille les enfants de la naissance à 18 ans. Qu'une présence médicale est assurée 24 h/24 et que l'équipe paramédicale est aussi présente 24 h/24 et travaille en 12 h, de jour (7 h-19 h) et de nuit (19 h-7 h).

2/ Présentation de l'équipe

1 médecin réanimateur, 1 interne (médecin en formation), 1 externe (étudiant en médecine), 1 infirmier(e), 1 auxiliaire de puériculture.

L'équipe médicale est sous la responsabilité du professeur Maillot.

3/ Accès au service

Il est précisé que l'accès au service est autorisé aux parents 24 h/24. Par souci de confidentialité, notamment lors des relèves médicales et paramédicales, vous devrez parfois patienter en salle d'attente avant de pouvoir entrer dans le service, ou patienter dans la chambre de votre enfant avant de pouvoir en sortir. Pour signaler votre présence, vous utiliserez l'Interphone en salle d'attente.

La salle d'attente doit être considérée comme un sas d'attente avant de pouvoir pénétrer en réanimation. Ce n'est pas une salle de jeu pour les enfants et il n'est pas autorisé d'y prendre ses repas. Elle n'est pas non plus un lieu de regroupement familial. Nous vous remercions par avance de vous conformer à ces modalités, dans l'intérêt du respect de chacun.

4/ Visites

Les frères et sœurs mineurs sont les bienvenus à tout moment de l'hospitalisation et sans contrainte horaire, sous réserve d'avoir obtenu l'accord de l'équipe soignante. Ils seront accueillis par un soignant, la psychologue ou psychiatre, qui les accompagnera jusqu'à l'enfant hospitalisé après leur avoir présentés et expliqués l'environnement de la chambre. Vos proches peuvent rendre visite à votre enfant, de 15 h à 18 h 30 suivants les modalités suivantes. Après 48 h d'hospitalisation dans le service, après avis médical et selon son état de santé. 1 personne à la fois, 2 personnes différentes maximales par jour, obligatoirement accompagnées de l'un ou des 2 parents ou avec accord de l'équipe soignante pour un délai minimum fixé au lendemain. Durant les visites, nous vous demandons de respecter le sommeil de votre enfant. Il lui permet de se ressourcer.

5/ Quelques règles d'hygiène

Les règles d'hygiène sont particulièrement importantes en réanimation. À votre arrivée, vous devrez retirer vos bijoux (bagues, bracelet, montre…) et les déposer avec vos effets personnels dans les casiers prévus à cet effet. Ensuite, vous devrez effectuer un lavage soigneux des mains et avant-bras durant 1 minute, complété par une friction avec du gel hydro-alcoolique lors de l'entrée dans la chambre. Vous devrez toujours vous assurer que vos mains sont propres, avant, pendant et après votre visite. Dans certains cas, des précautions d'hygiène supplémentaires peuvent être requises et seront expliquées par le personnel soignant. Elles devront être scrupuleusement respectées. Si vous êtes enrhumé ou fiévreux, des masques sont à disposition dans la chambre de votre enfant. Veillez également à augmenter la fréquence des lavages des mains (après chaque mouchage, en sortant de la chambre de l'enfant…). Téléphone portable : son utilisation, en mode vibreur, doit être limitée, dans le respect d'un calme nécessaire à votre enfant. Par ailleurs, il est impératif de le désinfecter à chaque entrée dans la chambre au moyen d'une lingette pré-imprégnée.

Dès le moment où vous quittez la chambre de votre enfant, vous devez impérativement, avant d'y retourner : - demander l'autorisation d'entrer par l'Interphone, - renouveler les règles d'hygiène (pas de bijoux, avant-bras nus, lavage des mains au savon puis au gel hydro-alcoolique).

6/ Comment avoir des nouvelles de votre enfant

Lors de votre venue, l'infirmier(e) ou l'auxiliaire de puériculture viendra vous donner des nouvelles dès que possible, et un médecin vous renseignera sur son état de santé au cours de la journée. Vous pourrez également obtenir des nouvelles par téléphone, jour et nuit, en évitant autant que possible les temps de transmission entre soignants de 6 h 45 à 7 h 15 et de 18 h 45 à 19 h 15. Les nouvelles par téléphone sont exclusivement réservées aux parents. Tout au long du séjour, les informations concernant l'évolution de l'état de santé de votre enfant seront données uniquement aux parents ou à une personne de confiance désignée par ces derniers ou à un traducteur si besoin. Il vous appartient de transmettre les nouvelles à vos proches et amis.

7/ Présence parentale la nuit

Les 2 parents sont autorisés à rester auprès de l'enfant. Néanmoins, nous n'avons la possibilité d'installer qu'une seule couchette dans la chambre. Si vous restez dormir : 2 draps sont fournis pour la durée du séjour ; l'oreiller et la couverture ne sont pas fournis. Les soins sont prodigués aux enfants jour et nuit et occasionneront de fait du bruit dans la chambre durant la période de sommeil. Il vous sera demandé de replier la couchette, pour 8 h 30 au plus tard, afin de favoriser l'ensemble des soins de votre enfant et faciliter le ménage de la chambre.

8/ Repas

Les repas de votre enfant sont commandés quotidiennement selon les prescriptions médicales, tout en respectant sa religion et ses goûts. Par conséquent, nous vous demandons de ne donner aucun aliment venant de l'extérieur, sans avis de l'équipe soignante. Si votre enfant est à jeun, merci de ne pas manger devant lui. Dès lors que votre enfant sera alimenté, vous aurez la possibilité de prendre votre repas auprès de lui. Votre repas est à votre charge. Nous pouvons entreposer vos repas, contenus dans une boîte hermétique identifiée à votre nom. Vous trouverez par ailleurs de quoi vous restaurer dans l'enceinte de l'hôpital. 1 relais H au rez-de-chaussée (ouvert de 8 h à 19 h du lundi au vendredi et de 12 h à 18 h les week-ends et jours fériés). 1 food-truck (sous l'aile A1, les midis en semaine) et une cabane à pizzas (face à l'entrée de l'hôpital cardiologique : ouvert du lundi au vendredi de 11 h 30 à 14 h 30). Si vous allaitez votre bébé, et qu'un tire-lait vous est nécessaire, nous vous invitons à vous munir de votre matériel personnel. Si vous n'en possédez pas, une ordonnance délivrée par le médecin de l'unité vous permettra de vous en procurer en pharmacie.

9/ Vivre au mieux le temps du séjour

Il est très important de parler à votre enfant de ce qu'il est en train de vivre. Expliquez-lui pourquoi il est à l'hôpital, dites-le avec des mots simples, mais fidèles à la réalité. Rassurez-le sur votre présence, et prévenez-le lorsque vous partez. Même s'il pleure, lui dire la vérité préserve sa confiance en vous. Les enfants si jeunes soient-ils sont sensibles à ce qui leur est dit. Votre enfant a besoin de réconfort, de tendresse et de calme. Si vous, parents, êtes préparés à l'hospitalisation, votre enfant le sera aussi. Si vous n'avez pas pu anticiper ce temps d'hospitalisation, l'équipe soignante s'efforcera de répondre au mieux à vos inquiétudes et à celles de votre enfant. N'hésitez pas à nous solliciter. Il est possible d'apporter des produits de soins et des effets personnels, afin de constituer un environnement connu et rassurant : photo, décors divers, courriers des copains, mais aussi doudou, couverture, vêtements…, fraîchement lavés. Parlez-en à l'infirmière ou à l'auxiliaire qui s'occupe de lui, elle saura vous conseiller. L'entretien du linge est à votre charge. Si vous logez à la Maison du petit Monde, un lave-linge et un sèche-linge sont à votre disposition (lessive non fournie).

10/ Plan d'accès

Un petit schéma détail l'emplacement des services et comment y parvenir.

Marine en est à la lecture de la rubrique 6 lorsque le Dr Charbi vient à sa rencontre.

« Bonjour, Mme Paillon, je suis le docteur Charbi, médecin réanimateur de ce service. Nous avons bien pris en charge votre fille Marie-Lou au sein de notre équipe. Votre jeune fille, Marie-Lou, a subi un lavage gastrique. C'est une mesure d'urgence réalisée en cas d'intoxication aiguë après ingestion volontaire ou accidentelle d'une substance toxique. C'est la méthode dite d'épuration digestive qui a été choisie pour elle. Votre fille est hors de danger. J'ai rencontré la psychiatre du service, le docteur Gabriel pour faire le point avec le cas de votre fille. La dose de substances toxiques avalées était minime et nous pourrons envisager des visites dès demain. Elle doit s'entretenir avec le Dr Gabriel, psychiatre du service cet après-midi ou demain matin selon la disponibilité du docteur Gabriel. Je vais vous demander de patienter encore. Une infirmière du service va venir vous chercher pour vous conduire auprès d'elle, mais vous devez être patiente, ce sera peut-être un peu long. »

Marine s'impatiente de voir sa fille, mais elle sait qu'il est nécessaire d'attendre, ici dans cette salle qui se situe à gauche de l'entrée de la réanimation pédiatrique. D'ailleurs, c'est ici que les parents ou la famille des patients et patientes sont tenus d'attendre avant de retrouver leurs enfants ou leurs proches hospitalisés.

Une heure trente environ après, l'infirmière de service arrive à la petite salle d'attente :

« Madame Paillon ? »

« Oui, c'est moi. Avez-vous des nouvelles de ma fille ? Comment va-t-elle ? »

« Elle est hors de danger. Pour le moment, elle s'est endormie, elle est très fatiguée. »

« Merci, mille mercis. J'ai tellement eu peur de la perdre… Je ne sais pas pourquoi elle a fait ça, mais j'ai vraiment cru que je ne reverrais plus ma petite Marie-Lou. »

« Allez, courage madame Paillon, elle va s'en sortir. Toutes ses constances sont normales maintenant, il lui faut juste du repos et faire le vide dans sa tête. »

« Et maintenant que va-t-il se passer pour ma fille ? »

« Tout d'abord, elle doit s'entretenir, comme je vous le disais, avec le docteur Gabriel, la psychiatre de notre service. Ensuite, le docteur Charbi, moi-même et le docteur Gabriel devrons prendre en compte le contexte de l'hospitalisation, l'état de santé de votre fille et son évolution. Nous devons aussi prendre connaissance des antécédents de votre fille et veiller à communiquer avec les autres personnels de l'équipe soignante qui interviennent dans sa prise en charge. Unaccord collégial sera alors prononcé pour prendre un avis si votre fillepeut reprendre une vie normale ou si elle doit suivre un traitement, voire une hospitalisation en psychiatrie. Le docteur Gabriel va s'entretenir avec elle, je pense demain matin ou après-midi.Maintenant, si vous voulez bien me suivre, je vais vous conduire auprès d'elle. »

« Pouvez-vous m'accorder 5 minutes, j'ai un appel urgent à passer, si cela ne vous dérange pas, c'est vraiment très urgent. »

« Ne soyez pas désolé, allez-y, je vous attends près des portes de l'entrée du service. »

« Merci beaucoup. Je fais au plus vite. »

Marine prend son téléphone portable dans son sac et appelle la Gendarmerie de Nîmes :

« Gendarmerie de Nîmes, j'écoute. »

« Bonjour, je suis madame Paillon, je dois venir demain matin pour être entendue avec ma fille à la suite d'une plainte que j'ai déposée, mais il est arrivé quelque chose de grave et ma fille est hospitalisée. »

« Oui, madame Paillon, qui a enregistré votre plainte, madame ? »

« L'adjudant-chef Merest si je ne me trompe pas. »

« Oui, c'est bien ça. Ne quittez pas, j'essaie de la joindre pour qu'elle puisse prend en charge votre appel. »

Une minute passe puis l'adjudant-chef Merest reprend la ligne avec Marine depuis une voiture de patrouille :

« Bonjour, madame Paillon. Mon collègue m'informe que vous ne serez pas présente demain si je comprends bien. La présence de votre fille afin d'être entendue et votre présence comme personne ayant déposé la plainte est indispensable pour faire suivre l'instruction de votre affaire. »

« Je suis désolé, vraiment, vraiment désolé. Ma… ma fille a fait une tentative de suicide. Elle est hospitalisée à l'hôpital Carémeau en service de réanimation pédiatrique. »

« Oh, je suis désolé, madame Paillon, je ne me doutais pas de ça. Comment va-t-elle ? »

« L'infirmière du service m'a dit qu'elle est hors de danger, mais elle doit se reposer, se vider la tête. Je crois qu'ils attendent de voir, comment elle va évoluer par rapport à son geste et la raison qu'il l'a poussée à faire cette tentative. Je suis complètement perdue et j'ai crue aussi perdre ma fille, mais elle est vivante et hors de danger, elle dort, je vais aller la voir maintenant. Vous savez, sa sortie ne sera pas pour tout de suite, car elle doit rencontrer le psychiatre, le docteur Gabriel du service. Ensuite, les médecins doivent se rencontrer pour donner l'aval ou pas de la libérer du service ou de l'hospitaliser dans un autre service. »

« Si elle est hors de danger, c'est vraiment ce qui compte pour l'instant, j'en suis très heureuse pour vous, madame Paillon. Cependant, ici nous avons en garde à vue monsieur Mercier. Sans pouvoir entendre la version de votre fille, il sera libéré à la fin de sa garde à vue, nous ne pourrons pas le retenir sans preuve ou témoignage à l'appui du délit supposé. La décision sera prise par monsieur Bellegarde, le procureur de la République. »

« Oui, je comprends, adjudant-chef Merest, mais je ne peux rien faire pour le moment à part être auprès de ma petite fille. »

« Surtout, tenez-nous au courant madame Paillon, je vais joindre le procureur qui a prévu d'assister demain à l'entrevue de la petite Marie-Lou. Bon courage, madame Paillon, et prévenez-nous dès que votre fille sera remise et dès que sa sortie sera annoncée et surtout prenez bien soin d'elle et de vous. »

« Promis, promis, merci et encore désolé… »

« Au revoir, madame Paillon. »

Marine raccroche, range son téléphone dans son sac à main et va rejoindre l'infirmière devant les portes battantes électroniques à l'entrée du service. L'infirmière sort son badge de sa poche, le passe sur un détecteur de contrôle et les portes s'ouvrent sur un service très privé, ou confidentialité et discrétion sont demandées.

De son côté, l'adjudant-chef Merest appelle le procureur Bellegarde en lieu et place de Moreau, le sergent-chef de la brigade des mineurs et de la protection des personnes. C'est ce dernier qui s'est occupé des recherches sur les Mercier et qui est le lien direct avec Bellegarde, le procureur. Mais pour le moment Moreau n'est pas disponible. L'adjudant-chef Merest prend donc l'initiative de prévenir le procureur de l'impossibilité de la petite Paillon à être entendue.

« Allô, monsieur le procureur Bellegarde ? »

« Oui, ici Simon Bellegarde. »

« Monsieur le procureur, adjudant-chef Merest de la brigade de gendarmerie de Nîmes. Je vous téléphone au sujet de votre déplacement demain à la brigade pour entendre le récit de la petite Marie-Lou Paillon dans l'affaire Tristan Mercier. »

« Oui, adjudant-chef Merest, je vous écoute. »

« Je viens d'avoir la maman de la jeune fille au téléphone. Marie-Lou Paillon, notre présumée victime dans l'affaire, a fait une tentative de suicide selon sa mère. Elle est hospitalisée à l'hôpital Carémeau au service de réanimation pédiatrique. »

« Vérifiez les informations de la mère et renseignez-vous auprès du chef de service en vous rendant sur place si une date de sortie est prévue pour la jeune fille. La garde à vue de 24 heures prend-elle fin demain pour Tristan Mercier ? »

« Oui, monsieur le procureur, demain à 15 heures. »

« On pourra prolonger de 24 h, mais au-delà sans le témoignage de la mère et la version de sa fille on ne pourra pas le garder. Appelez-moi dès que vous avez les informations et je prendrai une décision concernant la garde à vue de monsieur Mercier. C'est vraiment pas ce que j'avais prévu, mais si nous n'avons pas le choix, nous attendrons et lancerons une autre convocation. »

« D'accord, monsieur le procureur, je me rends immédiatement sur place et je vous tiens au courant de la situation. Avant cela, si je peux me permettre, monsieur le procureur de la République, il est à noter que cette tentative de suicide survient pour la petite Paillon juste avant d'être entendue par nos services. Soit elle ment, soit elle a peur. J'imagine que c'est à prendre en compte. »

« Pas de réflexion hâtive Adjudant, comme vous le soulignez si bien, c'est dans un sens comme dans l'autre, un aveu ou une rétractation. On va attendre de toute façon, car tirer quelque chose de positif pour cette affaire sera difficile. Bon, merci, adjudant-chef Merest. Dites-moi, le sergent-chef Moreau ne serait-il pas dans la brigade ? »

« Si monsieur le procureur, mais il est en analyse et il a demandé à ne pas être dérangé. Je crois qu'il passe en revue certains détails de l'affaire. »

« Bon d'accord. N'oubliez pas adjudant-chef, j'attends vos nouvelles. Au revoir. »

« Au revoir, monsieur le procureur. »

L'adjudant-chef Merest appelle le service de réanimation pédiatrique pour prévenir de son passage et demander qu'on puisse la recevoir et répondre à ses questions qui concernent la jeune Marie-Lou Paillon. On lui indique qu'elle a la possibilité d'être reçue par le professeur Maillot, le chef du service, mais qu'il est préférable d'emprunter l'entrée du personnel pour le rencontrer. Il est important d'éviter d'attirer les regards avec une présence directe de la gendarmerie dans le service.

L'adjudant-chef Merest prend un véhicule à la brigade et se rend à l'hôpital Carémeau. Arrivée sur place, elle emprunte l'entrée du personnel pour aller rendre visite au professeur Maillot, le responsable du service de réanimation pédiatrique. Quelques minutes plus tard, elle arrive à la salle de pause du personnel, c'est là que le rendez-vous est fixé. Le professeur Maillot est un homme âgé d'au moins soixante ans, la barbe blanche et les cheveux gris. Il est grand, imposant et dégage beaucoup de confiance.

« Bonjour, Professeur Maillot, je suis l'adjudant-chef Merest, de la brigade de gendarmerie de Nîmes. Dans le cadre d'une enquête, nous devons entendre la jeune fille de 15 ans, Marie-Lou Paillon arrivée dans votre service il y a quelques heures pour une tentative de suicide. Pouvez-vous me parler de son été actuel et si vous pouviez me dire, une date possible pour sa sortie. »

« Tout d'abord, n'oubliez pas que je suis tenu au secret médical. »

« Monsieur le Professeur, je n'oublie pas le secret médical, mais il ne faut pas oublier non plus que l'article 458 du Code pénal stipule que le détenteur d'une information confidentielle peut être tenu, par la loi, de la révéler. »

« Pour cela, il vous faudra saisir la justice adjudant-chef. Faites donc si cela vous dit, mais ma patiente est mineure et de ce fait en plus, je n'ai aucune information à vous donner. »

« Professeur, je veux juste savoir si elle est capable de sortir de son hospitalisation d'ici 48 heures. Qu'en dites-vous ? »

« Impossible ! »

« Eh bien, je vais m'en contenter professeur. Au revoir. »

L'adjudant-chef Merest quitte le service du personnel sans même que le professeur Maillot la salue. Il faut dire que, le Professeur Maillot est souvent confronté au service des forces de Police pour les patients reçus dans son service et que cela se passe que très rarement bien. Mais pour l'adjudant-chef Merest le but était d'obtenir une information importante et la sortie impossible de la petite Marie-Lou Paillon avant 48 heures, l'est.

Il est déjà 18 heures quand Merest regagne son véhicule de gendarmerie stationné sur le parking du personnel de l'hôpital Carémeau. Elle en profite pour appeler le procureur de la République :

« Monsieur le procureur de la République, je reviens vers vous à la suite de mon entretien avec le chef de service de réanimation pédiatrique de l'hôpital Carémeau. »

« Allez-y, adjudant-chef Merest, je vous écoute. »

« Tout d'abord, les infos données par la mère sont exactes. Sa fille est bien hospitalisée en service de réanimation pédiatrique. Je n'ai pas de confirmation pour la tentative de suicide, mais il y a peu de chance que ce soit une autre cause qui l'a conduite ici. J'ai rencontré le Professeur Maillot, il a invoqué le secret médical et je ne suis pas arrivée, je dois avouer, à avoir des informations concrètes sur la jeune fille. La seule confirmation que j'ai obtenue c'est que sa sortie ne se fera pas dans les 48 heures à venir. »

« Je vois, je vois… Libérez Tristan Mercier, nous procéderons à une nouvelle convocation. Inutile de prolonger, nous n'aurons pas d'arguments pour justifier et je n'ai pas envie de me faire taper sur les doigts ou me perdre dans des explications que je ne peux même pas concrétiser par des faits. Rester bien en contact avec la mère de la jeune fille. Pour Tristan Mercier, dites-lui bien, qu'il ne doit pas quitterle département et qu'il doit signaler ses déplacements et nous demander une autorisation s'il doit s'éloigner. Je vous envoie par mailla levée de la garde à vue signée et nous allons procéder autrement, vous trouverez les détails sur mon mail adressé à la brigade. »

« Très bien, monsieur le procureur, ce sera fait. Merci. »

« Bon travail Adjudant-chef Merest, vous avez fait au mieux. À plus tard. »

L'adjudant-chef Merest raccroche et se rend à la brigade pour procéder à la fin de la garde à vue de Tristan Mercier si le mail signé du procureur Bellegarde est arrivé.

À la brigade de gendarmerie de Nîmes, Tristan est dans une pièce fermée par une porte vitrée et le tour de cette pièce, qui ressemble à un box, est constituée de vitres épaisses dans tout son contour. Un banc large, une sorte de lit en matière bois est la seule chose qui remplit cette pièce. Tristan est assis dessus, il est, sans ses lacets et sans sa ceinture ni ses effets personnels. Il tient sa tête dans ses mains, semble épuisé, fatigué et inquiet. Il ne comprend pas cette garde à vue. Il ressent beaucoup de haine dans son cœur à cet instant pour le système judiciaire qui semble vouloir lui couper la tête.

La porte du couloir qui donne sur les cellules de garde à vue s'ouvre. C'est l'adjudant-chef Merest qui vient ouvrir le box oùTristan est enfermé.

« Monsieur Mercier, vous pouvez rentrer chez vous. »

Tristan se lève avec du mal, son dos le fait souffrir. Il s'adresse à Merest :

« Suis-je libre ? »

« Pour le moment, vous pouvez rentrer chez vous, monsieur Mercier. Monsieur le procureur de la République a décidé le renvoi devant le tribunal, afin que vous soyez jugé dans un délai compris entre 10 jours et 6 mois avec contrôle judiciaire. »

« Alors, je suis libre, mais pas libre en sorte si je comprends bien ? Expliquez-moi pourquoi après avoir entendu la petite Marie-Lou je ne suis toujours pas libre et sous contrôle judiciaire. On me reproche quoi ? quelle est sa déclaration, car elle a dû vous dire exactement ce que je vous ai dit n'est-ce pas ? Ne devait-elle pas témoigner aujourd'hui ? »

« Marie-Lou Paillon est considérée, par la plainte déposée par sa mère, comme une présumée victime, elle n'est pas considérée comme témoin. De ce fait, elle ne témoigne pas, mais elle doit être entendue par le procureur de la République. Un souci majeur ne nous permet pas d'entendre pour le moment la jeune Marie-Lou Paillon, c'est pour cela que vous êtes sous contrôle judiciaire et qu'une décision sera prise dès qu'elle aura été entendue. »

« Quel souci majeur ? »

« Votre ceinture et vos lacets monsieur. Merci de les remettre de me suivre. »

« Je vous ai demandé quel souci majeur adjudant-chef. »

« Et moi je vous demande de reprendre vos lacets, votre ceinture. À moins que vous vous sentiez l'envie de rester ici, n'est-ce pas ? »

Tristan ne discute plus, il passe ses lacets dans les œillets de ses chaussures et fait ses lacets. Il passe ensuite dans les pans de son pantalon de jeans, sa ceinture.

« Maintenant, suivez-moi dans mon bureau s'il vous plaît. »

Merest et Tristan se retrouvent dans le couloir hors de la zone où se trouvent les box de garde à vue. L'adjudant-chef entre dans un bureau et tend une chaise pour que Tristan s'y asseye. Un gendarme arrive derrière eux et dépose devant Tristan une boîte avec ses effets personnels. Merest s'adresse à Tristan :

« Monsieur Mercier, vous devez vérifier que tous vos objets personnels sont bien là conformément à la liste que vous avez faite avant de rejoindre la cellule de garde à vue. Si c'est bon pour vous, merci de signer le document que je vous pose devant vous. »

Tristan regarde, vérifie et finalement signe le document.

« Maintenant, monsieur Mercier, je vais vous demander de signer ce document où vous vous engagez à ne pas entrer en contact avec Marine Paillon, sa fille Marie-Lou Paillon et madame et monsieur Paillon Françoise et Paul. Mais, monsieur Mercier, vous devez vous engager aussi à prévenir la gendarmerie si vous devez vous éloigner de chez vous hors de trajets habituels, travail, domicile, courses, promenade. Vous devrez vous assurer à ne pas sortir du département. Mais si vous le devez dans un motif important, vous vous engagez à prévenir aussi dans ce cas, la brigade de gendarmerie et n'agir dans vos déplacements, hors de ces zones, qu'avec l'autorisation de la gendarmerie. »

Tristan ne comprend pas trop pourquoi on le laisse sortir, mais que des mesures contraignantes soient prises à son encontre. Il a bien entendu que l'adjudant-chef a parlé d'un souci majeur et que la petite Marie-Lou n'a pas été entendue dans sa version des faits. Tristan a conscience que tout repose apparemment sur la version que donnera la fille de Marine. Mais cela ne l'inquiète pas, car il n'a pas menti et il a dit la simple vérité sur les interrogations que Marine a évoquées en portant plainte.

Tristan est fatigué, il signe et s'engage à respecter les mesures demandées. Il récupère ses affaires et Merest le raccompagne jusqu'au hall de sortie.

« Monsieur Mercier ne faites rien qui puisse aggraver la situation. Respectez les mesures et restez disponible. Je ne vous le dirais pas deux fois, ne soyez pas imprudent, car je viendrais moi-même vous chercher, est-ce bien compris ? »

« Oui, pas de souci », répond Tristan qui hâte le pas pour sortir dans ce qu'il peut sentir, à ce moment-là, comme une certaine liberté.

C'est à ce moment-là que j'ai fait sa connaissance. Il sortait de la gendarmerie et je suis venu vers lui pour me présenter. Au début, ne le cachons pas, il m'a envoyé balader. J'ai insisté et cela a même empiré les choses. Je voulais connaître son histoire et pouvoir la raconter à nos lecteurs, mais il ne voulait vraiment pas se confier et apparemment son amour pour la presse écrite est très limité. Mais je le comprends. Car certains de mes collègues journalistes ont écrit des articles à charge contre lui. Alors pour ne pas perdre son attention, j'ai abattu ma dernière carte pour le convaincre.

« Je comprends que vous ne vouliez pas répondre à mes questions, monsieur Mercier, mais pour montrer ma bonne foi j'ai une information qui concerne la jeune Marie-Lou Paillon. Je peux vous dire pourquoi elle n'a pas été entendue aujourd'hui. Je vous donne cette information si vous m'accordez le droit de publier votre histoire dans notre journal. »

« Pourquoi serais-je intéressé par une information sur Marie-Lou Paillon ? »

« Écoutez, monsieur Mercier, certains journalistes sont prêts à tout pour écrire un article. Moi je ne veux que le côté humain des enquêtes, je ne suis pas là pour juger, mais pour refléter des faits, rien que des faits avec leurs sentiments, leurs humeurs et de l'autre côté les ressentis que j'aie. Je suis journaliste, je ne suis pas un juge, donc, je ne juge pas, je raconte simplement. J'ai fait mon enquête aussi sur vous, et Marie-Lou Paillon. Je sais que vous êtes très proches tous les deux et je sais que ce qui se dit ou se raconte ne peut pas être vrai. C'est pour cela que je veux connaître votre histoire. »

« Je dois réfléchir, avez-vous une carte ou un numéro et quand puis-je vous appeler ? »

« Oui, bien sûr, la voici. Pour me téléphoner, c'est quand bon vous semble. »

« Je réfléchis et je vous appelle. »

Tristan range ma carte de visite dans sa poche.

Tristan est à pied. Je lui propose de le déposer chez lui, mais il refuse à deux reprises. Tristan sait que je suis bien renseigné et que mes sources sont fiables, j'espère que cela aidera à le décider à me contacter rapidement. J'aimerais lui parler de la petite Marie-Lou, mais je veux avoir l'exclusivité de son histoire pour le journal.

De son côté, Tristan marche et semble perdu dans ses pensées :

« J'espère que Marie-Lou va bien… » se demande-t-il.

Fanny est redescendue après son interrogatoire avec sa voiture et celle de Tristan est restée chez eux. Tristan regarde les horaires de bus, mais ne comprend pas trop où il doit descendre et quelle ligne entre la 6 ou la 9 il doit prendre. Comme il a sa carte bancaire avec lui, il décide d'appeler un taxi pour venir le chercher et le déposer ensuite à son domicile. Tristan a pensé qu'il peut, peut-être, demander à Fanny, mais il n'ose pas trop la déranger encore une fois. Elle qui aime être paisible, elle est entraînée dans cette affaire malgré elle. Il pense que la surprise de le voir rentrer à la maison maintenant apportera du sourire et du bonheur à Fanny.

Le taxi arrive environ 20 minutes après l'appel de Tristan. C'est un Nissan orange conduit par un petit homme tout joufflu et bedonnant. L'homme ne parle pas et, finalement, cela facilite le trajet, car Tristan n'a vraiment pas envie d'échanger. C'est un instant de repos pour son esprit et ses pensées.

La pluie qui est tombée ses dernières heures à dégager les routes, bien qu'elles soient encore bordées d'un peu de neige, la circulation est devenue bien meilleure.

Le taxi dépose Tristan en bas de chez lui, il va finir les derniers mètres à pied. 51 €, c'est le prix de la course. Un prix franchement exagéré.

Au fond de lui Tristan est heureux de rentrer chez lui, un instant, il a oublié toute cette histoire et l'impression de cette vie qu'il avait avant est très forte. Il a envie de tout oublier, de serrer fort contre lui Fanny. De partir avec elle au restaurant, de passer une soirée romantique, de tourner la page Marie-Lou pour ne plus y retourner.

Pourtant, lorsqu'il ouvre avec sa clef la porte d'entrée après avoir sonné, il trouve dans le couloir de l'entrée, une grosse valise et plusieurs sacs.

« Fanny, Fanny ! Je suis rentré, je suis trop content d'être là et de te retrouver mon amour. »

« Ah ! Tristan, dois-je comprendre qu'ils t'ont laissé sortir ? »

« Heureusement, oui. Mais c'est quoi cette valise et ses sacs, pars-tu quelque part ? »

« Tristan, j'ai réfléchi, je pars quelque temps chez ma sœur en Bourgogne ! »

« Ah d'accord, dois-je comprendre que tu m'abandonnes ? »

« T'abandonner ? Mais c'est toi qui nous as mis dans cette histoire-là. J'en peux plus Tristan, je ne sais plus quoi penser. Ma sœur ma proposée de venir chez elle quelque temps et j'ai accepté. »

« Avec cette grosse valise et tous ses sacs, c'est quoi quelque temps ? »

« Je ne sais pas Tristan, deux ou trois semaines. »

« Et si je n'étais pas rentré, alors aurais-tu filé chez ta sœur sans rien me dire ? »

« Après c'est à savoir si ça t'importe encore de savoir où je vais. Tristan, les gens disent que tu couches avec la fille de Marine ! Elle a 15 ans ! Je ne peux pas accepter ça ! Je ne veux plus te voir pour le moment. Il y en a même qui disent que tu as abusé d'elle. »

« Et depuis quand tu apportes de l'importance à ce que disent les gens ? Où sont tes paroles à crier haut et fort que ce que disent les autres, ce n'est toujours que de la jalousie ? Merde et merde Fanny ! Je t'ai juré que je n'ai jamais touché Marie-Lou, et c'est la vérité. »

« Je pars Tristan, je vais chez ma sœur. J'ai demandé des congés au travail, ils me les ont accordés. Si tu veux me joindre n'appelles pas sur mon portable, tu appelles sur son fixe là-bas, si j'ai envie de te parler, je te répondrais. »

« Et comment savoir si tu as envie de me parler ? »

« Tu verras bien ! »

« Ah ! Super l'ambiance, tu ne crois pas que j'ai besoin d'être soutenu, n'est-ce pas Merde, je ne suis pas un criminel, je n'ai abusé de personne, je n'ai tué personne. Merde, Fanny, ne pars pas comme ça ! »

Trop tard, Fanny a fini de mettre sa grosse valise et ses sacs dans sa voiture. Sans même regarder Tristan, sans même un regard, elle démarre et roule pour rejoindre la maison de sa sœur Pauline en Bourgogne.

Entre-temps à l'hôpital Carémeau de Nîmes, Marine arrive dans la chambre de sa fille conduite par l'infirmière du service de réanimation pédiatrique. La petite Marie-Lou dort à poings fermés. L'infirmière montre du doigt le fauteuil à Marine pour qu'elle s'installe dans l'attente du réveil de sa fille. Marie-Lou a repris quelques couleurs aux joues, mais ses traits sont tirés et elle paraît très fatiguée. Elle est comme un ange qui se serait couché, ici à la lumière du destin, pour effacer ses douleurs et soigner ses blessures. Sur son bras droit, une perfusion est installée et s'écoule un produit dont Marine n'arrive pas à lire le nom.

L'infirmière déplie un lit de camp qui est rangé dans le grand placard et pose dessus des draps et une couverture. Elle chuchote à Marine :

« Madame Paillon, c'est pour vous dormir cette nuit, il n'a pas l'air comme ça, mais il est très confortable ne vous inquiétez pas. Votre fille ne va pas tarder à se réveiller, il ne faut pas la culpabiliser, ni la réprimander, prenez de ses nouvelles et donnez-lui de l'écoute. Apportez-lui aussi beaucoup d'amour et de tendresse. Ne la questionnez pas sur ce qui s'est passé, mais soyez positive et souriante. Respectez quand elle s'endort, le sommeil est important pour elle. »

« Oui bien sûr, je comprends, je n'ai pas l'intention de la crier, je suis si heureuse de savoir qu'elle est là et qu'elle va mieux. »

« Elle est très fragile, prenez soin d'elle. »

« Oui, promis. »

Il est 19 heures quand Marie-Lou commence à entrouvrir ses yeux. Elle aperçoit sa mère assise sur le canapé qui lui sourit, mais Marie-Lou nc répond pas au sourire de sa mère. Après tout, si elle en est là, à risquer sa vie, c'est à cause de cette mère obstinée qui n'écoute jamais les autres et qui pense que ses déductions, ses idées et ses conclusions sont toujours les meilleures.

Marine avance vers Marie-Lou, lui fait un gros bisou sur le front, la regarde et lui dit :

« Je suis si heureuse de te voir ma fille. »

« Merci, maman », répond Marie-Lou qui semble fermée à sa mère. La situation qui a conduit au geste de Marie-Lou est peut-être en rapport avec la plainte de sa mère contre Tristan. Marie-Lou ne semble pas à l'aise avec sa maman près d'elle. Pourtant, elle sait qu'elle doit, même si le sujet est écarté de la conversation, s'expliquer avec elle. Marie-Lou semble avoir des choses à dire, mais pour le moment l'instant ne semble pas idéal. De plus, Marie-Lou a du mal à s'exprimer, elle parle doucement, lentement, mais semble apaisée.

« Je vais aller te chercher des vêtements pour toi et de quoi te laver et te pomponner si tu le désires. Veux-tu que je ramène ton lecteur MP3 pour écouter de la musique ? »

« Oui, s'il te plaît, le MP3 et le casque Sony qui est avec. Peux-tu me ramener aussi mon téléphone portable ? »

« Marie-Lou, tu n'as pas le droit au téléphone portable, tu es là pour faire le vide et te sortir de la tête les mauvaises choses. »

Marie-Lou est fatiguée, elle a subi un lavage gastrique et sa perfusion diffuse un produit qui lui ôte toute anxiété, comme une sédation intraveineuse le ferait pour la calmer.

« Je veux voir mon amie Claire, maman. Ma meilleure amie Claire me manque. »

« Je vais demander à l'accueil si c'est possible qu'elle te rende visite. Je dois de toute façon passer là-bas, je vais rester avec toi cette nuit, je vais aussi prendre des affaires pour moi, je ne dois pas te laisser seule. J'appellerais chez Claire pour parler avec elle et ses parents. »

« Si tu veux maman. Mais dis-lui que j'ai besoin de la voir. »

« Je vais lui dire ma fille. Pour le moment, je reste avec toi. J'ai cru comprendre que tu ne dois pas rester seule ou pas longtemps pendant mon absence. Une personne du personnel soignant viendra te tenir compagnie et rester près de toi. En attendant, donne-moi ta main. »

Marine saisit la main de Marie-Lou, qu'elle serre dans la sienne.

La jeune fille semble s'endormir de nouveau.

Il règne un grand calme dans le service de réanimation pédiatrique. Marine ne le sait pas, mais sa chambre au fond du couloir coïncide avec quelques patients mineurs et majeurs ayant tenté, eux aussi, de mettre fin à leurs jours.

Le journal Libération, où j'ai travaillé dans ma jeunesse comme pigiste, un confrère de la presse écrite, a publié il y a quelque temps un sondage de santé publique en France par sexe, des admissions aux urgences pour gestes suicidaires (GS). Ces données ne sont pas complètes pour 2021 : elles s'arrêtent à la semaine 43 (fin octobre), mais elles sont frappantes. Chez les filles de moins de 15 ans, les admissions aux urgences pour gestes suicidaires ont très fortement augmenté. Une progression sur les 43 premières semaines de 2021 de plus de 40 % par rapport à la moyenne des admissions sur la même période lors des trois années précédentes. Même phénomène dans la catégorie des 15-29 ans pour ce qui concerne Marie-Lou. Chez les adolescentes et jeunes femmes, on observe une hausse de 22 % en 2021, par rapport aux trois années précédentes.

Dans ces catégories d'âge, le volume de gestes suicidaires est structurellement très supérieur chez les femmes. Pour les moins de 15 ans, le nombre d'admissions aux urgences des jeunes filles (entre 3 300 et 4 000 par an pour les années 2018-2020) est habituellement presque deux fois plus important que celui des garçons (entre 2 000 et 2 500). Même chose pour les 15-29 ans : les statistiques indiquaient chaque année entre 2018 et 2020 un volume d'admission « habituel » deux fois supérieur chez les femmes (entre 13 000 et 15 000) que chez les hommes.

Angèle Consoli, spécialiste de la psychiatrie de l'enfant et de l'adolescent à l'hôpital parisien de la Pitié-Salpêtrière, et membre du

Conseil scientifique que je n'ai jamais eu et j'en suis désolé, le plaisir de rencontrer, explique en ses mots sur le sujet des gestes suicidaires :

« On a toujours à l'adolescence, parmi les auteurs des tentatives de suicide, une surreprésentation de filles par rapport aux garçons. Les filles ont davantage, dans l'expression de leur souffrance psychique ou de leur détresse, recours aux tentatives de suicide. Avec, heureusement, souvent des moyens qui engagent moins le pronostic vital, comme des prises médicamenteuses, alors que pour les suicides qu'on dit "complétés", c'est-à-dire suivis d'un décès, ce sont plus les garçons et les hommes. Ce sont des causes multifactorielles, biologiques, hormonales, socioculturelles. Donc, il y a, dans ce qu'on observe là, une forme de continuité. »

On peut comprendre mieux le geste suicidaire de Marie-Lou comme peut être un appel pour que l'on écoute ce qu'elle a à dire et qu'on ne décide pas toujours pour elle. C'est vrai, Marine, sa mère, décide, pense et réagit pour sa fille. On imagine aussi que d'être entendue comme victime à la suite de la plainte de sa mère a complètement déstabilisé la jeune fille qui semble ne pas vouloir contredire sa mère. Mais elle sait, au fond d'elle, qu'elle ne peut que dire la vérité. Celle d'un jeu dans la neige, de rigolades et de glissades et celle d'un baiser entre elle et Tristan… Et si sa mère l'apprend, si Fanny l'apprend, alors elle ne reverra plus jamais Tristan, c'est une certitude.

Mais pourquoi garder alors ce silence ?

Marie-Lou n'a pas conscience de ce qui pèse sur Tristan parce qu'elle sait qu'il n'a rien fait, qu'eux deux n'ont rien fait, et que dans tout ça, seule sa mère est fautive. Quand on regarde tout ce qui se passe alors que la situation ne demande pas tant de regards affamés sur une, pseudo-affaire d'abus, on peut se laisser à penser, qu'il y aura toujours des gens pour en profiter.

Marie-Lou a vécu la plus belle chose lors de ce baiser, à savoir ses lèvres qui se posent sur celles de Tristan. Son cœur qui s'est mis à battre fort, les papillons dans le ventre, des étoiles dans la tête, ce qui aurait dû être un si beau moment, est devenu un crime d'aimer.

La jeune fille sait, au fond d'elle, que le baiser, volé ou pas volé, donné ou pas donné, ne peut rien y changer, mais, au moins, il a le mérite d'être là et d'exister. Et ce baiser est comme un sentiment qui s'est exprimé, comme une respiration qui s'est arrêtée, comme une main qui cueille, une jolie fleur de printemps. Aujourd'hui, on la regarde comme une enfant, Tristan comme un criminel, elle a voulu fuir tout cela, car elle ne veut faire de mal à personnes. Pourtant, Tristan l'avait prévenu, des gens souffriront si nous nous embrassons. Il ne pensait pas si bien dire malheureusement.

Marie-Lou s'est endormie de nouveau, Marine à lâcher la main de sa jeune fille pour la poser sur le côté du lit. Marine ne se sent pas le courage de partir chercher quelques affaires chez eux pour elle et Marie-Lou. Elle a appelé Françoise et Paul, ses parents pour leur demander si cela ne les dérange pas d'y aller pour elle. Les parents de Marine se disent qu'ils pourront en profiter, peut-être, pour venir voir leur petite-fille au service de réanimation pédiatrique.

Les parents de Marine ont un autre jeu des clefs de leur fille. Ainsi, ils se rendent chez elle pour prendre les affaires demandées parMarine. Au téléphone Françoise est guidée par Marine, qui lui indique où trouver ses vêtements et ceux de Marie-Lou, le lecteur MP3, les produits de toilettes, et de maquillages, ainsi que le casque Sony.

Françoise et Paul ont presque terminé de prendre tout ce que Marine et Marie-Lou ont besoin, Marine raccroche et informe le personnel de soin qu'elle souhaite se rendre à l'accueil pour se renseigner pour les visites de Marie-Lou, si ses grands-parents peuvent venir la voir et aussi sa meilleure amie Claire qui a presque le même âge qu'elle, 16 ans.

Une infirmière répond aux questions de Marine :

« Nous pouvons vous répondre ici sans que vous vous déplaciez à l'accueil, madame Paillon. Pour vos parents, donc, les grands-parents de la jeune Marie-Lou, je peux fixer un rendez-vous dans deux jours, car c'est 48 heures après l'hospitalisation ou 24 heures avec l'aval du docteur Gabriel, la psychiatre du service. Cela sera donc l'après-midi vers 15 heures, si votre fille n'est pas fatiguée et que la psychiatre donne son aval lors de son entretien avec Marie-Lou demain matin. Cependant, je vous demanderais de sortir le temps de la visite et d'attendre à la petite salle à gauche de l'accueil. D'ailleurs, il faut préciser à vos parents lors de leur visite à votre fille et dès leur l'arrivée, d'attendre, eux aussi là-bas. Nous procéderons comme pour vous à un appel à l'Interphone puis une personne viendra les chercher pour les accompagner jusqu'à votre fille. Les entrées et sorties du service sont contrôlées, soit par un badge, soit par l'agent d'accueil que l'on peut contacter par l'Interphone en dedans et en dehors du service. Pour sa meilleure amie s'est même conseillée de pouvoir la laisser voir Marie-Lou. Nous demanderons si les jeunes filles veulent rester ensemble pour parler sans votre présence. Ne le prenez pas mal, un personnel de l'équipe soignante sera là bien sûr, mais il est souvent essentiel que les jeunes personnes puissent parler et échanger entre eux librement afin de se sentir mieux et de se confier. Avec un adulte, une mère par exemple, ce n'est pas toujours le cas. Nous privilégions tout ce qui peut apporter un sentiment de bien-être et permettre de se libérer des poids qui peuvent peser. Quand la jeune fille est disponible et quel est son nom et son prénom ? »

« Je vais appeler ses parents et en discuter avec eux et avec elle, mais je voulais savoir avant si elle pouvait venir ou pas. Son nom est Claire Baudoin, 16 ans, c'est la meilleure amie de ma fille. »

« Très bien j'ai noté. Il faut préciser aux parents de la jeune Claire qu'ils nous appellent au service de réanimation pédiatrique et demande l'équipe de soin, nous les prendrons en charge pour organiser la visite de leur fille auprès de Marie-Lou. »

« D'accord je vais leur dire, pas de souci. »

« Les prénoms de vos parents, madame Paillon ? »

« Françoise et Paul. Paillon aussi pour le nom de famille. Ils doivent m'apporter des affaires pour moi et la petite, pensez-vous qu'ils pourront la voir un peu ce soir ? »

« Je suis désolé madame Paillon, non il faut prendre rendez-vous pour organiser les visites même si nous ne doutons pas le bien qu'ils vont lui apporter, elle doit aussi se reposer. Demain ou après-demain 15 heures comme prévu s'il vous plaît pour vos parents. Le docteur Gabriel vous confirmera exactement le jour selon comment va Marie-Lou. Pour les affaires qu'ils vous apportent, nous irons les récupérer et nous vous les apporterons, ne vous inquiétez pas, nous les rassurerons sur la santé de leur petite fille. Rester près d'elle nous nous occupons de tout. »

« Je vous remercie. Ah ! je vois que Marie-Lou se réveille, je vais me rasseoir près d'elle. »

« Allez-y, madame Paillon, et si vous avez besoin de quoi que ce soit, n'hésitez pas à sonner. »

« Merci encore. »

Marine est près de Marie-Lou qui s'éveille doucement. Elle attend les affaires que doivent apporter Françoise et Paul.

Pour Tristan, la tristesse gagne son cœur. Fanny vient de partir chez sa sœur en Bourgogne et il est seul chez lui avec un sentiment de mal-être et terriblement angoissé.

Lui qui avait prévu de passer une soirée romantique avec Fanny, de sortir avec elle, de s'amuser, il pensait la retrouver et être heureux auprès d'elle. Il a l'impression de tout perdre les choses qu'il a dans ses mains sans même pouvoir les retenir. C'est comme du sable qui s'écoule entre ses doigts. Tristan sent que tout va de travers, il essaie de se poser, de réfléchir, mais il n'y arrive pas. La nuit est tombée et il ne se sent pas bien. Il décide alors de m'appeler, moi, Éric Flat, journaliste de Nîmes Hebdo.

« Bonsoir, c'est Tristan Mercier. »

« Bonsoir, monsieur Mercier, heureux de voir que vous avez réfléchi. »

« Je ne sais pas si j'ai vraiment réfléchi monsieur Flat, mais dites-moi, que faites-vous ce soir ? on peut aller manger ensemble etdiscuter de toute cette histoire si ça vous tente. »

« Écoutez, monsieur Mercier, j'ai carte blanche pour l'enquête avec mon journal, alors je vous invite. Retrouvons-nous à 20 heures au Palais du bourg, un restaurant gastronomique près de la mairie. »

« D'accord, 20 heures, Palais du Bourg, place de la mairie, c'est noté. »

« Alors à tout à l'heure, merci d'accepter cette invitation. »

« Je vous en prie. »

Il est 20 heures lorsque je m'installe à une table du restaurant en attente de Tristan Mercier. Je commande un kir pour patienter et quelques cacahuètes, par gourmandise. Tristan Mercier, lui, est là pour 20 h 05, je lui fais signe et il me rejoint à ma table.

« Merci d'être venu monsieur Mercier. »

« Merci à vous de vouloir m'écouter. Je suis un peu perdu, j'ai besoin de me confier, mais je ne veux pas d'articles dans votre journal. »

« Ah… Vous voulez quoi ? »

« On reste en contact et quand tout ça sera terminé, faites un grand article dans ce cas, histoire de tout raconter pour que les gens comprennent mieux. »

« Écoutez, monsieur Mercier, cela ne me pose aucun problème, on peut partir sur cette idée-là. »

« Vous savez, vous pouvez m'appeler Tristan. »

« D'accord Tristan, moi c'est Éric. »

« Dites-moi Éric, vous m'avez dit que vous connaissiez la raison qui fait que Marie-Lou Paillon n'a pas été entendue à la gendarmerie. »

« Elle est chère à votre cœur la petite Paillon ? »

« Oui, comme ma fille, monsieur Flat, enfin Éric. »

« D'accord, mais ce que je vais vous apprendre ne va pas vous apporter beaucoup de réconfort j'en ai peur et je vous déconseille les réactions non réfléchies à ce que je vais vous dire. D'après mes sources, Marie-Lou Paillon a fait une tentative de suicide avec une prise de médicament. Du Xanax, mais elle est hors de danger. »

« Quoi ? Comment est-ce possible ? Où est-elle maintenant ? » Entre-temps Tristan se relève et commence à mettre sa veste.

« Arrêtez ça Tristan, rasseyez-vous ! Sinon je clôture notre entretien ici. »

Tristan repose sa veste sur le dossier de la chaise, il se rassoit et m'écoute.

« Tristan, elle est à l'hôpital en réanimation pédiatrique et leservice de réanimation pédiatrique. Si vous ne montrez pas patte blanche pour y avoir accès, je vous le dis direct, vous n'avez aucune chance de la voir. Et de plus, il me semble que vous avez interdictionde l'approcher alors ne commencez pas à faire n'importe quoi ! »

« Vous êtes drôlement bien renseigné. »

« C'est mon métier Tristan d'avoir des sources. »

« Alors, vous voulez me parler de cette affaire Mercier que les journaux se délassent de vous décrire comme un criminel ? »

« De toute façon, j'ai besoin de parler, alors puisque vous êtes là, autant que j'en profite et peut-être que cela me soulagera quelque peu de le faire. »

À ce moment-là, Tristan va se confier à moi, il parle de Marie-Lou et s'adresse à moi un peu comme un ami. Ses phrases me touchent et je comprends vite que la situation est loin d'être ce que les autres journaux racontent.

Quand il me parle de sa femme, il y a beaucoup d'amour, il évoque les souvenirs, les moments incroyables, les choses inoubliables, il sourit, il rit puis parfois pleurs. Il me parle d'une vie bien établie, bien huilée, avec l'avenir radieux à l'horizon. Il me montre des photos qu'il a sur son téléphone portable, celles de lui et de Fanny, des photos de leurs enfants respectifs. Des photos aussi de leurs amis et même des animaux de compagnie qui ont traversé leur vie de couple.

Il me raconte beaucoup de choses, 10 ans de vie avec Fanny, les joies partagées, les peines qu'ils ont affrontés tous deux fortement, les luttes dans les moments difficiles et les joies de réussites.

Et puis comme dit Tristan vient ensuite la gamine. Ce n'est pas un terme péjoratif, je le sens même très affectueux dans sa bouche.

« Vous voyez Éric, je vois ma vie comme quelque chose d'établi, quelque chose d'écrit dans la pierre, tout y est beau, ensoleillé, fleuri, un jardin d'Éden pour s'y laisser vieillir. Car moi, à 40 ans, je me laisse aller à essayer d'être meilleur chaque jour pour rendre ma femme heureuse et la plus heureuse possible. Et puis, voilà que le cœur s'emballe. Comme une entité qui s'est endormie et qui vient de se réveiller. Comme une chasse à courre où je suis tombé dans le piège des choses sur lesquelles je ne suis pas protégé. Et plus les choses viennent à moi, moins je me protège, je me crois fort, intelligent, mais je suis faible et bête. Cette gamine est devenue ma complice, je la voyais heureuse, elle me rendait heureux, je la voyais sourire, elle me faisait rire, je l'entends encore me dire, je t'adore, et je la voism'aimer. Vous voyez Éric, et puis mes pensées ont commencé à se perdre, le manque d'elle, l'envie de toujours la voir, de lui parler, de l'appeler.

J'ai commencé à percer des trous dans le bateau de ma vie. Volontairement au début puis je pense que je n'ai plus rien contrôlé, ou alors, j'ai perdu tout contrôle. Elle dirige, m'enflamme, me séduit par de petits jeux, par de petits mots, par des regards qui brûlent en moi. Et pourtant jamais je n'ai eu une seule idée déplacée envers elle. Non, c'est beaucoup de tendresse peinte avec de la douceur.

Quand je m'en suis aperçu, mon bateau prenait déjà bien l'eau et mes ailes pour le ciel se consumaient à grande vitesse. Comme un mauvais marin, je n'ai pas voulu le croire, j'ai commencé à retirer l'eau sans même chercher pourquoi il y avait une si grande fuite. Je n'ai pas bouché les brèches, je les ai laissées s'agrandir, le bateau a coulé et je coule avec comme un capitaine de navire. »

« Y a-t-il de l'amour entre vous ? »

« Pour moi, c'est bien plus fort que cela. Je veux dire l'amour est un sentiment d'attirance, là ce n'est pas pareil. C'est un tout, une complicité, un complément. Comme-ci nous avions quelque chose, elle et moi. Un lien qui fait que le destin, fort et pur, nous réunit. J'ai besoin d'elle, mais pas comme on pense. C'est une bouffée d'oxygène à mon cœur, c'est un rayon de soleil à mon âme, mais le tout dans un esprit de camaraderie et d'espièglerie. »

« Est-elle amoureuse de vous ? »

« Je le pense sincèrement. Mais je n'ai rien fait pour aller dans ce sens. C'est une situation difficile pour moi, mais j'imagine que pour elle, avec ce que vous venez de m'apprendre, c'est encore plus douloureux. Nous avons un différend, sa mère et moi. Il remonte au passé avant que je connaisse Fanny, mon épouse. Depuis, la mère de Marie-Lou me hait sans que je sache vraiment pourquoi et je n'ai jamais eu l'occasion de lui demander d'ailleurs. Mais avec la venue de la petite à la maison, même si, peut-être pour sauver la face, elle a toujours accepté que Marie-Lou vienne chez nous, je sens toujours en elle beaucoup de méchanceté envers moi. »

« Finalement, Tristan, est-ce une histoire d'amitié et d'amour ? »

« C'est une histoire d'amour et d'amitié, oui. Mais l'amitié est proche de l'amour et l'amour est un sentiment d'amitié qui est plus fort, donc oui pour l'un et oui pour l'autre. Mais aucunement l'idée de vivre une aventure amoureuse, non, pas du tout. L'envie est d'être ensemble à partager des moments qui sont toujours des instants inoubliables. »

« Et votre épouse, Fanny, dans tout ça ? »

« Elle est partie chez sa sœur ce soir en Bourgogne. Elle m'en veut, mais je pense qu'elle en veut encore plus à la petite. »

« Pourquoi à votre avis Tristan ? »

« Elle dit que depuis qu'elle est arrivée dans notre vie, elle et moi nous ne sommes plus le couple d'avant. Je ne pense pas que cela soit le cas et que quelque chose ait changé. Non, je pense que la comparaison que Fanny fait avec Marie-Lou l'inquiète. Sa jeunesse, son temps passé avec moi, ses passions et les miennes que l'on partage ensemble sont comme une rivalité. »

« Y a-t-il une vraie rivalité ? »

« Pas de mon côté. J'ai une épouse Fanny et j'ai une amie, une camarade, une complice, Marie-Lou. »

« Comment voyez-vous la suite de cette histoire Tristan ? »

« Je ne sais pas du tout Éric. Vous savez, le départ de Fanny chez sa sœur me fait terriblement culpabiliser. Je m'en sens responsable. Mais d'un autre côté je n'ai qu'innocence dans ce que l'on me reproche. Je pensais que mon épouse serait un soutien. Je me suis trompé. »

« Et pour Marie-Lou ? »

« Ne plus se voir est, j'imagine, la meilleure des actions pour tout le monde. Il reste les souvenirs. Des souvenirs que personne ne peut nous prendre ou nous enlever. »

Dans le restaurant où je me trouve avec Tristan, la conversation est très intéressante. Tristan se confie à moi avec beaucoup d'honnêteté et beaucoup de souffrances aussi. J'aime l'entendre. Il parle avec sincérité et n'a rien d'un prédateur comme les journaux le décrivent.

Bien sûr, Marine, la mère de la jeune Marie-Lou, n'arrange aucunement les choses et déverse aux journaux sans scrupules des situations qui semblent très mal interprétées.

Tristan me fait même de la peine, il me raconte le départ de Fanny, son épouse pour la Bourgogne. Il me parle et me décrit ce qu'il avait prévu ce soir pour Fanny et pour lui. Son rêve du soir était de passer une superbe soirée en amoureux, pour oublier tout et repartir de plus beau vers le chemin de leur destinée à eux deux. Il a dans son cœur la peur de perdre sa femme. Il sait que c'est beaucoup pour elle et qu'elle s'influence beaucoup de ce qui se dit ou se lit autour d'elle.

Son récit est complet, il détaille, précise, n'oublie rien dans les souvenirs qu'ils m'évoquent. Cet homme semble juste victime de son cœur. Un cœur qui s'est troublé et qui a laissé entrer une innocence amicale et l'a laissé devenir sentimental. On ne peut lui en vouloir, c'est humain après tout d'aimer.

Notre repas prend fin. Tristan me suggère d'écrire un livre sur cette histoire et plaisante sur la longueur que peut prendre un article simple. Je souris, l'idée me séduit.

Après quelques verres échangés entre Tristan et moi, nous avons promis de rester en contact. De partager des repas ensemble et de voir comment va se dérouler le reste de la vie pour chacun. Moi, de mon côté, j'observe et je vous raconte dans cette histoire, les jours et semaines qui passent.

Tristan est fatigué, il est 23 h 05, il me salue et rentre chez lui.

Quelques minutes après, je fais de même.

Entre-temps, les parents de Marine arrivent au service de réanimation pédiatrique très en retard. La vieille fourgonnette de Paul a refusé de démarrer, la batterie à plat. Le temps de mettre le chargeur sur la batterie capricieuse et de laisser charger un peu, les voici arrivés enfin, lui et Françoise.

« Bonsoir, nous sommes les grands-parents de la petite Marie-Lou Paillon, notre fille, sa maman, nous a demandé de lui apporter des affaires pour elle et la petite. Il y a deux sacs pour eux deux. Nous sommes désolés, nous devions arriver plus tôt, mais on a eu un petit souci de véhicule. »

« Bonsoir, ne vous inquiétez pas, ce n'est pas grave, le service est ouvert pour les parents 24 h/24 h donc nous avons l'habitude de recevoir ici à l'accueil et dans le service des personnes à toute heure. D'ailleurs, quelqu'un du service va venir prendre les sacs, si vous voulez bien attendre quelques instants. »

« Oui, bien sûr. Une petite question, est-il possible de rendre visite à notre petite fille ? »

« Je crois qu'un rendez-vous a été pris pour vous. Euh… Demain, 15 heures sous réserve de l'accord du docteur Gabriel. Je pense que votre fille n'a pas eu le temps de vous prévenir. »

« Oui, nous n'étions pas au courant, mais, oui demain 15 heures, c'est très bien, merci beaucoup, on a hâte de voir notre petite Marie-Lou. »

« Votre fille vous confirmera l'accord du docteur pour demain. »

« D'accord, merci beaucoup. »

Le bruit des portes battantes de l'entrée du service se fait entendre et des pas arrivent vers l'accueil. Une aide-soignante vient récupérer les deux sacs pour les déposer ensuite auprès de Marie-Lou et de sa mère Marine.

« Bonsoir, vous êtes les parents de Marine Paillon ? Est-ce les deux sacs de vêtements à leur déposer ? »

« Oui, bonsoir. Oui, c'est les deux sacs, nous vous remercions. »

« C'est normal. Vous pourrez venir voir votre petite fille demain à 15 heures, le rendez-vous est pris et le docteur Gabriel a donné son accord. »

« Oui, merci beaucoup. La dame de l'accueil nous a prévenus, nous sommes heureux. Merci encore. »

« Vous savez les visites sont importantes pour les patients comme votre petite fille. Nous essayons d'organiser au mieux pour nos jeunes patients et patientes. Marie-Lou doit voir la psychiatre, le docteur Gabriel demain matin à 9 heures et sa meilleure amie Claire, ensuite. L'aspect psychologique pour une jeune fille de l'âge de Marie-Lou est souvent basé sur les visites de ses camarades. En effet, il est important qu'elle puisse échanger avec des personnes de son âge comme sa meilleure amie par exemple. Cela contribue à lui apporter beaucoup de bien-être et d'équilibre. »

« Oui, nous comprenons bien sûr, ne vous inquiétez pas, faites-leur un gros bisou de notre part, même s'il est un peu tard. Merci beaucoup et à demain. »

« Je vous en prie, je n'y manquerai pas, au revoir. »

L'aide-soignante empoigne les deux sacs et regagne le service puis la chambre où se trouve Marine et Marie-Lou.

Françoise et Paul, eux, retournent à leur domicile, impatients d'être à demain 15 heures.

Il est maintenant 23 h 30 heures au service de réanimation pédiatrique. Marie-Lou s'endort et se réveille, sans trouver, pour le moment, un long sommeil. Elle a les bras autour de son oreiller. Sa mère, Marine, elle ne dort pas non plus. Elle vient de s'entretenir avec une aide-soignante de garde qui l'a informée que la rencontre entre Marie-Lou et le docteur Gabriel, la psychiatre du service aura lieu demain matin à 9 heures. De même, l'aide-soignante a remis à Marine les deux sacs d'affaires que ses parents viennent d'apporter pour que Marie-Lou et sa mère puissent avoir des affaires de toilettes et de quoi se changer.

L'infirmière s'adresse à Marie-Lou et à Marine :

« Mme Paillon, vos parents ont déposé cela pour vous et votre fille. Ils vous font un gros bisou. Marie-Lou, ils viendront te rendre visite demain à 15 heures. Demain matin tu auras la psychiatre, le docteur Gabriel, qui vient parler avec toi à 9 heures et ta meilleure amie Claire à 10 heures. Ses parents nous ont joints pour l'autoriser à venir te voir. »

« Oh ! Merci beaucoup, je suis trop contente. »

« Maintenant, il faut penser à dormir jeune fille. »

« Oui, merci beaucoup, je vais faire un gros dodo, je pense. »

L'aide-soignante repart dans le service et Marine commence à déballer le premier sac et ranger les affaires dans un dressing de la chambre qui possède de grandes étagères en bois. Elle essaie de faire le moins de bruit possible pour ne pas déranger les chambres à côté de celle de Marie-Lou.

« Avant que tu t'endormes ma puce, ton lecteur MP3 et le casque, mamy et papy n'ont pas oublié. Tu as aussi le fil pour recharger le MP3. »

« Merci, maman, demain je pourrais écouter de la musique.

Demain, je vais voir Claire et papy et mamy, c'est super. »

« Tu vois ma fille, il ne faut pas faire ce que tu as fait, il y a beaucoup de gens qui t'aiment, il faut penser à eux. »

Marine commence par un premier reproche à sa fille. Pourtant, l'infirmière lui a bien dit de ne pas faire culpabiliser Marie-Lou, mais pour Marine, c'est plus fort qu'elle. Elle est une mère dominante et qui n'aime pas avoir tort, elle a tendance à rejeter la faute sur les autres.Elle se voit comme une mère-modèle, mais elle reste autoritaire et vindicative.

Le soir puis la nuit arrivent à Nîmes… Que ce soit à l'hôpital Carémeau, pour Marie-Lou et sa mère Marine, rue des Cèbes pour Tristan ou au domicile de Claire, la meilleure amie de Marie-Lou, les lumières s'éteignent doucement et les paupières s'alourdissent. Les rues se vident et les voitures sont de moins en moins présentes sur les routes et dans les rues. La ville s'endort, elle aussi, peut-être aussi fatiguée de toute son agitation quotidienne.

Moi, je vais boire un dernier verre dans un pub, heureux d'avoir rencontré Tristan ce soir et d'avoir partagé un repas en sa compagnie.

C'est un bruit de camion, un bip d'avertissement, des bruits de machines qui plient et se déplient qui viennent à bout de ma nuit. Et puis les bruits s'intensifient jusqu'à 7 heures, ou tout le monde est réveillé… ou presque.

À l'hôpital Carémeau, le petit déjeuner vient d'être servi, il est 7 h 30. Marine s'est réveillée sur les coups de 6 heures, elle a rangé le lit pliable dans le grand placard de la chambre et s'est maintenant installée dans le fauteuil. Un plateau-repas est servi devant Marie-Lou qui a redressé son lit à l'aide de la télécommande. Elle bâille, elle n'est réveillée que depuis peu. Pour Marine, son plateau est servi sur la petite table face au fauteuil où elle est installée. Les deux plateaux-repas sont garnis de biscottes, d'un morceau de pain, du beurre, des confitures et d'un yaourt plus un fruit. Pour la boisson, Marie-Lou est au chocolat chaud, Marine au café noir sans sucre.

Marie-Lou déjeune lentement, mais déguste toutes les bonnes choses du plateau. Elle met du beurre sur ses biscottes, de la confiture de fraises, ouvre le morceau de pain et fait pareil pour le beurre, mais complète avec la confiture de prunes. Les deux petites barquettes de confitures sont vides et les beurres étalés. Elle a ensuite une clémentine en fruit et un yaourt nature.

Pour Marine, pas de beurre, elle fait attention à sa ligne. Elle ose la confiture, mais, légèrement dans son pain. Quant à ses biscottes elle les mange nature, trempées dans son café. Son yaourt est un yaourt aux fruits, son fruit, une pomme.

Ce matin, c'est le rendez-vous avec le docteur Gabriel, la psychiatre du service de réanimation pédiatrique. Il reste une petite heure avant son arrivée. Marine a fini son petit déjeuner, elle est la première à aller faire sa toilette et s'habiller. Ensuite ce sera au tour de

Marie-Lou. Marine l'aidera, car la jeune fille rencontre des difficultés pour s'habiller ou se laver avec sa perfusion.

Dans la rue des Cèbes, Tristan est levé depuis 6 h 40. Il a pris son petit déjeuner composé d'un pain au chocolat, un kiwi jaune et de deux dattes. Tristan aime prendre son petit déjeuner, se laver et s'habiller avec la musique. C'est un rituel chez lui, il ne pense à rien et laisse la musique le bercer ou l'accompagner dans son réveil.

Il s'habille sur les rythmes musicaux. Ses jeans, une chemise bleue au revers de poignées gris et sa veste. Il n'oublie pas de prendre sa sacoche avec son ordinateur portable dedans, éteint la musique, les lumières. Il ferme la porte à clef, enclenche l'alarme de la maison et rejoint sa voiture.

Tristan conduit jusqu'à son travail qui se trouve à environ 20 minutes de son domicile à lui et Fanny. L'entreprise de Fret se trouve dans une zone industrielle en dehors de Nîmes.

Il est 7 h 50 quand il arrive sur le parking de son entreprise. Il prend sa sacoche avec son ordinateur à l'intérieur et dans laquelle il y glisse toujours ses papiers de voiture et d'identités, sa carte bancaire et son porte-monnaie.

Le bureau de Tristan se trouve au 1er étage d'un ensemble de constructions modulaires aménagées en bureau, en haut d'un escalier métallique qui permet de rejoindre deux des étages.

Tristan croise son responsable, Aurélien Meunon qui se trouve au 2e étage et penché vers le bas de l'escalier comme en attente de l'arrivée de Tristan. Il s'adresse d'ailleurs à lui.

« Monsieur Mercier, pourrais-je vous voir dans mon bureau s'il vous plaît ? »

« Bonjour, monsieur Meunon, oui bien sûr, j'arrive. »

Tristan monte au deuxième étage toujours par l'escaliermétallique et rejoint le bureau de son responsable. Il frappe et entre à l'intérieur.

« Refermez donc la porte derrière vous, monsieur Mercier, et asseyez-vous. »

Tristan referme derrière lui la grande porte blanche où se trouve une carte de la France et une carte européenne avec les lignes de différentes couleurs pour marquer les trajets et les ports de frets actuels, utilisés par l'entreprise.

« Vouliez-vous me voir, monsieur Meunon ? »

« Oui, monsieur Mercier. Voulez-vous un café ? »

« Non merci, monsieur Meunon, ça ira pour moi. »

Aurélien Meunon se sert une grande tasse de café qui provient d'une cafetière traditionnelle à filtre. Meunon est le directeur général de l'entreprise depuis 12 ans. Il a été nommé à Nîmes alors qu'il postulait, à l'époque sur l'international et particulièrement la Tunisie d'où sa femme est originaire. L'entreprise possède là-bas, un dépôt portuaire de 8 000 m² sur le port de la Goulette qui est le croisement entre les grands réseaux routiers et ferroviaires du pays. Jusqu'au milieu des années 80, il exerçait la majeure partie des échanges maritimes. Le port s'est concentré sur le traitement du trafic des navires à passagers et des navires-croisiéristes. Outre ses activités du trafic passager et de croisière, le port de la Goulette reçoit également des navires transportant des cargaisons de tous types. Il y a des transports de voitures, des unités roulantes, etc. toutefois le plan de développement du port prévoit que ce dernier tend à se spécialiser, aujourd'hui, dans le trafic de passagers et de croisiéristes. Peut-être une aubaine finalement pour Aurélien Meunon d'avoir été muté directeur général à Nîmes.

« Tout d'abord, monsieur Mercier, je suis vraiment content de votre travail. Vous savez qu'à toutes occasions, si la trésorerie de l'entreprise le permet, j'aime récompenser les salariés qui aident et font avancer l'entreprise ? »

« Oui, monsieur, Meunon, je pense que nous sommes tous heureux de travailler et d'évoluer dans cette entreprise et qu'il y a vraiment un réel investissement. »

« C'est exact monsieur Mercier. Malheureusement, nous avons une image importante et ces derniers temps je me retrouve face à un dilemme à la suite de certains articles des journaux locaux et même régionaux pour d'autres. Je me garderai de vous juger ou de juger n'importe qui dans cette entreprise et vous connaissez mon désintérêt pour la presse écrite qui est bien souvent faite de mensonges et de ragots. Malheureusement, les articles sont là, les gens les lisent et pour ceux qui vous connaissent ou nous connaissent, un lien est fait entre vous et cette entreprise où vous êtes employé. Je suis vraiment très fier de vous, monsieur Mercier, mais je dois protéger l'image de l'entreprise. »

« Est-ce que je suis viré ? »

« Oh là ! Pas du tout, monsieur Mercier, je suis déçu que vous me connaissiez aussi mal. Non pas du tout, mon but, c'est de préserver notre image, mais de vous préserver aussi. Vous êtes un des meilleurs dans votre domaine et je ne pense pas que je pourrais retrouver facilement quelqu'un comme vous. Non, monsieur Mercier, je vous propose deux choses. J'ai confiance en vous et je sais que cette histoire décrite dans la presse va vite s'arranger. La première de mes deux propositions concerne vos congés. Il vous reste 17 jours de congé à prendre. Vous pourriez les poser, le temps que tout cela se tasse. 17 jours cela fait 3 semaines, d'ici là je suis sûr que tout ira mieux.

Ma deuxième proposition, c'est de vous détacher sur un poste à Saint-Nazaire pour environ 1 mois. Vous y serez logé et la prise en charge de vos repas du midi, votre hôtel et de vos trajets de Nîmes à Saint-Nazaire et des retours, sous le couvert de l'entreprise. Qu'en pensez-vous ? Bien sûr, je vous laisse jusqu'à midi pour réfléchir, c'est un délai très court j'en ai bien conscience, mais si votre choix se porte sur Saint-Nazaire ils auront besoin d'une réponse rapide là-bas. Ensuite, nous pouvons négocier pour vos frais ou autres, je reste ouvert sur le sujet. »

« Je suis touché, monsieur Meunon, d'accord, je réfléchis et je vous donne ma réponse à midi. Je vous remercie de votre confiance, les choses sont assez difficiles à vivre en ce moment, mais je n'ai rien à me reprocher. »

« Très bien, alors j'attends votre réponse. Merci, monsieur Mercier. »

« Merci à vous, monsieur Meunon. »

Tristan quitte le bureau de son responsable. Il redescend au 1er étage des constructions modulaires qui forment les bureaux et il rejoint son propre espace de travail. Il doit maintenant réfléchir aux deux propositions d'Aurélien Meunon. Les vacances ou quelques semaines à Saint-Nazaire.

Le temps de la réflexion, pour Tristan, laisse aussi le temps à Marine de donner son aide à Marie-Lou pour se préparer pour l'entretien de 9 heures avec le docteur Gabriel, la psychiatre du service.

9 heures

« Bonjour, madame Paillon, bonjour, Marie-Lou. Je me présente, je suis la psychiatre du service, le docteur Gabriel. Le terme psychiatre ne doit surtout pas vous effrayer, je suis là pour parler avec vous jeune fille. Donc ne soyez pas stressée, tout va aller très bien », dit le docteur Gabriel qui entre dans la chambre.

« Bonjour Docteur, je peux rester avec ma fille ? » demande Marine.

« L'entretien concerne la patiente et le docteur, madame Paillon. Je vous remercie d'attendre dans la petite salle à gauche de l'accueil. On vous appelle dès que vous pourrez revenir. Ne vous inquiétez pas, tout va bien se passer, nous sommes là pour parler ensemble votre fille et moi comme deux amies (sourire du docteur Gabriel). »

« Très bien, docteur. »

Marine quitte la chambre, se dirige vers l'accueil et sort dehors prendre un peu l'air. Le jour est maintenant levé, mais la fraîcheur persiste.

Le docteur Gabriel prend la chaise qui se trouve sous la fenêtre, au fond de la chambre à côté du fauteuil. Elle vient s'installer tout près du lit de Marie-Lou :

« Bonjour jeune fille, nous allons commencer par l'anamnèse. Oh ! Mais savez-vous ce que c'est cette bête-là ? C'est un terme scientifique, tu sais Marie-Lou, c'est pour nous donner un genre à nous les psychiatres (dit avec humour le docteur Gabriel en souriant) en réalité c'est simplement ta présentation et ton parcours scolaire et social. Tu veux bien te présenter à moi ? »

« Oui, bien sûr docteur. Je m'appelle Marie-Lou Paillon, j'ai 15 ans, je suis née le 30 juillet 2008, à Nîmes. Je suis en 3e au lycée Alphonse-Daudet à Nîmes. »

« As-tu des passions Marie-Lou ? »

« Oui, j'adore le patin à glace, la guitare, écouter de la musique. »

« Oh ! Je t'envie pour le patin à glace, tu sais, j'ai essayé, mais je ne tiens pas debout sur la glace, je suis plus souvent assise sur la glace qu'en train de patiner (sourire). Tu fais donc de la guitare, as-tu des cours ? Composes-tu aussi des chansons avec ta guitare ? »

« Oui, docteur, je prends des cours de Guitare à l'École de musique de Nîmes, une à deux fois par semaine avec un professeur. Je connais les accords, mais j'ai beaucoup de difficultés avec le solfège. Oh, oui j'essaie de faire des chansons, mais j'ai peut-être pas assez de créativité (rire). »

« Et pour le patin à glace, vas-tu un peu à la patinoire ? »

« Oui, avec la maman de ma meilleure amie, Claire, qui nous amène avec des filles de la classe. Claire, ma meilleure amie vient me voir à 10 heures. »

« Es-tu très proche de Claire ? »

« Oui, vraiment, c'est ma meilleure amie, on est confidentes l'une pour l'autre. On peut tout se dire et on essaie de trouver des solutions aux problèmes. »

« Et donc, comme vous êtes deux jeunes filles, vous parlez aussi de garçons, j'imagine. »

« Oui, aussi. »

« Parlez-vous de vos sentiments pour les garçons dont vous êtes amoureuses ? »

« Oui, docteur. On s'envoie parfois les photos des garçons pour savoir si l'autre le trouve beau ou moche », s'amuse Marie-Lou.

« Oui, c'est vrai, les garçons, dans mes souvenirs, à ton âge, n'étaient pas toujours très beaux. »

« Est-ce que vous vous confiez l'une à l'autre, et quand l'une des deux ne va pas bien, elle en parle à l'autre ? »

« En principe oui. »

« Pourquoi en principe Marie-Lou ? Arrive-t-il qu'une des deux ne parle pas de ses souffrances ? »

« C'est arrivé oui. »

« C'est arrivé quand Marie-Lou ? »

« Il y a quelques jours. »

« Quand tu as pris les médicaments ? »

« Oui. »

« Et pourquoi tu n'en as pas parlé à Claire ? »

« C'est par peur de maman. Je voulais en parler à Claire, mais je ne savais comment lui dire. »

« Et que voulais-tu lui dire ? »

« Que je ne voulais pas parler sur Tristan. »

« Parles-tu de Tristan Mercier ? Est-ce cette affaire que la presse évoque dans des articles ? Tu sais, je suis tenue au secret médical, rien de ce que tu diras ne sera répété. Je veux juste comprendre et trouver avec toi un moyen de t'aider et de m'assurer que tu ne recommenceras pas à te faire tant de mal. »

« Oui, docteur. Maman a déposé une plainte contre Tristan, mais ce qu'elle dit est faux. Mais si je lui dis que c'est faux, elle va se fâcher contre moi. Elle dit qu'elle veut me mettre en pensionnat loin d'ici et me priver d'argent de poche et de mon téléphone si je la déçois. »

« Pour pourquoi, dit-elle ça ? »

« Maman croit des choses, mais elles ne sont pas vraies. »

« Est-ce que ta maman t'a demandé de confirmer ces choses, que tu dis être des choses fausses ? Est-ce la peur que ta maman se fâche parce que tu ne dis pas comme elle ? »

« Oui, c'est ça, docteur, c'est exactement ça. »

« Où devais-tu dire ces choses ? »

« À la gendarmerie, mais je ne veux pas le faire, je ne veux pas… »

« Donc, je résume, tu as pris les médicaments pour ne pas donner des explications à la gendarmerie pour ne pas entrer en conflit avec ta maman. Quand devais-tu dire ces choses à la gendarmerie ? »

« Hier docteur. »

« Oui, d'accord. Est-ce que si tu savais que tu n'as pas à y aller à dire ces choses, ton problème ne serait plus ? »

« Oui, c'est toujours ça, docteur, bravo… »

« Ah ! Je sais Marie-Lou, je suis trop forte. » Rire du docteur Gabriel.

« C'est pour cela docteur que je ne veux pas aller parler à la gendarmerie, car ma version n'est pas celle de maman et elle ne me pardonnera jamais si je dis autrement. »

« Maintenant, Marie-Lou, je peux parler à ta maman, lui dire qu'il ne faut pas que tu parles à la gendarmerie et que vous devez toutes les deux retrouver une vie normale. Qu'avec cette solution tu ne recommenceras plus jamais, ce geste que tu as fait. Mais toi de ton côté, peux-tu m'assurer que tu ne crains rien de personnes ? Même pas de ce fameux Tristan ? »

« Oui, promis docteur, je n'ai rien fait de mal, Tristan n'a rien fait de mal, c'est maman tout ça, c'est dans sa tête. »

« D'accord Marie-Lou, je vais parler avec ta maman et lui suggérer l'idée d'abandonner ton entretien à la gendarmerie. Mais nous sommes toutes les deux d'accord, tu ne feras plus cette folie de prendre des médicaments, peux-tu sincèrement me le dire et me le promettre dans les yeux ? »

« Oh ! ça non, docteur, plus jamais. Je vous le promets de tout mon cœur. Je serais la plus heureuse. »

« Je veux juste savoir Marie-Lou, avant d'en terminer avec notre conversation d'adultes, hein ? (Grand sourire du docteur.) Peux-tu me dire, afin de me rassurer, ce que tu ne veux pas que ta maman sache ? Pourquoi, est-elle si différente, la version de ton histoire par rapport à celle de ta maman ? »

« Maman pense que Tristan voulait abuser de moi. C'est faux, archi faux. On jouait, on se taquinait comme nous faisons souvent. Tristan ne m'a jamais fait de mal, jamais. Et puis, j'ai volé un baiser à Tristan… »

« Ah ! Un baiser ? Est-ce tout ? Es-tu sûre jeune fille ? Pas de geste déplacé de Tristan ? Pas de propositions bizarres de sa part ? »

« Oh ! oui, docteur, ça j'en suis sûre ! Juste un baiser. Mais je ne veux pas que maman le sache. Mais je vous le jure docteur, Tristan est quelqu'un de très bien. Il m'écoute, me respecte, il s'intéresse à tout ce que j'aime. »

« Quels sont tes rapports avec le fameux Tristan dont tu me parles ? Des choses qui se sont passées ? Faites-vous des choses ensemble que les adultes font ? Y a-t-il une information que je dois savoir ? »

« Oh ! Non, pas du tout docteur, je vous le jure, promis. Nous nous entendons très bien et j'aime beaucoup l'embêter, mais jamais il n'y a eu autre chose que ce baiser volé… Ah oui, docteur, je veux être sincère avec vous. C'est moi qui l'ai embrassée, ce n'est pas lui ! »

« Oui, je comprends l'embarras que tu ressens. La situation est inhabituelle. D'accord je parle à ta maman pendant que ta meilleure amie sera avec toi. Souhaite-moi bonne chance jeune fille ! »

« Merci docteur et bonne chance ! » (Sourire de Marie-Lou.)

« Merci à toi Marie-Lou pour ta confiance. Je reviens très vite vers toi. »

Le docteur Gabriel fait un bisou sur le front de Marie-Lou, laisse la chaise en place pour Claire. La meilleure amie de Marie-Lou ne doit plus tarder à arriver. Pendant ce temps, le docteur Gabriel va retrouver Marine, la maman de la jeune fille qui est en attente dans la petite salle à gauche de l'accueil.

Marie-Lou prend son MP3, écoute de la musique dans l'attente, impatiente, de l'arrivée de Claire.

9 minutes plus tard, alors que Marie-Lou a toujours la musique sur les oreilles :

« Bonjour, Marie-Lou. »

« Oh ! Bonjour, Claire, merci d'être venue, je suis si heureuse de te voir. Attends, je repose, le lecteur et le casque sur la table… voilà. »

« Comment vas-tu Marie-Lou ? Moi aussi je suis heureuse de te voir, mais pas comme ça. Vraiment je suis triste pour toi, mais si heureuse d'être à tes côtés. Comment te sens-tu ? »

« Je me sens fatiguée, mais un peu mieux dans ma tête. J'ai parlé avec le docteur Gabriel, psychiatre du service, c'était bien, elle est très gentille. »

« Et le personnel ici, s'occupe-t-il bien de toi ? »

« Le personnel soignant est super, vraiment les filles viennent me voir et discuter avec moi et je ne suis jamais seule vraiment. Mais elles sont souriantes et me parlent très positivement. »

« Tu sais, ta mère a appelé chez mes parents, elle leur a expliqué pour toi et ensuite elle m'a parlé et m'a dit que je pouvais venir te voir.

Ta mère a dit que tout était la faute de Tristan et que c'est arrivé à cause de lui, que tu avais peur de lui. Que ton geste, c'est pour ne pas parler à la gendarmerie, car tu crains la vengeance de sa femme ou de lui-même. C'est grave ce que ta mère dit et les journaux répètent tous ses mots… Mais pourquoi as-tu fait ça ? Pourquoi tu ne m'en as-tu pas parlé ? Je suis ta meilleure amie et on ne se cache rien, tu sais bien. »

« Ma mère a dit ça… Elle ne comprend rien. Elle est folle. Tu sais Claire, je suis vraiment désolée. J'aurais dû te téléphoner pour en discuter avec toi, mais j'étais complètement perdue. »

« Est-ce à cause de la convocation à la gendarmerie ? »

« Je pensais pouvoir tenir, arriver à le faire, mais j'ai eu très peur. »

« Peur de Tristan ? »

« Non, je n'ai pas peur de lui, il est trop gentil, il n'est pas méchant du tout, il est même adorable, c'est ma peluche vivante (sourit Marie-Lou). Je m'en veux parfois d'avoir été aussi méchante avec lui, il ne le mérite pas. Ma mère le déteste pour une histoire passée, mais je n'en sais pas plus, une histoire quand ils étaient jeunes. Elle fait tout pour le faire souffrir et moi je ne sais pas quoi faire. Je ne veux pas faire de mal à Tristan et j'ai peur. Oui, là j'ai peur, mais c'est de la réaction de ma mère si je suis obligée de dire la vérité qui est très différente de la version de Maman. Et puis, il y a l'autre chose. »

« L'autre chose ? »

« J'ai volé un baiser à Tristan. »

« Un quoi ? »

« Un baiser… J'ai volé un baiser à Tristan. »

« Mais c'était quand ? »

« Quand ma mère nous a surpris dans la neige. On jouait ensemble, nous sommes tombés, après avoir glissé et comme je mettais de la neige à Tristan dont le cou il m'a tenu les bras, mais on jouait, on jouait vraiment. »

« Mais ta mère raconte partout, et même dans les journaux ils en parlent, que Tristan voulait abuser de toi, qu'il te tenait. Elle dit même qu'elle t'entendait crier quand elle est arrivée. »

« Non, Claire, je ne criais pas, on rigolait avec Tristan. C'était un moment magique. J'attendais depuis si longtemps ce baiser avec lui. Mais comment je peux dire ça à ma mère, et si la femme de Tristan l'apprend. Tu comprends Claire, c'est tellement de choses pour moi. Tristan m'avait prévenu qu'il ne fallait pas. Mais je suis remplie de passion pour lui, mais je ne peux pas, c'est impossible. Cela me fait souffrir, je le fais souffrir, je fais souffrir tout le monde… »

« Ce n'est pas ta faute, mais tu dois raconter pour toi et Tristan, Marie-Lou. Sinon Tristan il aura de gros problèmes alors qu'il n'a pas essayé d'abuser de toi. Si tu sembles si remplie de tendresse pour lui tu dois dire la vérité et ne pas vivre dans la torture de ton cœur et ton corps. Pour ta mère, elle doit aussi connaître la vérité, comme ça elle arrêtera de se faire des films pas possibles ! Et au moins tu seras libérée et tu te sentiras mieux. »

« Mais elle a juré de m'envoyer en pensionnat à Lyon, t'imagine, Lyon ! Je la connais, elle va me priver de tout, elle est comme ça, si je ne vais pas comme elle veut, elle se venge sur moi. Pour le moment, je suis ici, je me sens protégée. »

« Il faut dire la vérité Marie-Lou, il faut que tu arrêtes de mentir, tu verras, tu te sentiras mieux après. Ne te sens-tu pas déjà mieux m'en avoir parlé ? »

« Oh ! Si Claire, c'est agréable de pouvoir me confier à toi. »

« Ta mère m'a dit que tu n'as pas le droit à ton téléphone. »

« Non. Mais peut-être c'est mieux ainsi. Sauf pour toi. J'aimerais tellement te voir tous les jours pour me confier et que tu me conseilles Claire. »

« Ne t'inquiète pas, Marie-Lou, maman m'a dit qu'elle peut m'amener te voir en soirée après l'école. Les visites sont encore autorisées pour moi. » (Sourire de Claire.)

« Pour toi ? ah ! Quel honneur. » (Rire de Marie-Lou.)

« Nan, mais voir ta meilleure amie est bon pour toi, c'est ce que disent les personnes ici qui s'occupent de toi, tu en as de la chance, hein ? »

« Oui, Claire, je suis si contente de savoir que je vais te voir chaque jour. »

« Mais tu dois sortir quand ? Ta mère m'a dit si j'ai bien compris, qu'il te faut un avis favorable des médecins. J'espère que tu ne resteras pas trop longtemps, mais tu dois sortir d'ici en pleine forme alors il faut le temps qu'il faut, Marie-Lou. »

« Oui, ne t'inquiète pas Claire. Le docteur Gabriel doit parler à maman et demander que je ne sois pas obligée de témoigner à la gendarmerie. J'espère que ça va le faire. Mais avec Maman… »

Claire baisse la voix, elle regarde vers l'entrée de la chambre, elle ne voit personne et chuchote à Marie-Lou.

« Alors, et se baiser avec Tristan ? »

« Oh… Ses lèvres sont douces, mais elles étaient un peu froides avec la neige de dehors », s'en amuse Marie-Lou à voix basse.

« Et qu'est-ce qu'il a dit Tristan ? C'était comment ? »

« Il a été surpris… Mais j'ai juste posé mes lèvres. Mais je n'oublierais jamais l'instant avant que je l'embrasse. Ses yeux clairs qui ne quittent pas les miens, son sourire si beau, ses cheveux blonds. Il est tellement beau et tellement doux et gentil. »

« Doux, gentil, beau et… marié. »

« Oui, je sais Claire, je sais… »

« Et puis vous n'avez pas le même âge, lui il est vieux ! »

« Tu exagères… »

« Nan, Marie-Lou, il pourrait être mon grand-père. » (Rire de Claire.)

« Alors là, toi qui le défends toujours quand je suis méchante avec lui te voici de mon côté maintenant ? »

« C'est pour te faire rire Marie-Lou, tu sais que j'aime beaucoup Tristan, il est trop gentil comme garçon. Vieux, mais gentil ! »

Marie-Lou et Claire rient à voix basse…

La présence de Claire ravive le cœur et le bien-être de Marie-Lou. Elles se connaissent tellement bien et sont comme deux sœurs. Encore que, deux sœurs ne s'entendent pas forcément aussi bien que les deux jeunes filles.

Dans le bureau du docteur Gabriel :

« Madame Paillon, je vous en prie, asseyez-vous. Donc comme vous le savez, je viens de m'entretenir avec votre fille. Nous avons bien parlé toutes les deux et l'entretien était vraiment très riche et très encourageant. J'ai réussi à identifier la cause de ce mal-être qui la torture et la fait tant souffrir. D'ailleurs, c'était le but de cet entretien. Vous conviendrez avec moi qu'il s'agit bien d'un geste d'appel au secours. Et que, par ce geste, votre fille vous a fait passer un message qu'elle ne peut, ou ne se sent pas la force de vous dire, n'est-ce pas ? »

« C'est-à-dire docteur ? Qu'est-ce qui ne va pas chez ma petite Marie-Lou ? »

« Mon rôle est de prévenir et de comprendre les patients qui ont recours aux gestes suicidaires et d'éliminer, si la possibilité m'en est donnée, tout risque de récidive. Pour votre fille, un élément déclencheur est intervenu qui a mis Marie-Lou dans une situation d'impasse. Cette impasse conduit bien souvent à ces gestes. Votre fille et moi avons isolé l'élément déclencheur. En éliminant ce dernier, votre fille va revivre comme avant sans aucune crainte de votre part pour sa santé. Madame Paillon je ne suis que médecin et non juriste ou avocat, mais l'élément qui a déclenché le geste de votre fille vous en êtes maître. En le supprimant, vous supprimez ce qui laisse Marie-Lou dans l'impasse et vous retrouverez, avec votre fille, une vie normale. »

« Que dois-je faire alors docteur ? »

« Comme je vous disais, je ne suis que Médecin ni juge ni avocat. Si j'ai bien compris et cela ne me regarde pas jusqu'au moment où la vie de quelqu'un est en danger, comme celle de Marie-Lou. Pour faire court, votre fille ne veut pas s'exprimer à la gendarmerie et son geste et son état de mal-être suivi de cet appel au secours en sont les conséquences. Je ne rentrerais pas dans les détails, mais votre fille a peur de votre réaction, car elle est sûre que le témoignage qu'elle fera ne va pas vous plaire beaucoup. »

« Mais c'est dans son intérêt d'aller expliquer ce que cet homme lui a fait. »

« Votre fille dit que vous avez mal interprété la situation et que la plainte contre cet homme comme vous dites n'a pas lieu d'être. »

« Est-ce qu'elle a peur, c'est ça ? Ce sont des monstres, ces gens-là. »

« Madame Paillon, comprenez-vous ce que je vous dis ? »

« Oui, j'ai compris docteur, mais elle doit expliquer à la gendarmerie ce que j'ai vu, on n'en restera pas là avec cette histoire. »

« Madame Paillon, votre fille affirme qu'il ne sait rien passer, je ne comprends pas votre obstination, mais sachez que si votre position n'évolue pas je ne peux en aucun cas donner mon accord pour la sortie de votre fille. De plus, dans votre position actuelle, vous représentez un danger réel pour votre enfant dans sa détresse et je suis dans l'obligation d'étudier les possibilités qui me sont proposées pour remédier au risque. »

« Docteur, c'est moi sa mère, et c'est moi qui décide pour elle. Je l'ai élevée seule et elle n'a jamais manqué de rien. Inutile de me menacer, elle ira s'expliquer à la gendarmerie point final. »

« Mais je ne vous menace pas madame Paillon, mais il m'est difficile de voir votre entêtement â mettre la vie de votre fille en danger. Que votre fille recommence un geste désespéré comme elle vient de faire en vous adressant un message ne vous fait que si peu de choses. Est-ce bien ce que je comprends ? Enfin, je vais vous demander d'attendre dans la salle d'attente de l'accueil quelques instants s'il vous plaît avant de retourner auprès de votre fille. »

Marine ne reprend même pas la parole, se lève brusquement, la colère en elle et va dans la salle d'attente du service.

Le docteur Gabriel retourne dans le service, demande aux personnels soignants présents et au médecin Charbi de lui accorder quelques minutes. Le docteur Gabriel s'adresse à eux :

« Merci de m'accorder quelques minutes, je suis un peu dépassée par ce qui se passe pour la jeune fille, Marie-Lou Paillon. Vous savez, c'est la petite dont les journaux écrivent tant. J'ai identifié avec la patiente le mal qui a provoqué son geste. J'ai l'assurance que sa mère mène les journaux, d'après ma compréhension de la situation comme dans une idée bornée que sa fille a été abusée. Marie-Lou m'a expliqué la situation que les journaux raffolent de monter en épingle et elle me décrit bien l'acharnement de la part de sa mère. La petite ne veut pas être entendue à la gendarmerie, car elle ne veut pas contrarier sa mère avec une version différente. Une version différente, mais qui n'est que la vérité. La petite a peur de la réaction de sa mère qui risque de s'en prendre à elle. D'ailleurs, sa mère l'a menacée de l'envoyer en pensionnat et de prendre à son encontre des mesures punitives. Un vrai cauchemar pour la petite Marie-Lou. De plus, lors de cette version des faits, elle ne veut pas dire non plus qu'elle et Tristan Mercier se sont embrassés. Il a 40 ans, elle en a 15, vous comprenez la situation très difficile et de plus, il est marié. La petite m'a certifié qu'il n'y a jamais eu aucun abus de la part de l'homme, Tristan. Et la petite m'a de nouveau certifié que c'est elle qui lui a volé un baiser. En quelle sorte, Marie-Lou a embrassé Tristan Mercier sans que lui, ne demande quoi que ce soit. Je préfère être précise sur le fait qui s'est déroulé. La petite à 15 ans, c'est une adolescente, c'est une réaction qui semble normale envers quelqu'un, qu'elle laisse à penser, avoir des sentiments pour lui.

J'ai pris la liberté de téléphoner ce matin très tôt à Jean-Michel Conret, qui travaillait ici à l'hôpital en laboratoire d'analyses et qui est maintenant à la police scientifique. Dans les journaux, des articles écrivaient que des examens médicaux avaient été réalisés après la fameuse séquence que la mère de Marie-Lou considère comme une tentative d'abus sur sa fille. Il m'a confirmé que le test postviol de la petite Marie-Lou, que sa mère a demandé de faire le jour du soi-disant abus, était négatif, ni pénétration, ni blessures aux poignets, ni marques, ni coups. Donc, nous sommes confrontés, malheureusement, à une mère qui paraît être abusive et entêtée et qui semble avoir envie de profiter d'une situation de médiatisation ou peut-être de vengeance. C'est une drôle d'histoire de famille un peu compliquée. De mon côté, il n'y a aucune raison de mettre en doute les analyses de la police scientifique et les paroles de la jeune fille. Reste que, si la mère persiste à vouloir que sa fille soit entendue à la gendarmerie, je suis persuadée qu'elle recommencera son geste et ça, je ne peux l'accepter. Pour moi, aujourd'hui, sa mère est un danger pour sa fille. »

« Et si on demandait à l'assistante sociale de l'hôpital d'intervenir ? » propose une aide-soignante.

« C'est une idée. Bien, qu'elle soit là surtout pour aider les patients dans les démarches ou les problèmes financiers ou de retour à domicile, nous pouvons, peut-être, arriver à faire pression sur la mère de la petite pour qu'elle renonce à s'entêter », reprend le docteur Gabriel.

« Je vais la contacter et lui demander de venir cet après-midi avant la visite des grands-parents. Si quelqu'un peut aller chercher la mère à la salle d'attente pour la raccompagner à la chambre de sa fille en attendant. Je vous en serais reconnaissant, car là je ne la supporte que difficilement. Je vous remercie toutes et tous, vraiment merci », conclut le docteur Gabriel.

Une aide-soignante se met en route pour aller chercher Marine et la raccompagner auprès de sa fille. Pendant ce temps, le docteur Gabriel rejoint son bureau pour téléphoner à l'assistante sociale de l'hôpital afin de voir ce qu'il est possible de faire pour aider la petite Marie-Lou.

De son côté, Tristan est en plein travail dans son organisation des transports et des livraisons. Il a fait son choix entre les deux propositions de son employeur, Aurélien Meunon, quelques semaines à Saint-Nazaire ou, prendre des congés. Tristan a choisi de poser des congés. Il n'a pas l'intention de rester chez lui, mais d'en profiter pour s'aérer l'esprit avec des petites visites à la bibliothèque, à la piscine, ou des petites promenades en forêt et faire de la moto. Rien de bien loin, mais de quoi voire d'autres gens, d'autres paysages et d'essayer de se sentir mieux. Pour lui, de toute façon, difficile de partir avec les restrictions judiciaires imposées.

Tristan a le désir de parler à Fanny, mais elle est difficile à joindre chez sa sœur. Pauline, la sœur de Fanny est agent immobilière et propriétaire de sa propre agence. Tristan décide de l'appeler à son agence pour essayer d'avoir un peu plus de temps pour parler avec elle de Fanny.

« Agence immobilière du lac, j'écoute. »

« Oui, Pauline, bonjour, c'est Tristan. Est-ce que je te dérange ? »

« Bonjour, Tristan, je vais bien, je te remercie. Comment se fait-il que tu m'appelles ici ? »

« Je suis désolé Pauline, mais quand j'appelle le soir, j'ai l'impression de déranger. »

« Le soir, Tristan, je n'ai pas beaucoup de temps à moi. »

« Je comprends Pauline, mais je veux juste pouvoir parler à Fanny. Sera-t-elle là ce soir ? Sinon je rappelle ce soir. »

« Tristan, Fanny est très bouleversée et c'est vous deux que ça concerne, mais elle a besoin de faire le point, car elle souffre beaucoup de ce qui se dit et de ce qui se passe. Ce soir elle ne sera pas là. Je lui ai conseillé de sortir et de t'oublier un peu. C'est à cause de toi que tout cela est arrivé, assume ! »

« Comment ça je dois assumer ? Mais je n'ai rien fait. Rien du tout ! Où sort-elle ce soir Fanny ? »

« Tristan, s'il te plaît, laisse le temps à Fanny. Je dois travailler maintenant. Au revoir, Tristan. »

Pauline raccroche sans que Tristan puisse rajouter un mot.

Pour Tristan, c'est difficile à vivre. Il a du mal à comprendre le refus de Fanny de parler avec lui. Il sent la domination de Pauline, et une certaine emprise sur la situation de sa part. Il n'imagine pas que son épouse puisse croire en ce que disent les journaux. Dix ans de vie commune ce n'est pas possible qu'elle puisse douter de lui. Tristan a hésité dans le choix de son employeur. Il a choisi de prendre des congés aussi dans l'espoir d'aller voir Fanny en Bourgogne avec l'autorisation de la gendarmerie, mais il semble bien que Fanny ne désire ni le voir ni lui parler. Pourtant, Tristan a bien compris que Fanny profite de son séjour chez sa sœur pour sortir, mais peut-être que c'est son mal-être qu'elle exprime ainsi… Allez savoir.

Au service de réanimation pédiatrique de l'hôpital de Carémeau, Marine est revenue auprès de sa fille après son entretien houleux avec le docteur Gabriel. Elle est remontée et n'est pas une femme qui aime perdre la face et n'apprécie guère qu'on lui dise ce qu'elle doit faire.

Elle est énervée et cela se sent dans son dialogue avec sa fille Marie-Lou qu'elle tient responsable de la situation. Mais pour le moment Marine garde le silence envers sa fille, elle ne veut pas être montrée une nouvelle fois du doigt et passer pour la mauvaise mère qui ne se soucie pas de son enfant. Elle s'assoit auprès de sa fille et passe au repas qui vient d'être servi. Les deux plateaux-repas viennent d'être apportés et Marie-Lou retrouve son appétit. Elle ne sait pas ce qu'il s'est dit entre sa mère et le docteur Gabriel, mais espère que l'entretien a été positif et qu'elle pourra être débarrassée de l'entrevue à la gendarmerie. Le repas de ce midi est simple, mais l'odeur est appétissante. En entrée, une tranche de pâté de campagne, ensuite une tanche de rôti froid avec des petits pois et en dessert un yaourt et une pomme en dessert et un morceau de pain.

Marie-Lou s'impatiente de voir ses grands-parents, qui arrivent à 15 heures. Elle les adore et au moins, pendant ce temps-là, elle ne sera pas là avec sa mère, qui fait la tête. Ensuite, elle aura, la deuxième visite de Claire, sa meilleure amie un peu plus tard, en soirée.

Le repas du midi se fait très silencieux entre Marie-Lou et sa mère. Il faut dire qu'en plus de l'hospitalisation de Marie-Lou, l'entretien avec le docteur Gabriel, et cette haine qu'elle a pour Tristan, Marine a dû reporter ses cours de dessin avec les enfants. Et c'est un manque à gagner indéniable pour elle et Marie-Lou. Elle essaie tant bien que mal de gérer et préparer une classe de cours avec plus d'élèves d'ici une semaine. Elle semble avoir réfléchi à la conversation avec la psychiatre.

Le plateau-repas avalé, Marine s'allonge dans le fauteuil dans le coin opposé à Marie-Lou, qui elle s'allonge sur le lit. Marie-Lou reprend son lecteur MP3 et met de la musique à ses oreilles, Marine, elle, fait des mots fléchés et entre deux grilles, appellent les parents des enfants pour les cours de dessin.

À14 h 30, avant que les grands-parents de Marie-Lou n'arrivent, Marine, fait appel à une aide-soignante pour qu'elle puisse rester avec sa fille le temps qu'elle essaie de trouver le docteur Gabriel à son bureau dans le service.

« Madame Paillon, le docteur Gabriel est à son bureau. »

« Merci, je vais la voir, je reviens tout de suite. Merci de tenir compagnie à ma fille pendant ce temps. »

« Ne vous inquiétez pas, c'est normal, allez-y, je vous attends. » Marine sort de la chambre marche dans le long couloir et arrive, après quelques instants, à la hauteur du bureau du docteur. La porte est ouverte, Marine s'en approche et frappe sur le tour de porte pour signaler sa présence. Le docteur Gabriel lève la tête et aperçoit Marine.

« Oui, madame Paillon ? Entrez, je vous en prie. »

Marine entre, mais ne s'assoit pas, elle reste debout.

« Merci. J'ai réfléchi docteur, vous avez raison, le principal est le bien-être de ma fille et qu'elle retrouve au plus vite une tranquillité d'esprit et sa vie comme avant. »

« Je vous remercie, madame Paillon, de mettre en avant la santé de Marie-Lou. Lui en avez-vous parlé ? »

« Je veux le faire avant l'arrivée de mes parents qui rendent visite à ma fille à 15 h. »

« C'est une très bonne idée. Nous passerons le médecin et moi, dans ce cas, après la visite de sa meilleure amie Claire, faire un petit bilan avec elle en soirée. »

« Pas de souci docteur, je retourne auprès d'elle. »

« Allez-y, je vous en prie. »

Marine finalement a décidé de retirer sa plainte pour ne pas obliger sa fille à être entendue par la gendarmerie comme lui avait conseillé le docteur Gabriel. Le but est d'éliminer l'élément déclencheur et s'assurer que Marie-Lou ne risque à aucun moment de se retrouver dans ce circuit de récidive. Il faut aussi dire que du côté de Marine, certains parents de ses élèves qui suivent les cours de dessin ont confirmé la présence de leurs enfants au cours de la semaine prochaine. D'ailleurs, il y aura bien plus d'élèves que Marine peut l'espérer. Les journaux et leurs articles en sont de la partie et attirent des parents curieux.

Je ne remets pas en cause l'amour de Marine pour sa fille, encore que… Mais il est évident que le côté financier et professionnel de la mère de Marie-Lou joue un rôle bien plus important dans sa décision.

Marine est remontée contre sa fille. L'idée d'abandonner sa plainte contre Tristan ne l'enchante pas du tout. Mais entre le docteur Gabriel et l'assistante sociale qui est venue mettre son grain de sel il y a quelques minutes, et une semaine de cours complète en élèves prévues dans 8 jours, elle n'a guère le choix. Mais cela n'efface pas les difficultés à comprendre sa fille. Malgré tout, elle ne se prive pas pour annoncer à sa fille qu'elle ne laisse pas passer si facilement l'abandon de la plainte :

« Je veux te parler avant l'arrivée de tes grands-parents Marie-Lou. Comme je viens de l'annoncer au docteur, j'ai pris la décision de retirer la plainte et ainsi de te préserver, j'espère que cette décision va te permettre de te sentir mieux et de te soulager. »

« Merci, maman. »

« Mais nous en reparlerons plus tard, mais pas maintenant. Françoise et Paul vont arriver. »

La visite avec ses grands-parents est un vrai moment de bonheur pour Marie-Lou. Elle leur fait des câlins, les taquinent, elle se sent bien avec eux. L'annonce aussi de sa mère qui concerne l'abandon de la plainte la rend aussi plus sereine, elle se sent vraiment revivre. De plus, le soleil est présent, même si dehors les températures ne sont pas très chaudes, les rayons qui passent par la fenêtre apportent un sentiment de liberté.

Marie-Lou évoque avec ses grands-parents l'entêtement de samère. Mais Françoise et Paul n'ont pas d'avis et n'ont surtout pas envie de s'opposer aux décisions de leur fille Marine. C'est le regret de Marie-Lou, qui, c'est vrai, attend plus de soutien de la part de ses grands-parents. Mais ce n'est pas grave, tout l'amour qui lui apporte conforte le cœur de la jeune fille et compense largement le manque desoutien envers les décisions de Marine.

Sur cet air de bonne humeur et de sourires retrouvés, c'est Claire qui vient, en soirée prendre le relais des grands-parents.

La maintenance de l'hôpital est en intervention dans la petite salle d'attente. Un problème avec l'Interphone qui semble ne plus fonctionner correctement. Du coup, la visite de Claire est en présence de la mère de Marie-Lou, Marine, alors les filles sont très délicates dans leurs paroles. Elles connaissent toutes les deux les oreilles indiscrètes de la mère de Marie-Lou et son indélicatesse d'ailleurs va jusqu'à lire le journal intime de sa fille. Mais heureusement maintenant Marie-Lou se confie sur son ordinateur et le dossier journal intime est codé pour son ouverture. Ce qui vous imaginez bien, fait rager Marine.

Les deux jeunes filles sont toujours très complices, l'une toujours là pour l'autre, elles sont inséparables. Elles ont un soutien inconditionnel pour chacune et partagent un vrai lien d'amitié, sincère et fort.

4 jours viennent de s'écouler…

Pour Marie-Lou, elle va de mieux en mieux, les visites de l'après-midi de ses grands-parents et la visite en soirée de Claire lui font un bien immense. Elle se sent saine d'esprit, son moral est bon, elle plaisante beaucoup avec ses grands-parents et passe avec Claire, en revue, les garçons du collège dont les colonnes regroupent les beaux et moches dans un carnet de sa meilleure amie. Marie-Lou parle des futures vacances et sa meilleure amie lui propose de venir en vacances avec elle, ses parents et la petite sœur de Claire en Espagne. C'est là que la famille de Claire se rend chaque année. Marie-Lou doit réfléchir, mais surtout obtenir l'aval de sa mère, mais l'idée lui plaît bien. Pour Marine, elle a bouclé la classe de la semaine prochaine puis de l'autre semaine. Elle oublie peu à peu la plainte contre Tristan qu'elle a retirée, mais reste très amère envers sa fille. Marine ne laisse jamais rien passer.

Pour Tristan, il est en congé maintenant. 17 jours pour lui, 3 semaines et deux jours de repos. Il a déjà commencé son périple dépaysement. Première folie, aller voir un match de l'Olympique de Marseille au stade vélodrome qui jouait contre le FC Nantes. Un magnifique spectacle avec 4 buts au total et une victoire 3 à 1 pour l'OM. Il a ensuite, le lendemain, visité la ville d'Alès, le fort Vauban, la cathédrale Saint-Jean-Baptiste et la visite des arènes du tempéras. Il a été convoqué à la gendarmerie de Nîmes entre-temps. La plainte abandonnée par Marine lui permet maintenant de récupérer ses deux disques durs des ordinateurs de chez lui et l'adjudant-chef Merest lui a signifié qu'aucune accusation ne pèse maintenant sur lui. Il est libre.

Pour Fanny, elle se sent de mieux en mieux loin de Tristan. Elle ne lui a toujours pas parlé au téléphone. Elle a retrouvé, Marc, son premier amour qui est aujourd'hui un bon ami de sa sœur Pauline. C'est Pauline qui joue les entremetteuses. Elle fait tout pour éloigner Fanny de Tristan.

Dans les journaux locaux et régionaux, les articles de l'affaire Mercier écrivent sur le retrait de la plainte. D'un vice de forme ou de menaces faites à Marine pour qu'elle ne poursuive pas l'agresseur de sa fille en justice… De l'imagination plus que débordante de méchanceté, de la cruauté sans conscience, mais ça fait vendre le papier d'après eux.

Maintenant…

Le docteur Charbi, chef du service de réanimation pédiatrique et le docteur Gabriel, la psychiatre du service viennent rendre visite à Marie-Lou :

« Bonjour, madame Paillon, bonjour, Marie-Lou. »

« Bonjour docteur Gabriel, docteur Charbi, vous voulez parler à ma fille, j'imagine ? »

« Oui, madame Paillon, nous voulons nous entretenir avec elle, est-ce que cela ne vous dérange pas ? »

« Non, pas du tout. Je vais attendre à la petite salle d'attente. »

« Merci, madame Paillon. »

Marine quitte la chambre et laisse Marie-Lou avec les deux Docteurs.

« Comment vas-tu Marine ? » demande le docteur Gabriel.

« Je vais très bien docteur, vraiment je me sens revivre, je vous remercie encore. »

« C'est normal, jeune fille, c'est moi qui suis ravie de te voir comme ça. Le docteur Charbi va faire quelques contrôles voir si tout va bien de ton côté. Nous avons eu, l'équipe soignante, moi et le docteur Charbi une réunion pour parler de toi. »

« Et ? » demande Marie-Lou.

« Et… si tout va bien tu pourras sortir demain. »

« Oh ! Je suis trop contente, docteur, ce serait vraiment très bien, merci ! »

« Alors, tu vas me dire Marie-Lou que je me répète, peut-être d'ailleurs est-ce dû à mon vieil âge, plaisante le docteur Gabriel, mais je vais te poser quelques questions avant d'envisager ta sortie demain. Penses-tu que cela te pose problème ? »

« Ah ! Pas du tout docteur Gabriel, je vous écoute. »

Pendant que Marie-Lou et le docteur Gabriel échangent en questions-réponses, le docteur Charbi commence les examens de contrôle sur Marie-Lou. La tension, le cœur, la respiration, sa température…

« Comment sont tes rapports avec ta maman maintenant ? »

« Elle est occupée avec son job, donc, elle ne me râle pas dessus. Mais elle a l'air d'avoir changé, en tout cas elle est concentrée sur ses deux semaines de cours pour les enfants et elle ne parle plus de Tristan ni de la gendarmerie. »

« Aurait-elle changé en si peu de temps ? Je ne pense pas qu'on puisse changer si vite, mais après tout nous lui devons bien le bénéfice du doute à ta mère. Mais reste quand même sur tes gardes. D'ailleurs, voici ma carte, il y a mon numéro de téléphone portable, n'hésite jamais à m'appeler si tu as des questions, si tu ne te sens pas bien ou si tu veux simplement parler. »

C'est un peu la particularité des psychiatres. Ils restent très souvent en contact avec leurs patients en dehors de leur service ou des consultations. J'ai connu dans ma jeunesse un ami psychiatre qui travaillait à Compiègne, dans l'Oise. Aujourd'hui, il est en retraite. J'étais toujours très étonné par les appels téléphoniques de ses patients à son domicile. C'est un très beau métier et il semble que ceux qui l'exercent restent toujours disponibles pour ceux qui en ont besoin. Une qualité rare qui est toujours présente dans ce métier et je me permets de leur adresser toute ma reconnaissance devant ce qu'ils font. Un grand merci aussi à tout le personnel médical et sa dévotion.

Cela dit, l'entretien entre Marie-Lou et le docteur Gabriel touche à sa fin.

Le docteur Gabriel est satisfait des réponses de Marie-Lou et la trouve vraiment prête à sortir. De son côté, le docteur Charbi ne trouve rien à redire concernant les examens de la jeune fille, tout semble correct.

« Et bien jeune fille, il semble que votre passeport pour l'extérieur soit presque prêt. Je vais en discuter avec ta mère et je pense que tu pourras préparer tes affaires demain matin après le petit déjeuner. »

« Super docteur merci beaucoup, et promis, je n'hésite pas à vous appeler si j'ai besoin, promis ! »

Le docteur Charbi et le docteur Gabriel sortent de la chambre de la jeune fille. Charbi repart dans le service faire la tournée des patientes et patients avec l'infirmière quant à Gabriel, elle va retrouver Marine à la petite salle d'attente.

« Madame Paillon ? »

« Oui ? »

« Écoutez, je pense que Marie-Lou est vraiment prête pour une sortie demain matin. Son moral est très bon, elle a complètement effacé les idées noires de sa tête, elle a plein d'envies, de rêves et regarde beaucoup devant elle. Pour moi, c'est parfait. Le docteur Charbi donne aussi, au point de vue médical, son accord vu que les prises de sang et les examens sont tous très bien pour votre fille. J'espère que vous serez profité des moments forts avec votre fille et apportez-lui du bonheur et de la tendresse. »

« OK docteur, merci ! »

Le docteur Gabriel accompagne Marine jusqu'à la chambre de sa fille puis elle part à son bureau. Marine, entre dans la chambre de Marie-Lou.

« Le docteur dit que tu peux sortir demain matin, est-ce que cela te fait plaisir ? »

« Bien sûr, maman, je suis très contente ! »

« OK ma fille, moi aussi alors. Je prépare les sacs demain matin. Je vais demander à tes grands-parents de venir nous chercher avec la camionnette et ils nous ramèneront à la maison. »

« Super maman, c'est vraiment super. »

« Maman ? »

« Quoi Marie-Lou ? »

« Aimerais-tu me prendre dans tes bras ? »

« Si tu y tiens ma fille. »

« Oui, maman, j'en ai besoin. »

Marine s'approche de sa fille et la prend dans ses bras et la serre fort contre elle.

Au domicile des Mercier rue des Cèbes, Tristan vient de décrocher le téléphone et compose un numéro. Il appelle chez Pauline, la sœur de Fanny. C'est Fanny qui décroche :

« Oui, allô ? »

« Ah… Bonjour, Fanny, c'est Tristan. »

« Oui, Tristan ? »

« Je t'appelle, pour prendre des nouvelles, savoir comment tu vas et quand tu penses revenir à la maison ? »

« Ah, d'accord, écoute c'est peut-être mieux comme ça finalement. »

« Quoi, donc ? »

« J'ai réfléchi Tristan. Je veux qu'on se sépare et que la maison soit vendue pour que chacun de nous récupère la moitié du prix de la vente. Il est temps que chacun fasse sa vie de son côté. »

« Donc si je comprends bien, tu te sépares de moi, n'est-ce pas ? »

« Je vais demander le divorce Tristan. »

« Demande donc… Et puis si tu veux vendre la maison, bah, fais-le. Franchement là je ne comprends pas. Remarque je ne t'ai jamais compris alors, ce n'est pas aujourd'hui que ça va commencer. »

« Et moi je te comprends trop bien. »

« Comment ça tu me comprends trop bien ? »

« Laisse tomber Tristan, j'ai fait la démarche chez un avocat ici, Me Gauthuer. Il va te contacter pour les documents à signer. »

« Tout ça pour des mensonges racontés par une folle ? Sais-tu que la plainte est retirée ? »

« Franchement Tristan, je m'en fous royalement. »

« As-tu perdu ton amour pour moi en un peu plus d'une semaine ?

Ou il y a autre chose. »

« N'insiste pas Tristan, je vais te faire mal. »

« Tu vas me faire mal, pourquoi ça ? Des menaces ? »

« Tristan, lâche-moi ! »

« Attends, n'es-tu pas ma femme ? »

« J'ai rencontré quelqu'un Tristan… Nous nous entendons bien et je suis heureuse ! »

« Ah… »

Tristan reste sans voix.

« Maintenant que tu as compris Tristan, signe les papiers et commence les démarches pour vendre la maison. »

« Tu ne veux pas non plus que je vienne allumer les bougies quand tu te fais sauter par l'autre connard non ? »

« Quoi ? Tu dis quoi Tristan ? »

À ce moment-là, dans la tête de Tristan, il y a plein de réponses grossières et vulgaires qui lui viennent à l'esprit tellement il est énervé par Fanny. Des plus banales aux plus choquantes, Tristan a envie de répondre durement à Fanny. Mais il reprend son souffle et… raccroche.

Raccrocher, c'est la solution de facilité, certes, mais là Tristan est profondément déçu par Fanny. Que de dire des choses qu'il aurait sûrement regrettées après, avoir raccroché le téléphone semble la meilleure des idées.

Quelques secondes plus tard, le téléphone portable de Tristan sonne, c'est Fanny. Tristan ne répond pas et blacklist le numéro de Fanny. C'est-à-dire que Tristan met le numéro de Fanny sur la liste noire de son téléphone, ce qui bloque les appels de Fanny et ses éventuels messages.

Le lendemain matin…

Marie-Lou est heureuse, c'est le jour de sortie pour elle. Sesaffaires sont rangées dans le premier sac. Le linge sale au fond et les vêtements non dépliés sur le dessus. Au fond du sac, avec le linge sale,elle a rangé sa trousse de toilette.

Depuis le levé de Marine, même pendant le petit déjeuner, la mère de Marie-Lou ne parle presque pas. Comme chaque matin, Marine est allée avant le petit déjeuner, consulter la presse écrite dans la petite salle d'attente et depuis son retour, elle n'est plus pareille.

Elle semble contrariée, mal à l'aise, stressée. Marie-Lou se demande ce qui se passe. Même si elle n'est pas une foudre de joie et de bonne humeur ces derniers temps, sa mère fait au moins l'effort de paraître bien, mais là c'est complètement le contraire.

Mais pourquoi Marine est-elle dans cette réaction ce matin ?Dans le journal Le Nîmois, un article du jour :

La mère de la jeune fille abusée a-t-elle menti ?

L'article met en doute la sincérité du témoignage de Marine, explique la volte-face du témoignage de Marie-Lou et le retrait de la plainte contre Tristan Mercier. C'est le premier article qui va à l'encontre de l'idée générale pour enfin essayer de comprendre toute cette histoire. Marine Paillon y est citée comme une personne manipulatrice.

Alors, il n'y a pas de doute, Marine a lu l'article ce matin dans la petite salle de pause et semble n'avoir pas, mais alors pas du tout, appréciée l'article.

De son côté, Marie-Lou a fini le rangement de ses affaires et elle a aussi rangé un peu la chambre qu'elle va quitter, ici, au service de réanimation pédiatrique.

Elle s'assoit sur le bord de son lit et s'adresse à sa mère :

« Maman, à quelle heure mamy et papy viendront-ils nous chercher ? »

« Ne me parle pas, toi, oh ! Ne me parle surtout pas ! »

« Maman, je ne comprends pas, qu'est-ce qui se passe ? »

« J'imagine que tu as bien pleuré pour que tout le monde se tourne contre moi. J'ai l'air de quoi, moi, maintenant, hein ? Oh ! Si tu crois que, maintenant tu vas continuer à aller te promener, à sortir les après-midi de week-ends, tu te trompes jeune fille. Et ton téléphone je vais le récupérer et tu ne l'auras plus jamais ! J'espère que tu as bien compris ma fille. Et si tu t'amuses à me désobéir, ça ira très mal. Vu tes résultats à l'école le pensionnat ne te fera que du bien et ne dit pas que tu n'es pas prévenue ! »

Marie-Lou panique, elle ne veut pas être séparée de sa meilleure amie ni de ses habitudes du lycée et encore moins de ses loisirs. De plus, si elle ne peut pas récupérer son téléphone, elle sera isolée. Elle ne comprend pas pourquoi sa mère est devenue aussi agressive, elle a peur. Comment croire ce qu'elle entend ? Sa mère ne comprend vraiment pas. Marie-Lou se sent détestée par elle et mal aimée, elle a mal au cœur de ce manque d'amour. Elle est au bord des larmes tellement la douleur est intense, mais la jeune fille se retient, elle ne veut pas pleurer, elle sait que cela fera trop plaisir à sa mère qui cherche brutalement à la blesser et à lui faire payer.

« Oh ! Tu vas voir qui je suis petite insolente ! »

« Mais j'ai fait quoi, qu'est-ce que j'ai fait maman ? »

Le ton commence à monter. L'infirmière de garde du service s'approche doucement. Elle doit intervenir, mais elle essaie de savoir avant, ce qui se passe entre Marine et Marie-Lou et s'avance à petits pas et doucement dans le couloir.

Marine est rouge de colère, les veines de ses mains sont gonflées et elle semble sur le point d'exploser.

« Je vais aux toilettes, tu m'attends là Marie-Lou et tu ne bouges pas ! »

« Je suis désolé maman, mais je préfère attendre dehors mamy et papy. Je vais demander que l'on ouvre les portes pour attendre là-bas. »

« Je t'ai dit de m'attendre ici, mais tu te fous de moi Marie-Lou, hein ? Te fous-tu de moi ? »

Marine s'approche de Marie-Lou, et là perd le contrôle d'elle-même et inflige à Marie-Lou une gifle d'une grande force qui fait tomber la petite en arrière et lui laisse une énorme trace rouge sur le visage.

« Et maintenant tu m'attends ! »

Marine entre dans les toilettes, la contrariété de l'article qu'elle a lu ce matin semble aussi lui avoir dérangé l'estomac.

Marie-Lou se relève difficilement. L'infirmière arrive, tend ses mains vers celles de Marine et aide la petite Marie-Lou à se relever. La jeune fille se remet sur ses pieds et demande à l'infirmière de faire silence en mettant son doigt devant sa bouche. L'infirmière ne dit rien, regarde Marie-Lou avec la marque de la main de sa mère sur la joue droite et hausse les épaules vers Marie-Lou. La jeune fille continue de demander à l'infirmière de ne pas faire de bruit. Marie-Lou se précipite sur le sac à main de sa mère, sort le téléphone portable de Marine, le déverrouille (c'est la date de naissance de Marine). Elle compose un SMS puis l'envoi. Marie-Lou efface le SMS qu'elle vient d'envoyer et repose le téléphone dans le sac de sa mère. L'infirmière a suivi toute la scène, mais elle ne veut rien dire, elle comprend qu'à ce moment-là Marie-Lou est en souffrance, elle a très mal pour la jeune fille. Marie-Lou montre ses mains et les tourne vers le haut en signe vers l'infirmière, pour lui dire qu'elle peut maintenant parler.

Entre-temps, Tristan a reçu un SMS :

Ne pas répondre-flamant rose détresse-parking bâtiment cuisine dans 1 heure-Carémeau hôpital

Sans perdre de temps, l'infirmière s'adresse à Marie-Lou :

« Marie-Lou, qu'est-ce qui se passe ici ? Qui t'a frappée ? Mais qui t'a fait ça ? Ta mère ? Viens avec moi ma petite vient avec moi, il ne faut pas que tu restes avec elle ! »

Une aide-soignante est partie prévenir le docteur Gabriel. Cette dernière ferme son bureau en catastrophe et trottine jusqu'à la chambre de Marie-Lou.

Le verrou des toilettes s'ouvre et Marine en sort. L'infirmière s'adresse à elle et tient toujours contre elle la fille de Marine.

« Mais vous n'êtes pas bien, c'est dégueulasse ce que vous faites, madame, c'est une honte ! »

« Ne suis-je pas encore sa mère à ce que je sache non ? Quand elle aura 18 ans, elle fera ce qu'elle veut, mais là cette petite garce n'a que 15 ans et elle doit obéir à sa mère ! Et sa mère, c'est moi ! Alors c'est moi qui décide ! »

« Imaginez-vous la souffrance atroce que vous infligez à votre fille ? »

« Elle s'en remettra cette petite conne ! » Le docteur Gabriel arrive dans la chambre.

« Rose (c'est le prénom de l'infirmière), emmenez vite la petite avec vous à l'accueil pour éviter tout chahut dans le service et demander la présence d'un infirmier de toute urgence. »

« Oui, docteur ! »

Rose, la gentille infirmière prend Marie-Lou par la main et elles partent toutes les deux à l'accueil.

« Vite, faites envoyer un infirmier au service de réanimation pédiatrique, ici, c'est très urgent ! » demande Rose à l'opérateur d'accueil en poste ce matin.

« Pas de souci, j'appelle tout de suite ! »

Pendant ce temps dans la chambre de Marie-Lou, Marine a explosé et sa colère ne cesse de se déverser. Lorsque la mère de Marie-Lou a vu que l'infirmière avait reçu l'ordre de partir avec sa fille, elle a tenté d'aller la retenir et un très vif échange entre elle et le docteur Gabriel s'est passé. Un échange de mots, mais aussi de coups. Marine veut sortir du service, mais dans un premier temps, franchir le seuil de la porte. Elle recommence à agresser toutes les personnes autour d'elle. L'infirmier appelé en urgence vient d'arriver. Il est grand et costaud. Il est l'infirmier qui intervient souvent dans ce genre de situation. Il écarte le personnel soignant et les place derrière lui et referme la porte de la chambre et enferme Marine à l'intérieur.

« La porte est fermée, les gendarmes sont prévenus, ils arrivent », dit l'infirmier venu en renfort.

Dans cette situation, une possibilité est de plaquer la personne agressive et de lui injecter un produit tel que le Tiapridal 100 mg/2 ml pour la calmer et lui ôter toute son agressivité. Mais cette méthode n'est possible que si la personne est connue de l'hôpital et qu'elle possède un dossier de soin. Dans le cas présent, lorsque cette personne est étrangère au cycle des soins, comme un parent par exemple, la consigne reste d'appeler les gendarmes et de fermer les portes pour se protéger. Lui injecter un produit sans connaître son terrain d'allergie serait une pure folie.

Quelques minutes plus tard, la sirène de la gendarmerie sonne sur le parking du service de réanimation pédiatrique. Bruno, l'infirmier qui est venu porter secours aux soignants du service a enfermé Marine dans la chambre où est hospitalisée Marie-Lou. Après des coups de pied dans la porte et les murs, durant les premières minutes, plus rien ne se fait entendre de la part de Marine.

Marie-Lou est dans la petite salle d'attente avec Rose, l'infirmière. Elle a compris que les gendarmes viennent pour sa mère. Elle a mal au cœur, elle veut que rien ne lui arrive de grave et elle s'inquiète pour sa maman.

Les gendarmes rejoignent la chambre :

« Madame Paillon, gendarmerie nationale, nous allons entrer dans votre chambre. »

Bruno ouvre la porte aux gendarmes qui découvrent Marie-Lou assise dans le fauteuil. Ses mains sont remplies de gouttes de sang dû à des coups de poing dans les murs et dans la porte.

« Oui, oui, je vais bien, ça va, je vais mieux. Je suis désolée, je ne sais pas ce qui m'a pris, je suis désolée », leur répond Marine.

Un des gendarmes s'approche de Marine, suivi du docteur Charbi qui examine les plaies des mains de la maman de Marie-Lou.

Un autre gendarme est auprès des soignants et du docteur Gabriel pour savoir si tout va bien et si la décision du groupe de soins est de porter plainte.

« Qu'elle parte maintenant et qu'elle ne fasse pas d'autres problèmes ! Alors, on en restera là », dit le docteur Gabriel.

Il faut dire que dans le service, les soignants sont souvent confrontés à cette violence gratuite. Un mari dont sa femme ne veut plus le voir, un parent alcoolique ou incestueux, un dépendant aux drogues dures en manque, et beaucoup d'autres situations toutes plus difficiles les unes que les autres à gérer.

Le docteur Charbi a fini de nettoyer les plaies en remplacement de Rose, l'infirmière qui est auprès de Marie-Lou. Charbi tend à Marine un médicament et lui demande de le prendre. C'est un décontractant qui va la détendre sans la faire dormir ni l'assoupir.

« Madame, êtes-vous calme maintenant ? » demande une nouvelle fois le gendarme à Marine.

« Oui, je suis bien, je suis calme, je m'excuse pour tout ça, je suis désolée, excusez-moi. »

« Madame, le personnel soignant ne souhaite pas porter plainte contre vous pour ce qui s'est passé, mais vous devez quitter le service sans faire d'histoires et sans tarder. »

« Mon sac est près, je m'en vais, mais je dois repartir avec ma fille, est-ce que ma fille est là ? »

« Madame Paillon, votre fille est à l'accueil, elle est avec l'infirmière Rose », répond le docteur Gabriel.

« Alors, je pars avec elle ! »

Marine prend son sac de linge, celui de Marie-Lou et son sac à main, puis se dirige vers l'accueil. Avec un pas plus rapide, le docteur Gabriel rattrape Marine juste avant la petite salle de pause. Elle s'adresse à Marine.

« Si vous lui faites le moindre mal, la moindre violence, je vous assure que vous aurez de gros problèmes, madame Paillon. Levez encore la main sur elle et nous ferons intervenir le service social de votre ville pour vous retirer la petite ! Avez-vous bien compris ? »

Marine ne répond même pas. Elle arrive à hauteur de l'infirmière Rose et de sa fille :

« Marie-Lou, tu viens avec moi, dépêche-toi ! Tes grands-parents vont bientôt arriver. »

Marie-Lou regarde l'infirmière Rose, s'écarte doucement d'elle et lui dit.

« Dites au docteur Gabriel que je sais ce que je fais, qu'elle ne doit pas m'en vouloir, surtout il ne faut pas qu'elle m'en veuille. »

« Mais pourquoi demandes-tu de ne pas t'en vouloir Marie-Lou ? » demande Rose.

« Pour ça ! »

Marie-Lou fait un pas en avant en direction sa mère, un deuxième pas, puis part complètement dans le sens opposé en courant à toute allure.

« Marie-Lou, Marie-Lou, mais merde ! Où vas-tu là ? Reviens là ! » lui crie sa mère.

Mais Marie-Lou a déjà presque 50 mètres entre elle et sa mère, elle court, tourne à gauche puis à droite. Elle est toujours dans l'enceinte de l'hôpital et semble suivre un chemin bien précis, elle est dans une petite allée, entre le bâtiment de l'hôpital général et des cuisines. Elle fonce jusqu'au bout et s'y arrête. Elle est face au parking du bâtiment des cuisines. Elle a envoyé un SMS à Tristan, elle espère qu'il va venir.

Pourtant, 10 minutes après toujours personne. Il y a du personnel qui cherche un peu partout dans l'hôpital et les gendarmes en sont de la partie. Marie-Lou a peur. Peur de retourner chez elle et d'être de nouveau brutalisée par sa mère. Les pas se rapprochent, les appels aussi. Marie-Lou est désespérée, Tristan ne vient pas.

Tant pis se dit Marie-Lou, je retourne là-bas, mais je me sauve de chez maman. Impossible de vivre sous la violence de ma mère.

La petite pleure, pleure très fort. Un dernier regard sur le parking, personne. Elle fait demi-tour dans le petit chemin quand elle sent une main se poser rapidement sur sa bouche…

« Chut ne crie pas, c'est moi ! »

« Oh. Tu m'as fait peur ! »

« Vite, suis-moi sur le parking. Tiens met ma veste de survêtement bleue et la capuche sur ta tête. Tu marches à côté de moi comme un père avec sa fille, peux-tu ? »

« Bah oui franchement… trop facile Tristan. »

Marie-Lou met la veste de survêtement bleu Adidas à Tristan sur elle, la capuche relevée sur sa tête. Tristan s'avance et Marie-Lou marche à côté de lui. Tous les deux progressent vers le parking. De dos, leurs silhouettes se détachent comme un père qui marche près de sa fille. Impossible de les reconnaître. De plus, la grande taille de Marie-Lou, de dos, avec la capuche sur la tête, la laisse paraître beaucoup plus âgée.

Tristan s'arrête devant une 208 Peugeot grise, il sort une clef de sa poche et déverrouille les portes.

« Monte Marie-Lou, s'il te plaît. »

Marie-Lou fait le tour de la voiture et monte du côté passager.

« Ce n'est pas ta voiture ? » demande la jeune fille.

« Non, Marie-Lou, j'ai loué une voiture. Je t'emmène voir un endroit magnifique. »

« Tristan… Je voudrais prévenir maman… Même si elle me déteste, je ne veux pas qu'elle s'inquiète. »

« Tiens prend mon téléphone et tu peux l'appeler si tu veux. »

« Non, Tristan, je vais lui envoyer un SMS. Mais si j'utilise ton téléphone, tout le monde sera que tu es venu me chercher… »

« Ne t'inquiète pas Marie-Lou, je l'éteins tout de suite après ton SMS. On a largement le temps d'aller où je veux que tes yeux découvrent quelque chose de magique. »

« Penses-tu vraiment qu'on peut y aller Tristan ? »

« Oui, Marie-Lou, allez, fait ton SMS », sourit Tristan.Marie-Lou fait le SMS pour Marine, sa mère :

Maman, surtout ne t'inquiète pas, je vais bien, je vais juste profiter de l'instant présent.

« Et maintenant… » demande Tristan.

« Maintenant ça ! » répond Marie-Lou qui éteint le téléphone de Tristan.

Ils se mettent à rire tous les deux, heureux de se retrouver. C'est un moment inconscient, un moment de folie, mais ce moment ils ont décidé de le vivre à deux, qu'importe le lendemain, qu'importent les conséquences.

« Comment se fait-il que tu sois venu ? »

« Je crois que je dois être complètement fou ou alors je ne supporte pas les appels de détresse. »

« Veux-tu dire les SMS de détresse ? »

« Ah mince ! »

« Mince quoi ? » demande Marie-Lou.

« Mince, j'avais oublié que tu étais aussi casse-pieds. »

« Et en plus, tu n'as plus le choix, je ne sors plus de la voiture ! » s'amuse la jeune fille avant de rajouter.

« Roule cocher, à l'aventure ! »

Tristan démarre la voiture, et sort du parking de l'hôpital.

« Mais dites-moi, bel inconnu, ou me conduisez-vous ? Pourrais-je savoir ? »

« Nous roulons chère demoiselle vers une destination qui, je pense, va vous plaire. L'aventure et la découverte droit devant nous à environ 1 heure de route ! »

« En avaaaannntt », s'écrie Marie-Lou, heureuse d'être près de lui.

Marie-Lou en profite pour raconter à Tristan le périple avec sa mère et sa décision de l'appeler au secours.

Quelque temps avant, Marine, la mère de Marie-Lou a reçu le SMS de sa fille. Marine est folle furieuse ! Elle se rend à la gendarmerie, car les gendarmes sur place, à l'hôpital, refusent de l'entendre face à la situation qu'elle a provoquée.

« Accueil de la gendarmerie, je vous écoute. »

« Bonjour, je suis madame Paillon Marine, ma fille vient de fuguer de l'hôpital. Elle s'est enfuie avec Tristan Mercier, je suis sûre qu'elle est partie avec lui. »

« Je vous ouvre, madame Paillon. »

Marine entre dans la gendarmerie et se précipite à l'accueil.

« Ma fille vient de s'enfuir de l'hôpital au moment de son départ. Elle n'est pas partie à pied, je suis sûr qu'elle est partie avec Tristan Mercier comme je vous disais. »

« Quel est l'âge de votre fille madame ? »

« Elle a 15 ans. Est-ce que l'adjudant-chef Merest est ici ? »

« Quel est le lien entre l'adjudant-chef Merest madame et la fugue de votre fille ? »

« Elle s'occupe, enfin s'occupait d'une plainte contre cet homme qui a dû s'enfuir avec ma fille. »

« L'adjudant-chef est en patrouille, mais je vais prendre votre déposition. Donc, votre fille a disparu n'est-ce pas ? »

« Regardez, c'est le SMS qu'elle m'a envoyé. »

« Le numéro de téléphone, est-ce le sien ? »

« Oh non je ne sais pas à qui il est, le téléphone de ma fille est avec moi. Elle était hospitalisée après une tentative de suicide… enfin les journaux ont écrit des articles sur ma fille et cet homme pervers qu'est Tristan Mercier. »

« D'accord, madame Paillon. Je vais demander l'identification du numéro avec lequel votre fille vous a envoyé ce message. La personne qui serait partie avec elle, vous dites que c'est ? »

« Tristan Mercier, il habite rue des Cèbes à Nîmes. »

« Auriez-vous son numéro de téléphone, madame ? »

« Oui… Je crois qu'il est noté sur un petit papier par là… le voici. »

« Madame… C'est le même numéro que celui du SMS de votre fille. »

« Je le savais, il a enlevé ma fille ! Mais ce n'est pas possible ! »

« Je fais une demande de bornage du numéro de Tristan Mercier pour connaître sa position actuelle. »

« Dépêchez-vous, il va encore agresser ma fille ! »

« Il faut attendre quelques minutes, madame. Vous dites encore agresser ma fille, mais pourquoi il a déjà agressé votre fille ? »

« Oui, il a déjà essayé d'abuser d'elle. »

Quelques instants plus tard, le gendarme à l'accueil reçoit un appel du service des télécommunications de la gendarmerie nationale. Il note sur une feuille les résultats donnés qui concernent le bornage du téléphone de Tristan et appelle dans la foulée l'adjudant-chef Merest toujours en patrouille :

« Adjudant-chef, Rolland a l'accueil. J'ai une dame qui vient de déclarer la fugue de sa fille de 15 ans qu'elle soupçonne d'être partie avec un homme, Tristan Mercier. J'ai demandé un bornage de l'appareil utilisé par la jeune fille pour prévenir sa mère qu'elle partait et le dernier bornage indique la balise de l'hôpital de Carémeau d'où la jeune fille a disparu. Je fais quoi, je lance un avis de recherche ? Une alerte pour enlèvement ? »

« Attention, Rolland, elle vient de nous mettre un bordel monstre à l'hôpital ou sa fille était hospitalisée. Méfiez-vous d'elle quand même. Maintenant, Rolland, vous demandez que le bornage soit sous surveillance si l'appareil est remis en marche qu'on essaie de les localiser immédiatement. Vous ne diffusez pas d'alerte enlèvement.

Elle a agressé sa fille à l'hôpital, je comprends que sa fille parte en fugue. Vous envoyez une équipe chez monsieur Mercier voir si son véhicule est présent. Si son véhicule n'est pas présent, lancer un avis de recherche pour le véhicule. »

« Que fait-on si on les localise ? »

« Je m'en occupe. Je vais diffuser un message aux équipes. »

« Merci adjudant-chef. Que dois-je dire à la maman ? »

« Dites-lui qu'elle commence vraiment à nous faire chier ! »

« Pardon ? Euh, je ne peux pas dire ça… »

« Alors, dites-lui qu'on s'en occupe… Roland ? »

« Oui, adjudant-chef Merest ? »

« Je vous faisais marcher ! »

« Ah d'accord, j'ai eu très peur adjudant-chef, merci. »

« Merci, Rolland. »

« À toutes les équipes, ici l'adjudant-chef Merest. Pour ceux qui auront à intervenir dans l'affaire de la disparition de la jeune Marie-Lou Paillon dont l'avis va vous être transmis : Je vous demande de ne pas faire de zèle. On reste calme. Je suis sûre que la jeune fille ne risque rien. Sa mère l'a frappée avant qu'elle fugue, donc, elle a eu recours à Tristan Mercier, qu'elle connaît très bien, pour s'éloigner de cette violence. Donc, il n'y a pas d'enlèvement au sens propre du terme tant qu'ils ne partent pas pour s'enfuir. Laissons-leur la soirée pour voir. Le service télécommunication préviendra d'un possible bornage du téléphone de Tristan Mercier, pour le moment le téléphone est coupé. Si vous devez intervenir, je ne veux pas d'armes de sorties, je répète, vous ne sortez pas vos armes, vous intervenez doucement. Tristan Mercier n'est pas un homme dangereux, donc, nous ne risquons rien. Je vous remercie d'appliquer ces directives et de me tenir au courant des évolutions. »

Pendant ce temps dans la voiture de Tristan…

« Sais-tu que ma mère ne va pas nous pardonner ? »

« Je m'en doute bien Marie-Lou, je m'attends au pire ! »

« Et ? »

« Et, ce qui est important, c'est le moment présent. Dans notre vie, dans, 10, ou 20 ans, nous aurons toujours cette aventure de graver en nous, elle fera partie de notre vie, de nos souvenirs. Presque de notre ADN. C'est ce qui compte aujourd'hui, profitez de ce moment et après… »

« Après ? »

« Après, on verra bien », sourit Tristan.

« N'en as-tu pas marre quand même ? J'ai l'impression de tout faire pour te rendre les choses très difficiles. »

« Tu sais Marie-Lou, avant de te connaître, j'avais une vie très reposante, peut-être trop même. Mais maintenant c'est vraiment tout le contraire. Je n'arrive même plus à suivre ! »

« Oh ! Oui je sais Tristan, je suis pas facile. Ma mère me le dit continuellement. Tu sais, je m'inquiète pour Fanny, elle va sûrement prendre très mal cette promenade improvisée. »

« Fanny ? Elle est partie chez sa sœur en Bourgogne, elle m'a laissée seule à la maison et elle ne répond pas à mes appels. De plus, j'ai appris par sa sœur Pauline que Fanny sort… avec son premier amour, un certain Marc. Mais le pire, elle veut divorcer et veut vendre la maison… alors tu vois Marie-Lou, je ne risque plus grand-chose. »

« Est-ce de ma faute tout ça Tristan ? »

« Non, Marie-Lou, c'est le destin, c'est comme ça et on n'y a peu rien. Peut-être que c'est écrit quelque part que cela se termine comme Fanny le veut. Mais non, ce n'est pas ta faute, toi tu n'y es pour rien. Bon… un peu quand même parce que là, toi et moi, on fait une énorme bêtise. Sais-tu quoi Marie-Lou ? »

« Non, Tristan ? »

« On s'en moque ! »

« Je veux bien te croire Tristan, mais avoue, je suis une vraie catastrophe pour toi. »

« Ne t'inquiète pas, tu sais, au point où j'en suis… Et puis si tu n'étais pas là, ma vie ne serait pas si belle… »

« Mille mercis, Tristan. Tu es mon adorable sauveur ! Mais tu ne m'as toujours pas dit où on allait ? »

« Sois patiente, il reste encore environ 50 minutes de route, direction Alès. »

« Alès ? M'enlèves-tu ? »

« Oh ! C'est ce que ta mère doit penser. »

« Tristan ? »

« Oui, Marie-Lou ? »

« Peut-on en parler ? »

« De ta mère ? Ah non ! »

« Mais non (sourire de Marie-Lou), du baiser sur la neige ? »

« Ah… Ce geste incontrôlé de ta part… Je suis triste, tu sais. C'est un moment qui est venu comme ça pour toi, qui aurait dû nous laisserun souvenir incroyable, de plus rien n'était prémédité. Et puis ta mèrequi arrive, pfff… de ce joli baiser il ne reste que de mauvais souvenirs. »

« Si tu m'avais embrassé à Courbessac au moins, il resterait une belle image du moment. Plus les chocolats chauds bien sûr. »

« Ah ! Je vois, surtout les chocolats quoi ? »

Tous deux commencent à rire et Marie-Lou pose sa main sur l'épaule de Tristan, et la frotte comme pour rassurer Tristan. Il est étonné, touché, mais ne dit rien, il tourne la tête vers Marie-Lou et lui adresse un grand sourire. Marie-Lou de sa main droite allume l'autoradio de la voiture et règle le poste sur la radio *Nîmes FM*. Ils se regardent et sifflotent tous deux sur les airs de musique qui se succèdent.

Du côté de la gendarmerie, la patrouille détachée au domicile des Mercier n'a trouvé personne rue des Cèbes. La seule chose relevée est que le véhicule de Tristan Mercier est bien stationné devant le domicile.

La patrouille contacte la gendarmerie de Nîmes pour avertir et passe par son système de transmission codé *SAPHIR*.

Que cela soit oral ou par écrit, toutes les communications sont codées par un système indéchiffrable. Pour la patrouille, qui vient de s'arrêter devant les Mercier, c'est le gendarme assis côté passager qui transmet sur un clavier de communication les informations.

L'adjudant-chef Merest vient de recevoir les infos relevées au domicile des Mercier. Elle demande qu'une recherche s'étende chez les loueurs de véhicules si une réservation au nom de Mercier est enregistrée. Au service des communications de la gendarmerie nationale, toujours aucun signal du téléphone sous surveillance, il semble toujours en sommeil.

Le véhicule de Tristan et Marie-Lou passe le centre-ville d'Alès, et continue son chemin. Après plusieurs kilomètres, la jeune fille aperçoit un panneau avec marqué dessus *Étang de Beauduc*, c'est la direction que semble prendre Tristan.

« Étang de Beauduc, c'est là qu'on va Tristan, n'est-ce pas ? »

« Oui, Marie-Lou, sais-tu te servir d'un appareil photo sur un téléphone ? »

« Tu sais bien que oui, même sur le tien. Mais si on allume ton téléphone… enfin, tu sais bien. »

« Je sais bien Marie-Lou. Qu'est-ce qui t'empêche d'y ôter la carte puce et de l'allumer ensuite, non ? »

« Ah ! Tristan, j'avais oublié la carte à puce. »

Et Marie-Lou se metà rire de nouveau.

« Allez, ne t'impatiente pas, on est presque arrivés. »

Quelques minutes plus tard, le long d'un chemin de terre jaune ocre, bordé de lacs plus beaux les uns que les autres, Tristan se gare et invite Marie-Lou à le suivre.

« Oh ! Mais c'est joli ici Tristan, mais ça caille, un peu avec le vent », plaisante la petite Marie-Lou.

« Suis-moi, tu vas voir, mais surtout il ne faut pas faire de bruit. Et si tu as froid, évite de claquer des dents », s'amuse Tristan.

Les deux complices avancent doucement et chuchotent pour se parler. Marie-Lou ne sait pas trop ce que veut lui montrer Tristan, mais elle est très intriguée.

Quelques virages plus loin, sur un chemin de terre seulement accessible aux piétons, Marie-Lou et Tristan ralentissent et s'accroupissent. Le spectacle devant leurs yeux est incroyable, d'une beauté sans égale, à couper le souffle. C'est un tableau de grand Maître, une toile aux pinceaux illuminés de couleurs saisissantes.

Car à cette époque de l'année, sur l'étang de Beauduc, plus de 1800 flamants roses viennent se poser tous les matins. Bien sûr, les 1800 ne sont pas là, mais les centaines qui restent sont comme une carte postale. Ils paraissent faire partie du décor et rejettent les couleurs roses, sur un reflet d'eau des lacs qui retranscrit leurs plumages sur l'étendue d'eau qui ondule. De plus, la grâce de leurs déplacements, la pureté de leurs envols les rend presque imaginaires.

« Tristan, je ne sais quoi dire… Il n'y a pas plus beau cadeau que tu peux me faire, oh ! Comme ils sont majestueux, je les adore Tristan, je les aime Tristan, oh ! Je t'adore aussi, tu sais, mille mercis, Tristan. C'est la plus belle chose que mes yeux peuvent découvrir… »

Marie-Lou s'approche de Tristan et pose délicatement ses lèvres sur sa joue. Tristan ne dit plus rien.

« Tu vois, je ne fais pas que des baisers sur la bouche, je sais aussi me tenir bien. »

« Et depuis quand tu sais bien te tenir ? » s'amuse une nouvelle fois Tristan.

« Tristan ? »

« Oui, Marie-Lou ? »

« Tu sais, à l'hôpital maman m'a frappée fort sur la joue et j'ai eu très mal. J'ai toujours très mal d'ailleurs. »

« Et ? »

« Et… Veux-tu que je te fasse un dessin ou quoi ? »

« Ah oui désolé Marie-Lou. »

Tristan se penche vers la jeune fille et lui adresse sur la joue un baiser rempli de douceur et de tendresse.

« Et comme ça, as-tu moins mal ? »

« Ah oui tien, c'est bizarre, mais j'ai moins mal Tristan. »

« Friponne ! »

« Tristan ? »

« Quoi encore Marie-Lou ? »

« Je te déteste ! »

« Je sais Marie-Lou, je sais, je suis moche et tu me détestes. »

Ils s'échangent de jolis sourires encore une fois, mais ils reviennent vite tous les deux au spectacle devant leurs yeux.

Tristan est si heureux dans son cœur, il voit que cela touche la petite Marie-Lou, car le concert de couleurs donné par ces flamants roses est une des choses extraordinaires qu'offre la région et elle reste sans voix en les regardant.

Marie-Lou s'assoit sur le sol frais, reste ébahie par les décollages et atterrissages des gros oiseaux comme elle a parfois tendance à les appeler. Tristan s'assoit aussi, sort le téléphone que Marie-Lou a ôté la carte puce et commence à prendre de nombreux clichés. La jeune fille est heureuse, comblée, pour elle, c'est un cadeau sans prix, car inestimable. Elle qui compare souvent et qui les compare, elle et Tristan à deux flamants roses, les voici avec toute la troupe. Elle se sent émue, touchée, elle s'approche de Tristan, prend son bras entre les siens et pose sa tête sur l'épaule de Tristan. Tristan, lui, est le plus comblé des hommes. Et de plus, les photos prises en cet instant resteront éternelles… comme le moment actuel, qu'aucun des deux ne pourra jamais oublier, jamais.

« Dis-moi Tristan ? »

« Oui, Marie-Lou ? »

« Les flamants roses, est-ce nous ? »

« Oui, c'est nous, rien que nous, Marie-Lou… »

Du côté de la gendarmerie, les recherches se poursuivent. Après contact avec les agences nationales de location de véhicules. Ils apprennent que Tristan a loué une voiture Peugeot 208 grise immatriculée FZ452HT. La recherche est lancée, le genre et la marque du véhicule, ainsi que son numéro d'immatriculation sont diffusés.

Pour Marine, la disparition de sa fille avec Tristan se précise. Elle seréjouit, enfin. La méchanceté qu'elle voue pour Tristan est à soncomble. Car pour elle, Tristan a enlevé sa fille, et là, pas de doute danssa tête, c'est la prison à coup sûr pour celui qu'elle hait plus que tout.Marine ne tient plus en place à la gendarmerie de Nîmes. Elle entend que les détails sur la disparition de sa fille avancent et ne rêve que d'une chose, la punition pour celui qui est avec Marie-Lou.

Après plus de deux heures, les corps se refroidissent et les mains sont un peu fraîches, en cette saison qui ne cesse d'être entre l'hiver et le printemps d'un climat toujours autant déréglé.

Les yeux étoilés, les deux complices, se regardent, blottis l'un contre l'autre, au plus haut de la joie qui illumine leurs regards. Oui, ils sont intouchables, inaccessibles, dans le sens fort du terme. Rien autour d'eux ne peut leur voler ce moment qu'ils ont créé, rien ne peut effacer, gommer ou soustraire cette douceur ultime qui brûle et consume les battements de leurs cœurs. Ils sont là, l'un contre l'autre, ne faisant qu'un d'un désir de ne plus bouger, de ne plus partir. De rester, puis de faire partie à jamais, de ce tableau d'amour aux couleurs d'amitiés.

Et puis sans même avoir besoin de se parler, ni même de se comprendre, Marie-Lou et Tristan se regardent. Marie-Lou sort de sa poche la carte puce du téléphone de Tristan, et lui sort de sa poche son portable.

« Chiche ? »

« Chiche ! »

Marie-Lou remet la puce dans le téléphone de Tristan et il le rallume.

À ce moment-là, Tristan en profite pour me téléphoner et m'explique ce que lui et Marie-Lou viennent de vivre. Même Marie-Lou y va de son histoire avec moi. Je suis impressionné par cette complicité. De l'amour, de l'amitié, je ne sais pas vraiment, je pense qu'eux aussi ne savent pas… et c'est peut-être mieux ainsi.

Nous restons un long moment au téléphone puis je décide de raccrocher. Je veux prendre mon véhicule et me rapprocher d'eux.

De son côté, Marie-Lou appelle le docteur Gabriel du service de réanimation pédiatrique et lui explique ce qu'elle est en train de vivre et de partager avec Tristan. Et comme, en ce moment volé, volé à la vie, volé au destin, tout est merveilleux… Et que le bonheur est si beau auprès de Tristan.

Mais il ne faudra guère attendre longtemps pour entendre, au loin, les sirènes des véhicules de gendarmerie en approche de nos deux flamants roses.

Le fait d'allumer le téléphone a signalé leur position et la gendarmerie a été prévenue instantanément du bornage près de *l'étang de Beauduc*.

Mais après tout n'est-ce pas ce qu'ils attendent ? Car oui ce ne sont pas des fugitifs ni des criminels ni des voleurs… Ils ne sont que… Marie-Lou et Tristan, l'un près de l'autre… comme deux jolis flamants roses.

Novembre 2006

C'est un restaurant aux allures de soirées romantiques, bougies sur le côté des tables, une musique d'ambiance douce et belle, lumière tamisée et les ombres chinoises des clients, qui se perdent sur les grands murs blancs.

Les menus sont assez simples, mais remplis d'attention. Le repas s'ouvre, par un cocktail sans alcool, paillettes et couleurs vives. La poursuite s'organise avec des brochettes de crevettes et Saint-Jacques marinées. Pour se terminer sur une note de tiramisu chocolat noir et fruits rouges.

Autour des tables on y retrouve des couples mariés depuis longtemps qui sont venus pour perpétuer les sentiments de leurscœurs. On y croise des couples d'un certain âge, peut-être mariés euxaussi, mais a d'autres partenaires. Puis, près de la fenêtre qui donne sur une coursive en pavés, une femme et un homme, qui se regardent, se sourient, s'apprécient.

Si leurs gestes sont délicats, il se dégage une grande timidité qui les accompagne. Chacun sait qu'à tout moment, à tout instant peut surgir l'opportunité, du premier baiser. Ils sont sur leur garde, mais toujours prêt à bondir pour saisir un peu plus de l'amitié qui les rassemble.

Le repas qu'ils partagent, tous deux, se déroule à merveille. Les rires, entrecoupés d'histoires et d'anecdotes accompagnés de dessins, sur la nappe en papier blanc, leur prédisent un joli souvenir.

Le garçon ne rate pas une occasion pour compléter le rôle du prince charmant. Le vendeur à la sauvette avec son bouquet de roses en perd trois au détriment du jeune homme qui ne manque pas de les offrir à sa partenaire d'un soir, celle qui partage avec lui, ce moment délicieux. Elle a l'air comblée. Les attentions du jeune homme la touchent et lui apportent une certaine envie de prolonger cette parenthèse dans sa vie, pour d'autres sentiments, d'autres désirs avec lui.

Ce qu'ignore le jeune amoureux du soir, charmeur et doux, c'est que la liberté qui, chez lui, est apparente ne l'est peut-être pas dans les contours de la vie de son invitée. Car les moments qu'elle partage avec lui, aussi agréables qu'ils puissent être, ne sont peut-être que des interlignes qui ne pourront jamais s'écrire en lettres d'amour pour composer un avenir pour tous les deux. Son jardin secret, à elle, est bien plus grand et bien plus compliqué que celui du garçon.

Mais qu'importe, ce soir elle profite d'un oubli pour le reste, de la beauté du présent et de ce désir qui semble les approcher, les accrocher, les conduire à aller plus loin.

Le jeune homme règle l'addition d'un geste discret et la jeune femme le remercie. Dehors, elle sourit et semble très heureuse. Elle s'arrête, les trois roses dans la main gauche et face au garçon, elle s'approche de lui.

Il ne dit rien, laisse la jeune fille s'approcher. Les regards sont perdus au fond du regard de l'autre. Elle avance sa main droite, lui sa main gauche, leurs doigts s'entrelacent mutuellement. Puis le dernier pas l'un vers l'autre n'en est pas vraiment un, car l'un comme l'autre sont déjà très proches. Finalement, ils se penchent délicatement en avant et se retrouvent au niveau de leurs lèvres. Sans se poser de questions, sans même regarder ce qu'il y a autour deux, ils échangent, leur tout premier baiser.

Tous deux habitent la ville de Nîmes, ils se sont rencontrés à l'occasion d'un salon de la moto après l'échange de plusieurs sourires et de nombreux regards.

Ils partagent beaucoup de choses, des sorties de week-ends, des expos, la visite de galeries d'art, mais jusqu'à là, aucun baiser n'avait été partagé, aujourd'hui c'est fait.

La jeune fille a 23 ans, le jeune homme 25 ans. Ils semblent si heureux. Ils défient à eux deux, les astres de la vie, leurs âmes résistent aux coups, leurs yeux à toutes les larmes, pour ne trouver que la joie au fond de leurs cœurs.

Lorsque le jeune homme vient lui rendre visite, il a toujours avec lui une rose à lui offrir. Elle, ce sont souvent des chocolats ou des CD de musique de jazz qu'elle lui offre.

Ce jour de novembre 2006, ils se retrouvent chez la jeune fille. Un moment d'égard, d'une totale complicité où ils se prêtent au jeu de leurs corps, qui se touchent, qui se frottent et se laissent aller dans le désir le plus fort.

Puis pris par la chaleur d'un mois d'été, la sueur qui se laisse aller à imprimer les draps sur lesquels ils sont couchés, dans une respiration haletante, dans la magie de leur vie qu'ils ne peuvent oublier dans l'essoufflement de deux respirations.

Ils sont si beaux, qu'ils paraissent éternels. Ils sont si grands, qu'ils paraissent indétrônables. Ils ont mis à leurs pieds un monde qui les effraye, mais qui aujourd'hui est soumis à leur amour.

Et puis un jour, lorsque le jeune homme apprend que la jeune fille n'est pas célibataire, mais qu'elle partage son cœur avec un autre homme, tout semble s'écrouler, le frapper, le blesser. Il décide de partir sans rien dire, sans se retourner, il abandonne toutes les fleurs de son amour à des bouquets inconnus loin de la blessure de cette jeune fille pour qui, son, amour est si grand.

De retour à l'étang de Beauduc, maintenant…

Marie-Lou et Tristan sont debout, l'un contre l'autre, ils se réchauffent et se rassurent. Les sirènes de la gendarmerie se rapprochent, les deux combattants savent que la fin est proche de ce joli moment, mais ni l'un ni l'autre ne regrettent l'inoubliable instant et qui restera gravé pour toujours dans leurs mémoires, mais aussi dans leurs cœurs. C'est un moment volé certes, mais privilégié, leur moment à eux, rien que pour eux. Et qu'importe ce qu'il risque d'arriver maintenant, chacun est conscient que ce lien qui les rassemble sera plus fort et plus solide que tout.

« Et maintenant Tristan ? »

« Je ne sais pas Marie-Lou, je ne sais pas du tout. Mais tu sais, tu vas me manquer. Beaucoup me manquer. »

« Toi aussi Tristan, tu vas beaucoup me manquer. Je suis si bien ici, avec toi. Je redoute les heures et les jours à venir. »

« Moi aussi Marie-Lou, mais il faut être fort et ne pas oublier l'étang de Beauduc, les flamants roses, et puis nous… »

« Comment veux-tu que j'oublie… et puis, les chocolats chauds, la promenade à moto, nos bagarres dans le jardin… le casque rose que tu m'as fait porter, comme je t'en veux ! »

« Oh ! Tu es toujours honteuse d'avoir promené avec ta tête comme un bonbon ? » dit dans un éclat de rire Tristan.

« Remarques, rose comme un flamant rose, c'est plutôt sympa finalement Tristan », sourit Marie-Lou avant d'ajouter.

« Ils arrivent Tristan… Je ne veux pas te perdre. »

« Tu ne me perdras pas. Promis. »

« Tristan ? »

« Oui, Marie-Lou ? »

« Serre-moi fort dans tes bras, Tristan. »

Tristan prend contre lui Marie-Lou et là serre très fort.

« Tu es tout pour moi Tristan… »

« Tu es tout pour moi Marie-Lou, vraiment tout… »

Deux véhicules de la gendarmerie de Nîmes arrivent sur les lieux de l'étang de Beauduc. Leurs sirènes sont maintenant éteintes, mais les gyrophares sont allumés et clignotent dans un grand mouvement de rotation.

Les voitures s'immobilisent à environ 50 mètres de Marie-Lou et Tristan, qui sont eux toujours sur la partie piétonne de l'étang, Marie-Lou dans les bras de Tristan.

Pour ma part, j'arrive quelques minutes plus tard et j'immobilise ma voiture juste derrière les deux véhicules de gendarmerie. Je me gare et je tente d'approcher Marie-Lou et Tristan, mais les gendarmes sont déjà en route pour les rejoindre et me font signe de reculer.

Dans, le premier véhicule de gendarmerie, deux hommes et une femme de la brigade de gendarmerie. Dans le deuxième véhicule, 2 gendarmes attendent les ordres, mais le moteur de leur véhicule tourne toujours.

Les 2 hommes et la femme de la gendarmerie sortent du véhicule et s'approchent de nos deux romantiques fugueurs.

Puis, une voix se fait entendre :

« Monsieur Mercier, veuillez lâcher mademoiselle Marie-Lou Paillon et la laisser venir vers nous », demande un gendarme.

« Je crois qu'ils te demandent… Allez va, ne fais pas de bêtises, nous en avons fait assez comme ça », sourit une dernière fois Tristan en s'adressant à Marie-Lou.

« Tristan, c'est qui les flamants roses ? »

« C’est nous, Marie-Lou, c’est nous deux, rien que nous… »

« Tristan ? »

« Quoi Marie-Lou ? »

« Je te déteste ! »

« Je sais Marie-Lou. Je sais… »

Marie-Lou s’éloigne de Tristan, la femme gendarme s’approche d’elle et déplie une petite couverture pour la mettre tout autour de la jeune fille.

« Comment vas-tu Marie-Lou ? »

« Ne faites pas de mal à Tristan, ne lui faites pas de mal s’il vous plaît. »

« Non, ne t’inquiète pas, Marie-Lou », répond la gendarme.

Pour Tristan, lui, les deux gendarmes sont venus à sa hauteur. L’un des deux saisit les menottes accrochées derrière lui à sa ceinture et fait le geste pour les passer aux poignées de Tristan. Le deuxième gendarme fait signe à son collègue que c’est inutile et qu’il doit les ranger.

« Monsieur Mercier, je vais vous demander de venir avec nous à la gendarmerie et de nous suivre s’il vous plaît. »

« Je vous suis », leur répond Tristan qui jette un dernier regard à Marie-Lou avant qu’elle entre dans la première voiture de gendarmerie. Il a même le temps de simuler l’envoi d’un bisou avec sa bouche et sa main. Marie-Lou fait le signe avec sa main d’avoir attrapé le baiser de Tristan.

Je les vois, et j’essuie au coin de mes yeux une larme… Ils me touchent, ils me retournent… Mais j’ai juste le temps de m’adresser à Tristan avant que les gendarmes lui demandent de monter dans leur véhicule.

« Tristan, comment vas-tu ? »

« Je vais comme on peut aller, Éric, merci d’être venu. »

« Ne t’inquiète pas, je vous suis, toi et Marie-Lou. »

« Merci, Éric, merci beaucoup. Je n’oublierais pas. »

Tristan monte à son tour à l’arrière de l’autre véhicule de gendarmerie accompagné d’un des gendarmes à ses côtés.

Environ 1 h 10 plus tard

Le véhicule de gendarmerie avec à son bord Tristan arrive dans la cour de la brigade de gendarmerie de Nîmes. Le véhicule avec Marie-Lou, lui, est à l'hôpital pour le suivi de la réglementation pénale (examens médicaux) pour une jeune fille dans cette situation. Les examens doivent définir, une fois de plus, qu'elle n'a pas subi de violences sexuelles, physiques ou morales. Un retour en arrière pour Marie-Lou qui connaît malheureusement bien cette procédure lorsque sa mère l'a conduit ici même, après l'avoir surprise avec Tristan dans la neige.

À même la cour de gendarmerie, Marine attend l'arrivée de sa fille qui est prévue plus tard dans la soirée. Mais elle est impatiente de voir ce qui va se passer pour Tristan après que ce dernier s'est enfui avec Marie-Lou de l'hôpital, lors de sa sortie.

Lorsque la voiture de patrouille s'immobilise dans la cour, le gendarme au côté de Tristan lui demande de descendre et l'accompagne, en lui tenant le bras. Ils se dirigent vers l'entrée de la brigade. Marine se précipite vers eux, mais surtout vers Tristan, et elle s'écrie :

« J'espère que cette fois-ci il ira en prison, il a enlevé ma fille ! »

Puis elle s'adresse à Tristan.

« Tu vas me le payer, tu n'aurais pas dû t'enfuir avec Marie-Lou ! »

Tristan fait mine de ne pas entendre, il baisse la tête et suit le gendarme jusqu'à l'intérieur des locaux de la gendarmerie.

L'autre gendarme, le conducteur de la voiture de patrouille, rejoint Marine, et lui demande de se calmer. Il laisse son collègue entrer avec Tristan et demande ensuite à Marine de le suivre à son tour.

Tristan est conduit dans le bureau d'interrogatoire au 1er étage. Le gendarme s'adresse à lui :

« L'adjudant-chef Merest veut s'entretenir avec vous, il faut attendre ici monsieur Mercier. Cependant, dois-je vous passer les menottes ou vous allez attendre gentiment ? »

« Pas la peine de me passer les menottes, je ne vais pas m'enfuir, je ne me sens pas coupable. »

« Vous vous êtes quand même enfui avec une adolescente de 15 ans ! »

« Oui, après que sa mère l'eut frappée et maltraitée et devant témoin selon ce que m'a dit la petite Marie-Lou. »

« Cela ne vous donne pas le droit de vous enfuir avec elle ! Quel droit croyez-vous avoir pour partir comme ça ? »

« Le droit d'éloigner une jeune fille de la violence verbale et physique de sa mère ! » reprend Tristan sans même hésiter.

« Monsieur Mercier, je doute que vous puissiez passer à travers de ce que vous venez de faire, ça s'appelle un détournement de mineur, pour votre information. Et je cite : Le fait pour une personne de soustraire, même sans fraude et même sans violence, un enfant mineur des mains de ceux qui exercent l'autorité parentale ou auxquels il a été confié ou chez qui il a sa résidence habituelle est considéré comme un détournement de mineurs. Dans ce cas, madame Paillon peut porter plainte contre vous pour détournement d'un mineur de moins de 18 ans. Maintenant, attendez ici ! »

« Oui, oui j'attends. Je vous ai dit que je ne vais pas fuir. Si je voulais fuir, je ne vous aurais pas attendu à l'étang de Beauduc… »

Le gendarme laisse la porte ouverte du bureau, observe Tristan et reste non loin de là…

De l'autre côté du couloir, Marine est en discussion avec le gendarme qui l'a conduite dans un autre bureau au rez-de-chaussée pour essayer de la calmer et lui parler.

Marine, s'interroge de ne pas avoir vu Tristan, les mains attachées :

« Allez-vous le mettre en prison ? »

« Madame Paillon, ce n'est pas si simple. »

« Comment ça ? Il a enlevé ma fille ! »

« Madame, selon les dispositions de l'article 224-1 du Code pénal concernant les enlèvements : le fait, sans ordre des autorités constituées et hors les cas prévus par la loi, d'arrêter, d'enlever, de détenir ou de séquestrer une personne, est puni de vingt ans de réclusion criminelle.

Les deux premiers alinéas de l'article 132-23 relatif à la période de sûreté sont applicables à cette infraction. Toutefois, si la personne détenue ou séquestrée est libérée volontairement avant le septième jour accompli depuis celui de son appréhension, la peine est de cinq ans d'emprisonnement et de 75 000 € d'amende, sauf dans les cas prévus par l'article 224-2. Ainsi, ces dispositions sanctionnent l'enlèvement, c'est-à-dire l'appréhension du corps d'une personne contre son gré.

La détention et la séquestration qui consistent à retenir une personne contre son gré et, par conséquent, à la priver de sa liberté d'aller et de venir.

Pour être constitué, l'auteur des faits doit avoir la volonté de priver sa victime de sa liberté d'aller et venir, et ce, contre son gré.

L'auteur de faits d'enlèvement et de séquestration fait l'objet de poursuites devant la Cour d'Assises où la peine encourue est de vingt ans de réclusion criminelle. »

« Et ? »

« Aucune des dispositions énoncées ne concerne monsieurMercier. Nous avons la certitude qu'il n'a pas emmené votre fille contre son gré, ne l'a pas privée de liberté, ni obligée à le suivre. Ce que vous appelez un enlèvement est tout simplement, au vu deséléments que nous possédons déjà, simplement une fugue de la part devotre fille. Mais pour ce qui est de monsieur Mercier, nous pouvons qualifier les faits de détournement de mineur. Dans ce cas présent, l'acte d'accusation s'applique, il suffit pour cela de déposer plainte. »

« Et que risque-t-il ? »

« Le fait de soustraire un enfant mineur des mains de ceux qui exercent l'autorité parentale ou auxquels il a été confié ou chez qui il a sa résidence habituelle est puni d'un an d'emprisonnement et de 15 000 € d'amende. »

« D'accord je veux déposer plainte s'il vous plaît. »

« Malheureusement, avant cela, je dois vous préciser une chose très importante. Le docteur Gabriel, du service de réanimation pédiatrique de l'hôpital Carémeau, a demandé l'intervention des services sociaux en urgence. À la suite de votre réaction à l'hôpital à l'encontre de votre fille, violence verbale et physique, et dans la continuité de l'entrevue et des examens pratiqués avec Marie-Lou, le docteur Gabriel demande que votre fille soit temporairement éloignée de chez vous. »

« Comment ça ? »

« Votre fille Marie-Lou a formulé le souhait de ne pas rentrer avec vous, car elle est effrayée et terrorisée par votre agressivité envers elle. Le docteur Gabriel demande que votre fille ne vous soit pas restituée avant que vous acceptiez de soigner la violence dont vous faites force contre elle. Les services sociaux et un juge pour enfants sont saisis et doivent se prononcer. Ce soir votre fille sera placée dans un centre d'accueil pour mineurs le temps qu'une décision soit prise. Le docteur Gabriel a parlé à votre fille lorsqu'elle était avec Tristan Mercier à l'étang de Beauduc. Elle lui a expliqué la situation et a formulé ce souhait d'être éloignée de vous pour le moment. »

« Et pour Tristan Mercier, est-il possible que je porte plainte maintenant ? »

« Il est important de savoir qu'il existe deux éléments constitutifs de l'infraction. Il s'agit de l'élément matériel qui est l'existence prouvée des faits et de l'élément moral qui démontre que l'auteur a réellement eu l'intention de soustraire l'enfant de sa famille. En outre, les parents ou la personne gardant le mineur sous sa responsabilité peuvent porter plainte contre l'auteur de l'acte auprès du commissariat de police ou de la gendarmerie. Dans ce cas, votre fille a demandé l'aide à Tristan Mercier, et ce dernier peut plaider qu'il a juste cherché à l'éloigner de vous. Cela peut jouer en votre défaveur, mais il ne faut pas oublier que la loi française ne prend pas en compte le consentement du mineur en cas de détournement. L'auteur est toujours réprimé. Malheureusement, avec la saisie des services sociaux et la demande d'éloignement de votre fille de son foyer actuel, votre plainte perd, malheureusement, ses bases de bien-fondé. Je ne sais que vous conseiller de faire en sorte de très vite retrouver l'équilibre avec votre fille Marie-Lou. Je vous conseille aussi de suivre les demandes de soins formulées par le docteur Gabriel et les services sociaux afin de retrouver au plus vite un foyer familial pour vous et votre enfant. »

Dans ce laps de temps, où Marine et Tristan sont dans les bureaux de la brigade de gendarmerie de Nîmes, j'attends patiemment afin de recueillir des informations et de venir aux nouvelles. Je vois arriver l'adjudant-chef Merest qui est de retour de patrouille et vient probablement s'entretenir avec Tristan.

« Adjudant-chef, Éric Flat journaliste à Nîmes Hebdo, monsieur Mercier est retenu dans vos services ? Pouvez-vous nous expliquer ce qu'on lui reproche ? »

« Aujourd'hui monsieur Mercier peut tomber sous le coup d'un détournement de mineur, monsieur Flat ! »

« Détournement de mineur ? Vous êtes sérieuse ou quoi ? Il est parti avec la petite Marie-Lou à peine deux heures et après que cette dernière, humiliée et frappée par sa mère, a décidé de partir ! N'importe qui aurait éloigné la jeune fille de sa mère. Enfin si on est civilisé ou avec un minimum de raisonnement ! Avez-vous oublié qu'elle a fait une tentative de suicide ? »

« Je ne l'oublie pas, monsieur Flat. »

« Alors, pourquoi arrêter la seule personne sur qui Marie-Lou Paillon puisse compter ? À moins, bien sûr, que le but soit de foutre la vie de cette jeune fille en l'air ! »

« Faites-vous dans le dramatique, Flat ? »

« Et vous dans le sans cœur ? »

« Je vous conseille aimablement, monsieur Flat, de changer vos dialogues accusateurs et dénués de bon sens. »

« Oui, je suis désolé, mes dialogues étaient à la hauteur de ceux de la gendarmerie. »

« Ça suffit Flat ! Rentrez chez vous ! Maintenant, vous m'excuserez, mais moi je travaille ! »

« Désolé, mais moi aussi ! Mon rôle de journaliste, c'est de défendre la vérité et dénoncer les injustices ! »

Après cet échange rempli de sympathie entre moi et l'adjudant-chef Merest, je sens que cette dernière est tendue et assez énervée. Mais, finalement, je décide de rester dans la cour en attente d'une sortie de Tristan ou de l'arrivée de Marie-Lou si elle repasse par la gendarmerie. De toute façon, je vais appeler mes contacts, passer quelques coups de fil pour recueillir d'autres infos.

Pendant ce temps, l'adjudant-chef Merest rejoint Tristan Mercier dans le bureau du 1er étage de la gendarmerie de Nîmes :

« Vous voici dans de beaux draps, monsieur Mercier. Je vous ai pourtant demandé de rester loin de la petite Marie-Lou Paillon. Outre le non-respect de la demande d'éloignement, vous êtes aussi sur le coup d'un possible détournement de mineur. Là je ne peux plus rien pour vous. »

« Vous me parlez justice, de vos textes de loi, de vos certitudes. Vous savez très bien que je n'ai voulu que proposer un moment inoubliable pour Marie-Lou pour toutes les souffrances qu'elle venait de subir avec sa mère. Vous savez aussi que si je suis venu c'est qu'elle m'a envoyé un *SMS* en signe de SOS. »

« Avez-vous toujours le *SMS* ? »

« Oui bien sûr, le voici : *Flamant rose en détresse-bâtiment cuisine - hôpital carémeau dans 1 h. »*

« Je le prends en photo si cela ne vous dérange pas. C'est une pièce qui peut se voir être importante. »

« Une pièce importante ? Un appel au secours oui. Si aujourd'hui personne ne peut comprendre mon geste alors, c'est qu'il y a vraiment quelque chose de l'humanité qui est perdue. L'ironie de la chose Adjudant-chef Merest, c'est que pour une balade remplie de rêves et de tendresse je risque la prison… C'est n'importe quoi ! »

« Quoi qu'il puisse arriver entre Marie-Lou et sa mère, vous n'aviez pas autorité pour l'emmener avec vous alors qu'elle devait repartir avec sa mère. Mais je ne saisis pas trop ce que vous ressentez pour Marie-Lou Paillon. Quel âge avez-vous, monsieur Mercier ? »

« 40 ans, pourquoi ? »

« Un homme de 40 ans amoureux d'une jeune fille de 15 ans, ne trouvez-vous pas ça un peu… déplacé ? »

« Vous ne comprenez rien adjudant-chef. »

« Alors, expliquez-moi, monsieur Mercier. »

« C'est une histoire d'amour… »

« Oui, n'est-ce pas ce que je disais ? »

« Non, adjudant-chef, c'est bien une histoire d'amour, mais peut-être pas celle de deux amants. »

« Comment ça ? Je ne vous suis pas. Expliquez-moi votre pensée s'il vous plaît. »

« J'ai compris quelque chose ces dernières heures… »

« J'ai toujours du mal à vous suivre là, qu'avez-vous compris ? »

« Je crois que Marie-Lou… »

« Marie-Lou quoi monsieur Mercier ? Mais finissez vos phrases à la fin, c'est énervant ! »

« Je crois que Marie-Lou… est peut-être ma fille. »

« Pardon ? »

En novembre 2006, j'ai rencontré Marine, la maman de Marie-Lou. Nous étions jeunes, mais très amoureux. J'ai appris au cours de notre liaison qu'elle voyait un autre garçon, un Libanais gérant d'un magasin de téléphonie. Alors, j'ai tout laissé tomber, j'ai voulu tout oublier et je n'ai jamais donné de nouvelles, mais… nous avons partagé une nuit ensemble, une nuit où je pense être devenu peut-être le papa de Marie-Lou. Ce qui explique quelque part toute cette haine et cette violence de Marine envers moi. De plus, Marie-Lou est gauchère et je suis gaucher, c'est juste un détail, mais…

« Alors là… je m'attendais à tout, mais pas à celle-là. Ça vous est venu comme ça ou aviez-vous préparé un joli texte ? Et, avez-vous des preuves de ce vous avancez ? »

« Malheureusement, non. Il faudrait faire un test de paternité. Mais si c'est bien la vérité, ça expliquerait pas mal de choses. Toute cette haine et ce mépris ressenti par Marine Paillon envers moi. »

« J'ai toujours aimé votre sens de voir les choses avec légèreté, c'est ironique, bien sûr. Mais là c'est loin d'être facile à réaliser monsieur Mercier. Tout d'abord, pour qu'il soit légal, le test de paternité doit être sollicité par le juge du tribunal de grande instance. Donc, vous devez faire la demande et saisir le tribunal pour qu'il valide votre demande. Ensuite, la demande doit faire suite à une filiation. Dans votre cas, la filiation père fille ne pose pas de problème. Mais aussi, monsieur Mercier, le consentement de la personne concernée doit être donné. Donc, il faut que madame Paillon soit d'accord, vu que sa fille est mineure. Et franchement vous êtes un grand rêveur si vous pensez un seul instant qu'elle puisse accepter. Et pour terminer, il faut un laboratoire validé par le Conseil d'État pour effectuer les analyses. En tout état de cause, si vous prouviez aujourd'hui que vous êtes bien le père biologique de Marie-LouPaillon les circonstances de détournement de mineur, peuvent même devenir aggravantes pour vous. »

« Et pourquoi ça ? »

« Je n'ai pas, en principe, à vous dire ça, monsieur Mercier. Mais si le juge peut imaginer un seul instant que vous étiez dans la réflexion d'une possible filiation entre vous et Marine, il peut penser que vous avez voulu soustraire votre enfant à sa mère. Enfin ça fait quand même beaucoup d'hypothèses non vérifiées. J'ai quand même du mal à comprendre toute cette histoire qui vous concerne, monsieur Mercier. »

« Écoutez, adjudant-chef, je suis vraiment fatigué, épuisé… Dites-moi si je peux rentrer chez moi ou si vous me gardez ici s'il vous plaît… Je veux savoir… »

« Pour le moment, une plainte de Mme Paillon contre vous est irrecevable et ne peut tenir longtemps devant un juge vu les circonstances. »

« Quelles circonstances ? »

« Les services sociaux pour la protection des mineurs ont demandé le placement de la jeune Marie-Lou en foyer pour l'éloigner de la violence de sa mère en attendant que cette dernière ait recours volontairement à un programme de soins pour calmer son agressivité. Je n'ai pas à vous le dire non plus, mais j'en ai marre de vous voir courir et vous agiter dans tous les sens comme le sauveur de Marie-Lou Paillon. Vous pensez sans doute que je n'ai que ça à faire, moi, de vous poursuivre ensuite après ! »

« Au moins voici une bonne nouvelle pour la petite. C'est tellement triste pour elle de vivre avec une mère comme Marine. »

« Sauf que, monsieur Mercier, la vie en foyer pour une mineure est loin d'être une oasis paisible et tranquille. Mais j'imagine qu'à l'heure actuelle c'est la meilleure solution. Cependant, monsieur Mercier, si vous reprenez contact, repartez à l'aventure avec la jeune fille Paillon ou qu'il vous prend l'envie de fuguer avec elle ou d'une autre folie, je vous mets en garde. Aujourd'hui, elle va être placée et donc sous l'autorité de l'État et non plus de sa mère. Je vous déconseille fortement de vous retrouver au tribunal avec une plainte qui émane d'une organisation de la protection des mineurs. Maintenant, pour ce qui est, de cette possibilité d'une hypothétique filiation entre vous et Marie-Lou, faites une démarche auprès du tribunal et demandez l'autorisation d'un test de paternité. C'est tout ce que je peux vous conseiller de mieux. Maintenant, vous pouvez rentrer chez vous, monsieur Mercier. Je vous ai assez vu. Mais avant cela, voulez-vous que je vous appelle un taxi pour aller récupérer votre véhicule à l'étang de Beauduc ? C'est à la charge de la gendarmerie. »

« Oui, s'il vous plaît, merci… »

Tristan a mal à la tête, la migraine monte et il se sent vraiment fatigué. Il quitte le bureau du 1er étage, descend l'escalier et sort de la gendarmerie.

Entre-temps, de mon côté j'ai quitté la cour de la gendarmerie. Malheureusement, je loupe Tristan de peu, dommage.

J'ai appris par des sources que la petite Marie-Lou Paillon est à l'hôpital pour des examens et ensuite elle sera conduite dans un foyer. Je suis parti pour avoir plus de renseignements sur l'évolution heure par heure de sa situation.

Il est presque 15 heures et Tristan, avec son mal de tête et une faim qui commence à le frapper, attend le taxi pour le ramener à l'étang afin de reprendre son véhicule laissé là-bas. Parfois, dans des circonstances comme celles-ci, le véhicule d'un présumé prévenu est enlevé par la fourrière, mais l'éloignement de l'étang et la durée courte depuis l'arrivée à la gendarmerie n'a pas permis de le faire. Finalement, c'est beaucoup mieux comme ça, car il est rare que les véhicules enlevés par ce genre d'intervention soient vraiment ménagés.

16 h 30, Tristan est déposé tout près de son véhicule par le taxi.

Tristan monte à bord de sa voiture et se retrouve nostalgique. Il ne peut empêcher les images de Marie-Lou, qui sont encore proches, lui revenir. Mais tout cela n'est peut-être pas complètement négatif. L'éloignement de Marie-Lou loin de sa mère est sûrement la meilleure chose qui peut lui arriver, surtout dans les circonstances actuelles avec sa mère qui ne contrôle plus son agressivité. Même si l'adjudant-chef Merest met en garde contre la vie en foyer, Tristan reste positif pour Marie-Lou.

Mais, pour le moment, Tristan veut simplement rentrer, chez lui, manger et se reposer. Il est toujours dans sa période de congés qu'il a prise et il veut profiter dans les premiers instants de son retour chez lui à se laisser aller et à ne plus penser.

Il est presque 18 heures quand Tristan est très proche de son domicile. La migraine ne le quitte pas, quant à la faim, elle est remplacée par des aigreurs à l'estomac.

Très étrange, un véhicule est stationné devant le domicile et plus étrangement encore, il s'agit du véhicule… de Fanny, l'épouse de Tristan.

« Je me demande bien ce qui se passe encore et pourquoi elle est là après sa demande de divorce et de vendre la maison. J'espère qu'elle ne va pas me prendre la tête encore, car ma migraine est atroce », se dit Tristan dans sa tête à l'approche de la porte d'entrée du domicile.

Fanny, bien sûr, a toujours les clefs et le bip de l'alarme de la maison. Tristan n'a jamais rien exigé de sa part comme la remise des clefs ou autre. Il faut dire que jusqu'à là il n'a pas eu trop le loisir de se pencher sur les demandes de Fanny.

Quand Tristan entre dans la maison, il voit Fanny qui nettoie la poussière sur le meuble de télévision. Image assez surprenante, vu les circonstances actuelles.

« Bonjour, Fanny. Tu fais quoi là ? »

« Bonjour, Tristan, je passe un petit coup de chiffon sur la poussière, c'est plus agréable pour toi quand même. Mais je suis surtout là pour te parler. »

« Ah ! Au fait, je suis désolé, je n'ai pas eu le temps de voir pour la vente de la maison. »

« Justement c'est de ça que je veux te parler, enfin oui et non. »

« Oui et non ? Je t'écoute. »

Tristan prend dans le réfrigérateur une bière et s'assoit sur un fauteuil du salon.

Fanny reste debout, le chiffon à la main.

« Voilà Tristan, je suis partie chez ma sœur, car j'avais vraiment mal de toutes ces histoires, je voulais un peu m'en écarter, comprendre, essayer d'y voir plus clair. Et Pauline m'a sœur… »

« Ta sœur ? »

« Elle n'a rien arrangé. Elle m'a mis la tête à l'envers et contre toi. Elle m'a organisé cette rencontre avec Marc, mon premier amour qui est ami avec elle. J'étais perdue Tristan et elle, ma sœur, me disait que je devais profiter, vivre ma vie et que tu devais bien en profiter aussi de ton côté avec la fille à Marine. »

« Comment toi tu t'es laissé monter la tête comme ça, sans même réfléchir ? »

« Je t'ai dit Tristan, je ne pouvais plus réfléchir, j'étais mal et arrivée chez ma sœur tout est devenu compliqué comme-ci je ne contrôlais plus rien et que c'était elle qui contrôlait tout. »

« Et donc ? »

« Eh bien, j'aimerais revenir ici, chez nous… et puis j'ai mon travail… et j'imagine que toute cette histoire avec Marie-Lou est terminée si tu es ici. »

« Pour moi, ici, c'est toujours chez toi. Que tu y sois ne me gêne pas, au contraire je suis content de te voir à la maison. Pour ce qui est de ta sœur, je peux comprendre. Pour Marc, j'oublierais, mais épargne-moi de m'en parler s'il te plaît. Pour Marie-Lou, c'est très compliqué. »

« Comment ça compliqué ? Explique-moi, je pense que je peux essayer de comprendre, je te dois bien ça après tout ce que je viens de te faire. »

« Ouais… si tu veux. Marie-Lou a fait une tentative de suicide pour ne pas témoigner à la gendarmerie, elle a été hospitalisée en service de réanimation pédiatrique. »

« Mince et comment va-t-elle ? Mais si elle n'a pas témoigné… »

« Fanny, laisse-moi terminer s'il te plaît. Donc, elle a été hospitalisée et elle a été très vite à se rétablir. Elle n'avait pris qu'une petite dose de médicaments. Le jour de sa sortie, sa mère est entrée dans une colère noire contre elle. »

« Pourquoi elle s'est mise en colère ? »

« Elle a été obligée de retirer sa plainte contre moi pour préserver la santé mentale et psychologique de Marie-Lou. Le docteur psychiatre du service de réanimation pédiatrique avait posé des conditions à la sortie de Marie-Lou et l'abandon de la plainte en faisait partie. Du coup, toute la rage que Marine contenait en elle a éclaté et elle a frappé Marie-Lou dans sa chambre d'hôpital le jour de sa sortie. Et elle l'a même menacée. »

Tristan sort son téléphone de sa poche, ouvre le fichier des messages sur le SMS de Marie-Lou et montre à Fanny :

« Comme tu peux le lire, Marie-Lou m'a envoyé ce message. J'y suis donc allé. »

« Ah d'accord… Encore… »

« Eh oui, désolé de te décevoir une nouvelle fois. »

« Non, tu ne me déçois pas… Je vois que tu t'investis beaucoup dans ton amitié avec elle… »

« Je suis donc parti la récupérer à l'hôpital et nous sommes partis ensemble à l'étang de Beauduc. Je voulais lui montrer les flamants roses qui se réunissent là-bas. Marine a signalé la disparition de Marie-Lou, car elle avait été prévenue par SMS par la petite que ce n'était pas la peine que sa mère l'attende, qu'elle ne rentrerait pas avec elle.

La gendarmerie est venue ensuite à l'étang de Beauduc. Moi j'ai été conduit à la gendarmerie et Marie-Lou, elle, va être placée dans un foyer pour mineurs à la suite de la violence incontrôlable de Marine envers sa fille. »

« Et maintenant Tristan ? »

« Maintenant, je suis là, Marine peut porter plainte une nouvelle fois contre moi pour détournement de mineurs, mais son état de santé ne lui permet pas pour le moment. Et puis, je n'ai aucune circonstance aggravante dans l'acte et même, avec un bon avocat, je ne risque pas grand-chose du fait d'avoir extirpé la petite à la violence de sa mère. Maintenant, Marie-Lou va être conduite dans un foyer et Marine, si j'ai bien compris, a obligation de se soigner pour récupérer sa fille. »

« Et si elle porte plainte, Marine, risques-tu de te retrouver en prison ? Non, parce que je préfère savoir quoi… »

« Fanny, avant de te rencontrer, j'ai eu des amourettes ou des liaisons, tout comme toi d'ailleurs. La preuve, toi et moi sommes issus d'une expérience d'un premier mariage. Il y a environ 15 à 16 ans, mais vraiment pas plus, j'ai rencontré une fille que j'ai fréquentée. On s'aimait très fort, mais comme elle voyait quelqu'un d'autre aussi pendant notre relation j'ai rompu avec elle sans une certaine souffrance, mais de ce jour j'ai tout fait pour ne plus la revoir, ou le moins possible. »

« Quel rapport avec Marie-Lou ? Je ne te suis pas là. »

« La fille que j'ai fréquentée et avec qui j'ai eu une relation sexuelle non protégée s'appelle… Marine. Et il y a environ 15 ans… en 2006 ! »

« Essayes-tu de me dire que Marie-Lou est peut-être ta fille ? Est-ce ça ? Son père est un Libanais, ce n'est pas toi Tristan. Pourquoi tu vas te mettre ça dans la tête ? »

« Mais lorsque Marine est tombée enceinte, c'est pendant sa liaison avec moi et le jeune Libanais, Bassem si je me rappelle bien. Donc, je suis peut-être le père de Marie-Lou. »

« Ce n'est pas possible Tristan, je ne veux pas te décevoir, mais je ne vois pas pourquoi elle ne t'aurait jamais rien dit. »

« Justement Fanny, elle était avec Bassem au même moment. Comment elle aurait pu dire, et surtout expliquer qu'elle voyait aussi quelqu'un d'autre ? Imagine sa mère, le déshonneur sur la famille, et que vont penser les gens, ma fille enceinte qui ignore qui est le père de son enfant… Elle a peut-être voulu éviter ça à sa mère ! Après, si on réfléchit un peu, la haine que Marine a contre moi est peut-être à cause de mon départ et ma rupture d'avec elle alors qu'elle était enceinte. »

« Pour la haine pour toi, oui c'est une explication possible effectivement. Mais maintenant que comptes-tu faire ? »

« Je veux saisir le tribunal de grande instance pour demander un test de paternité en rapport avec un possible lien de filiation entre moi et Marie-Lou. »

« Et si c'est négatif, est-ce que tu seras déçu ? »

« Au moins, je serais fixé là-dessus. »

« Et si c'est positif, que vas-tu faire ? Lui dire ? Iras-tu habiter avec Marine et Marie-Lou ? »

« Franchement je n'y ai pas encore réfléchi. Mais tu sais que j'adore Marie-Lou, alors j'aimerais, si le test est positif, qu'elle puisse partager une partie de ma vie… de notre vie à tous les deux. »

À l'hôpital

Marie-Lou a fini les tests et examens qui sont tous revenus négatifs. Il est incroyable que les gens puissent porter des attentions malveillantes à Tristan aussi facilement. Ou alors c'est dans la nature humaine de voir le mal partout. Parfois une complicité, une amitié, un amour peuvent rendre les gens furieux de jalousie. Voir le bonheur des uns rend souvent, méchant d'autres. Mais ils ne l'admettent pas, surtout si eux se sentent malheureux.

Pourtant, dans la plupart des cas de ce genre, ces gens qui souffrent de jalousie envers d'autres, ont pour eux, tout pour être heureux, mais ne savent, que rarement, en profiter. C'est dommage et dommageable pour le mal qu'ils font aux autres, car ils laissent des ragots, des mensonges qui ne sont jamais bons pour personne.

J'ai reçu un appel, il y a dix minutes. Une source à moi qui m'indique qu'il a appris que les grands-parents de Marie-Lou, Françoise et Paul ont fait une demande de garde le temps que Marine puisse être jugée apte à reprendre son rôle de mère. Françoise et Paul ont adressé une lettre au Tribunal pour enfants de Nîmes, au nouveau Palais de Justice situé Boulevard des Arènes.

J'ai reçu un MMS avec la copie du courrier :

Madame et monsieur Paillon Françoise et Paul
17 Chemin des Buttes
30 000 Nîmes

Madame, monsieur,

Suite aux soins que notre fille doit subir dans une demandeexpresse des services judiciaires, ceci afin de pouvoir préserver son droit d'accueillir de nouveau sa fille Marie-Lou, notre petite fille.

La décision actuelle est de placer notre petite fille, Marie-Lou Paillon dans un foyer pour jeunes mineurs dans l'attente que sa maman soit soignée.

Nous, pensons que cette décision n'est pas la bonne et qu'elle ne servira pas le bien-être de notre petite fille dont ses antécédents font notes d'un G.S (geste suicidaire).

Chez nous, elle connaît la maison, elle y est habituée à vivre, à y manger et à y vivre et, de ce fait, nous faisons la demande de garde à notre domicile dans l'attente de la guérison de sa maman.

En espérant que notre requête sera jugée à sa juste valeur, nous restons à votre disposition pour vous apporter tous les renseignements supplémentaires que vous jugerez utiles dans ce dossier

Veuillez agréer, madame, monsieur, l'expression de nos salutations distinguées.

Madame et Monsieur Paillon Françoise et Paul

J'imagine, vu la tournure de la lettre, que les grands-parents de Marie-Lou ont dû faire appel à un avocat pour les aider à rédiger le courrier et peut-être aussi faire aboutir leur demande.

Je n'ai aucun mal à penser à leur détresse à tous les deux de voir leur petite fille partir dans un foyer alors qu'ils l'hébergent, l'accueil depuis déjà tant d'années. Je croise les doigts pour que cette démarche puisse aboutir et je sais que cela va faire aussi plaisir à mon ami Tristan qui s'inquiète tant pour Marie-Lou.

J'ai finalement obtenu beaucoup d'informations, mais je veux savoir comment cela se passe pour Marine, la maman de la jeune Marie-Lou. Je vais essayer de m'entretenir avec les services de soins compétents, mais, à mon avis, on ne me donnera pas d'infos. Tant pis, cela vaut le coup quand même d'essayer. Ensuite j'appellerais Tristan pour l'informer et savoir comment les choses se passent pour lui.

Pour Marine, que ce soit en droit pénal ou en droit de la famille, l'expertise psychiatrique, est devenu aujourd'hui un outil indispensable au service de la Justice. Les juges sont amenés à faire face à de nombreuses situations dans lesquelles ils ont parfois besoin d'un œil « expert » pour les orienter dans leurs prises de décision.

Et c'est au service psychiatrie que Marine accepte de subir des examens d'expertise de sa santé mentale et surtout d'essayer de comprendre le pourquoi de son comportement. Démarches afin de l'aider à canaliser son agressivité.

Un traitement médicamenteux sera sûrement prescrit à Marine. Quelque chose qui puisse nuire à ses phases d'agressivités et de violences verbales et physiques.

Pour cela, la plupart des antipsychotiques de première génération ont une autorisation de mise sur le marché concernant l'agressivitéet peuvent être utilisés. En cas de nécessité de changement d'antipsychotique pour inefficacité ou mauvaise tolérance, il vaut mieux choisir une classe thérapeutique différente. L'inconvénient principal de ces produits du point de vue du rapport-bénéfice/risque est le risque de dyskinésie (des mouvements anormaux et involontaires).

Après plus de quatre heures d'examens et d'entretiens, Marine se voit prescrire un traitement de Phénothiazines qui autorise des administrations espacées de 2 à 4 semaines. Ils permettent, en évitant les oublis volontaires ou non une plus grande régularité du traitement et un moindre risque de récidive. Dans le cas de la mère de Marie-Lou, le traitement initial de départ s'étale sur quatre semaines.

La phénothiazine est un antipsychotique qui a le rôle de supprimer toutes formes d'agressivité. Marine sera suivie chaque jour par un médecin spécialiste qui se rendra à son domicile à la demande des services sociaux pour s'assurer du bon suivi du traitement et de son rôle dans sa guérison.

La journée passe, et ses heures qui la composent aussi. J'ai promis à Tristan de veiller sur Marie-Lou et je décide de l'appeler maintenant pour lui donner les infos recueillies.

« Oui, allô ? »

« Bonjour, Tristan, désolé de te déranger, c'est Éric. J'ai beaucoup d'infos pour toi. As-tu un peu de temps à m'accorder ? »

« Bien sûr, Éric attend quelques instants. »

« Oui, bien sûr, Tristan. »

J'entends Tristan s'adresser à quelqu'un et dire qu'il va dans la pièce du haut pour parler avec moi.

« Oui, Éric, excuse-moi. »

« Euh, tu n'es peut-être pas seul Tristan, veux-tu que je te rappelle demain si tu le désires ? »

« Non, ne t'inquiètes pas Éric, c'est Fanny, mon épouse. »

« Ah… »

« Oui, elle est revenue apparemment… Elle s'est excusée d'être partie et m'a donné ses explications. »

« Eh bien, dis-moi, tu dois être heureux non ? N'est-ce pas une superbe nouvelle ? »

« Oui, très content Éric, mais je reste prudent, j'ai peur de la voir repartir, je me stresse un peu quand même. »

« Sans indiscrétion Tristan, est-elle au courant pour l'étang de Beauduc ? »

« Oui, je lui ai tout dit. »

« Et ? »

« Et ça va, ça passe… Elle écoute, elle pose des questions, elle essaie de comprendre. »

« Je suis vraiment heureux pour toi Tristan, pour vous deux, même ! »

« Je te remercie. Et tes infos Éric ? »

« Oui, pardon Tristan. Les grands-parents de Marie-Lou ont fait une demande expresse pour la garde de leur petite fille avant qu'elle puisse être en foyer pour mineurs. D'après mes sources, l'avocat s'est rendu en urgence au tribunal pour faire suspendre la décision des services sociaux pour le foyer pour mineurs et donner la priorité en faveur des grands-parents. Toujours selon mes sources, au pire, Marie-Lou passera une nuit au foyer d'accueil, mais dès le lendemain elle sera chez ses grands-parents. »

« Ah ! Éric, ça, c'est une chouette nouvelle, je suis tellement heureux pour la petite, tu sais. Et pour sa mère ? »

« Oui, je sais que tu l'adores la petite Tristan. Je sais… Pour sa mère, elle va être en traitement pendant quatre semaines avec un antipsychotique et si son agressivité disparaît, elle pourra sans doute vite reprendre la vie avec sa fille. Mais je pense que ce sera sous la surveillance des grands-parents qui veilleront à ce que tout se passe bien et qui devront signaler tout dérapage de leur fille aux services sociaux. Mais nous n'en sommes pas encore là. »

« Merci, Éric, je ne sais pas ce que je ferais sans toi. Bravo et merci beaucoup. Dis-moi Éric, connais-tu le groupe sanguin de Marie-Lou ? »

« Le groupe sanguin ? Euh non, pourquoi tu me demandes ça ? »

« C'est une longue histoire Éric. Mais comment te dire ça. J'ai fréquenté, en 2006, une jeune fille qui s'appelait, Marine. »

« La mère de Marie-Lou ? »

« Eh oui… »

« Alors là, ça, c'est un news. Une sacrée drôle de news. Ah ! Je comprends pourquoi ta question donc. »

« Oui, Éric, je me rappelle bien que Marine soit de groupe O, mais moi je suis du groupe A. Si Marie-Lou est de groupe A, il y a toutes les chances que… Vu qu'un parent porteur de l'allèle A et un autre porteur de l'allèle O donneront souvent naissance à un enfant avec le groupe sanguin A. »

« Veux-tu dire que tu peux être son père ? »

« Exactement ! »

« Eh bien, j'ai eu raison de te téléphoner. Je vais me renseigner Tristan. »

« Elle peut aussi être du groupe 0, là je n'en serais pas plus. »

« Tristan ? Je pense à un truc marrant. »

« Quoi donc Éric ? »

« Tu t'imagines lui dire… Marie-Lou… je suis ton père ! »

« Sais-tu que ce n'est pas amusant du tout ? »

« Je me doute bien Tristan, mais là, il fallait que je la dise celle-là ! Mais, blague à part, ne peux-tu pas faire la demande d'un test de paternité pour avoir une certitude ? »

« Si, mais il faut saisir le tribunal de grande instance. Je vais le faire bien sûr, mais la démarche est longue et j'ai peur du résultat. »

« Allez Tristan, je te connais bien maintenant, tu as peur que ce ne soit pas positif, n'est-ce pas ? »

« Exactement… J'ai peur d'être déçu. Imagines-tu, Marie-Lou, ma fille ! Oh ! Je serais le plus heureux des hommes. »

« Et Fanny ? »

« Je lui ai dit. D'ailleurs je lui ai tout dit, enfin presque tout dit. Il reste des petites choses qui ne se disent pas, car cela reste dans un jardin secret à tout jamais… Sinon, oui pour répondre à ta question, elle ne le prend pas trop mal, mais je dois lui expliquer ce que je compte faire si le test est positif… Comment m'y prendre surtout ? »

« D'accord Tristan, je suis fier de toi. Écoute, demain je vais voir si je peux aller à la pêche à l'info du groupe sanguin de Marie-Lou. Sur ce, je te souhaite une bonne soirée mon ami… Une bonne soirée en amoureux ? »

« Doucement Éric, faut pas s'emballer ! Ce n'est pas parce que, Fanny est rentrée, que les choses paraissent d'un coup très simples… » Réponds Tristan avec un petit rire amusé.

Chez Françoise et Paul, les grands-parents de Marie-Lou, l'attente est longue. Lorsqu'ils ont appris que leur fille Marine allait suivre des soins et que leur petite fille allait dormir ce soir en foyer pour jeunes mineurs, ils ont décidé de prendre sur leurs économies pour faire appel à un avocat.

C'est maître Guerrot, un spécialiste du droit des grands-parents dans les affaires de divorces et de droit de garde. Il est notamment connu pour avoir obtenu à des grands-parents, la garde de leur petit-fils de 7 ans après le décès de leur fils dans un accident de voiture. L'épouse devenue veuve, un penchant très poussé pour l'alcool, volage, mais très connu du monde de la *Jet Set*, s'occupait que très peu de son fils. Ce dernier entre une nourrice à plein temps et des cours à domicile n'avait plus le droit de rendre visite à ses copains ni à ses grands-parents.

Maître Guerrot a gagné, ce jour-là, un procès qui a fait de lui, le défenseur attitré du droit des grands-parents dans les questions familiales.

Outre maître Guerrot l'avocat à forte persuasion, il a aussi dans ses manches les cartes, enfin les numéros de téléphone, de beaucoup de personnes dont certains juges qui ont toujours reconnu le sérieux et l'honnêteté de son travail.

Certains disent que quand maître Guerrot prend une affaire en main, c'est que le bon droit est assuré.

Dans un premier temps, l'avocat au grand renom a officialisé la demande de garde par un courrier officiel (que je montre par MMS à Tristan quelques lignes plus haut) pour suivre la procédure. Après avoir joint le Président du Tribunal pour enfants, maintenant il est au téléphone avec les services sociaux pour les convaincre de diriger la jeune Marie-Lou vers l'habitation de ses grands-parents.

Même si le juge Raymond, le président du tribunal pour enfants, n'est pas contre la procédure que démarre maître Guerrot, il a bien stipulé que la décision revient aux services sociaux. Cela, dans l'attente de pouvoir recevoir le courrier officiel des grands-parents de Marie-Lou. Mais même avec l'arrivée du courrier, le juge consultera les services sociaux et s'appuiera dessus pour rendre sa décision. C'est inéluctable.

Mais les réseaux, les démarches, la persuasion de Me Guerrot à un prix. Ses honoraires tournent entre 400 et 450 € de l'heure alors qu'un avocat traditionnel tourne dans une fourchette de 100 à 300 €.

Mais qu'importe pour Françoise et Paul, le bonheur de leur petite fille n'a pas de prix. Et puis, c'est la famille, la chair de leurs sangs.

En France, c'est 300 000 enfants qui sont placés, soit en foyer, soit dans des familles d'accueil. Bien que les services sociaux comme l'ASE (Aide sociale à l'enfance) argumentent de prendre en considération le mieux pour l'enfant, ce n'est que très rarement le cas. Et des enfants, qui possèdent de la famille ou des proches qui peuvent les accueillir, leur apporter le meilleur pour eux, se retrouvent dans des familles d'accueil suspectes ou des foyers qui deviennent dangereux.

Il faut dire qu'en France, l'enfant en besoin d'aide sociale, l'enfant abandonné est un sujet tabou. Essayer d'adopter un pupille de l'État, c'est peine perdue. 4 200 pupilles de l'État que l'on refuse de donner à l'adoption, pourquoi ? Secret d'État, personne ne sait exactement pourquoi. Une chose est sûre, à part les enfants souffrant d'un handicap, voire d'un grand handicap, il est impossible d'adopter en France un pupille de l'État.

Et même si cela me fait penser à l'adoption en France, ceci est un autre vaste sujet. L'État oublie de vous préciser de lire le manuel (comment acheter son enfant ou, à quel prix pour quel pays !) Un véritable scandale qui fait souffrir les personnes soumises à ce dernier espoir. Je m'éloigne du sujet certes, mais il me tient à cœur de vous parler d'un couple d'amis à moi qui a entamé le parcours du combattant pour adopter. Ils se sont laissé dire par le psychologue qui suivait leur dossier que tout est une question de prix. Un jeune enfant venu d'Afrique, entre 5 et 10 000 €. Un enfant européen, mais avec handicap 15 à 20 000 €. Le top du classement, la petite fille blonde aux yeux bleus, sans handicap, entre 30 et 35 0000 €.

Tout s'achète dans ce monde, tout.

Le marché de la détresse enfantine est une poule aux œufs d'or. Mais les tabous posés tout autour empêchent une quelconque netteté d'être visible. Alors s'il y a tant de guerres c'est peut-être aussi pour « vendre » des orphelins à des couples en grand désespoir d'avoir un enfant auprès d'eux. Ce qui explique aussi, et pour terminer le sujet, que la pratique dite « mère porteuse » soit toujours interdite en France alors qu'elle est autorisée en Belgique par exemple. Et je rajouterais, que le monde m'en excuse, les scandales de pédophilie dont l'ASE a encore fait l'objet, ici en France. Il y a des questions à se poser, vraiment.

Tristan devient le narrateur quelques instants.

Fanny est calme et détendue, elle semble heureuse d'être rentrée à la maison. Il est presque 18 h 30 et nous parlons de partir manger en ville pour nous retrouver. J'en profite pour vous parler d'Éric Flat, le journaliste de Nîmes Hebdo qui vous conte mon histoire. Éric, comme vous pouvez parfois le lire, est assez révolté contre l'injustice. Il a vu, il voit, il verra encore beaucoup de choses. Des choses qui le font et le feront encore bondir. Il fait son métier avec sérieux et il est quelqu'un de méticuleux. Il s'intéresse à tout ce qu'il voit, essaie toujours de comprendre et de porter un regard autre sur tout ce qui l'entoure. C'est un homme de 45 ans, célibataire, car beaucoup pris par son travail. Il a souvent une carte blanche dans ses enquêtes journalistiques et cela lui permet de bouger beaucoup dans différents lieux et endroits.

Lors de notre conversation au restaurant, quand j'ai éprouvé le besoin de me confier à lui, aussi surprenant que cela puisse paraître, il m'a beaucoup parlé du manque de présence de quelqu'un avec lui. Quelqu'un avec qui partager ses aventures, ses enquêtes et des moments de sa vie. La solitude, bien qu'on ne puisse l'imaginer autour de lui, lui pèse beaucoup.

J'étais très surpris dans tout ce que nous avons échangé d'entendre revenir souvent ce manque d'être à deux. Dans ses phrases, un nom revient souvent, celui de l'adjudant-chef Merest. D'après ce que j'ai compris, ils se sont souvent rencontrés au cours des démarches journalistiques d'Éric et elle semble ne pas le laisser insensible. Éric est devenu un ami pour moi, un confident, quelqu'un de confiance. Alors, il me vient une idée, d'où mon intervention dans la narration de l'histoire.

Je décroche mon téléphone :

« Gendarmerie de Nîmes j'écoute ! »

« Oui, bonsoir, je suis monsieur Tristan Mercier, j'aimerais parler à l'adjudant-chef Merest s'il vous plaît. »

« Ne quittez pas, je vais voir si elle se trouve toujours dans nos locaux. »

« Merci, j'attends. »

Quelques secondes plus tard :

« Bonsoir, monsieur Mercier, adjudant-chef Merest, qu'est-ce qui vous arrive ? »

« Bonsoir, adjudant-chef, j'ai besoin de vous parler. »

« Me parler de quoi, monsieur Mercier ? »

« Écoutez Adjudant-chef Merest, ne prenez pas ma conduite trop cavalière, mais, pourrions-nous nous retrouver ce soir, par exemple autour d'un verre, j'ai des choses à vous confier, c'est très important. »

« Est-ce pour l'enquête monsieur Mercier ? »

« Oui, c'est vraiment très important. »

« Oui, bien sûr, je suis à votre écoute pour tout ce qui concerne l'enquête. Monsieur Mercier, mais je ne sais pas où nous pourrions nous retrouver. »

« Que diriez-vous de nous retrouver au *O'Flaherty's* à 19 h 40 ? »

« Pardon ? Le *O'Flaherty's* ? Là-bas ? N'avez-vous pas un autre endroit, monsieur Mercier à me proposer ? »

« Non, désolé adjudant-chef, mais c'est pour partager des infos très importantes avec vous. »

« Pff... Bon d'accord. 19 h 40 là-bas puisque je n'ai pas le choix.
Mais venez ne me laisser pas attendre pour rien. »

« Promis adjudant-chef Merest, vous ne serez pas déçu ! »

« D'accord, à tout à l'heure, monsieur Mercier. »

« À tout à l'heure adjudant-chef Merest. » Je raccroche et j'appelle mon ami Éric Flat.

« Bonsoir, Éric, enfin rebonsoir mon ami. Dis-moi, il faut que je te parle absolument, c'est très important. »

« Ah ! Tristan, veux-tu que je passe chez toi ? »

« Non, retrouve-moi au *O'Flaherty's* à 19 h 20. Tu demandes la table réservée au nom de Tristan Mercier. Éric, est-ce d'accord pour toi ? »

« Oui, bien sûr, Tristan. Tu sais que je suis là si tu as besoin. »

« Merci, Éric, si j'ai un peu de retard, attends-moi. »

« Là-bas ? D'accord… La table réservée… Bon ok, j'y serais Tristan. »

« Merci, Éric, à tout à l'heure. »

« À tout à l'heure, Tristan. »

Je raccroche avec Éric et je téléphone au *O'Flaherty's* :

« Oui, bonsoir le *O'Flaherty's*, j'écoute. »

« Oui, bonsoir, pourrais-je réserver une table pour trois personnes pour ce soir ? »

« Oui, bien sûr, monsieur, à quel nom ? »

« Au nom de Tristan Mercier. »

« C'est noté monsieur. La table, la désirez-vous pour quelle heure ? »

« 19 h 20 ? Possible ? »

« Tout est possible monsieur au *O'Flaherty's* ! »

« Super, je vous remercie. Une Dame arrivera à 19 h 40, grande brune, cheveux ondulés et yeux bleus, sera-t-il possible de la conduire à la table réservée ? »

« Bien sûr, monsieur. »

« Et juste avant, un ami viendra lui à 19 h 20, 20 minutes avant la dame. Il va vous demander la table réservée, conduisez-le à la table et moi j'arriverai ensuite, ne vous inquiétez pas. »

« C'est noté, monsieur. Un homme à 19 h 20 et puis une dame à 19 h 40… ce sera fait, monsieur. »

« Merci beaucoup, à tout à l'heure. »

Bien sûr, je ne vais pas m'y rendre. Simplement j'espère que tout va bien se passer. Je prends le risque de m'attirer les foudres de Merest, une fois de plus, un acte qu'elle peut ne jamais me pardonner. Mais après tout Éric fait tellement pour moi que je lui dois bien ça.

Éric Flat reprend la narration de l'histoire :

C'est très étrange. J'ai reçu un appel de Tristan qui me demande de le retrouver dans un bar branché de Nîmes. J'espère que tout va bien pour lui. Mais ce rendez-vous tombe plutôt bien. J'ai appris que Marie-

Lou ne dort pas ce soir au foyer, mais chez ses grands-parents. Le forcing de Maître Guerrot a payé, car il a obtenu l'autorisation de l'aide sociale pour enfants et a fait annuler la décision de prise en charge du foyer pour se porter garant des grands-parents. C'est le temps que le courrier puisse parvenir, au juge pour enfants et que la démarche soit officialisée définitivement, une bonne nouvelle pour la famille Paillon. D'ailleurs, c'est lui maître Guerrot, qui prendra en charge la petite Marie-Lou à l'hôpital où elle se trouve toujours, pour la conduire chez Françoise et Paul.

Mais aussi les grands-parents de Marie-Lou sont de grande et belle humeur. Ils ont appris la nouvelle par leur avocat et sont vraiment heureux de savoir que leur petite fille va venir vivre avec eux le temps que Marine, sa maman, commence correctement à se soigner.

Marie-Lou est en attente à l'hôpital. Elle est un peu perdue, mais elle a appris, elle aussi, qu'elle va aller chez ses grands-parents. Une aubaine, pour la jeune fille. Marie-Lou n'oublie pas, malgré les douleurs qu'elle a reçues de la part de sa mère, que cette dernière lui manque beaucoup. Mais que vivre avec elle n'est plus supportable dans les conditions d'agressivité que Marine développe envers sa fille.

La jeune fille pense aussi à Tristan, elle sait, car elle en a été informée, qu'elle et lui n'ont plus le droit d'entrer en contact, et encore moins de se voir. Elle pense et repense aux flamants roses, aux jeux des flamants dans le jardin et à Tristan. C'est un peu difficile pour elle. Beaucoup de choses dans sa tête, beaucoup d'évènements qui se bousculent, beaucoup de peur et de craintes ses dernières heures, mais elle est soulagée de rentrer chez Françoise et Paul, ses grands-parents. C'est comme sa deuxième maison. Et de plus, elle est joyeuse de ce moment passé avec Tristan. Tellement joyeuse qu'elle ne peut oublier, car pour elle, c'est un rêve devenu réalité de pouvoir observer, de ses propres yeux, les gros oiseaux qu'elle aime imiter avec Tristan.

Marine, la maman de Marie-Lou n'est pas privée de sa fille pour autant. Elle aura le droit de la voir et de la rencontrer chez ses parents.

Pas au début de son traitement, mais dès que les services médicaux qui la suivent, jugeront, eux, que son agressivité a disparu et qu'elle ne constitue plus un danger pour sa fille.

Mais je parle et je parle encore et l'heure tourne. Je me prépare pour le rendez-vous avec Tristan. Je pensais pouvoir apporter deux bonnes nouvelles à Tristan. La première, celle du retour de Marie-Lou chez ses grands-parents et l'autre le groupe sanguin de la jeune fille. Mais cette dernière est d'après les informations obtenues de groupe sanguin O. L'espoir n'est pas perdu pour Tristan. Mais la demande de test de paternité reste la solution la plus sûre, car pour le moment rien n'indique un lien de filiation entre lui et Marie-Lou. Il me reste aussi à savoir pourquoi Tristan m'a donné rendez-vous dans ce bar à la mode… C'est curieux et pas du tout son genre.

« Tristan ? »

« Oui, Fanny ? »

« Étais-tu au téléphone ? »

« Oui, j'ai appelé Éric, tu sais Éric Flat du journal Nîmes Hebdo. Nous sommes devenus amis, lui et moi. »

« Ah ! Oui, pourquoi pas, il n'a pas l'air méchant comme gars. »

« Absolument pas, il est adorable, juste et honnête. »

« Je n'en doute pas. Était-ce pour Marie-Lou ? »

« Non… Je lui ai arrangé un rendez-vous ! »

« Un rencard ? Avec qui ? »

« On s'est vus, lui et moi, nous avons dîné ensemble et beaucoup parlé et échangé. J'avais besoin de me confier, d'avoir quelqu'un pour m'écouter. »

« J'en suis encore désolé Tristan. »

« Non, ne t'inquiète pas Fanny, vraiment. Tu es là et c'est ce qui compte, crois-moi. Donc, je te disais, nous avons beaucoup parlé, lui et moi et il m'a avoué que la solitude lui pèse. »

« C'est sûr qu'il commence à avoir un certain âge. Seul ce n'est pas facile, mais son métier ne doit pas aider. »

« Exactement, il a 45 ans. Son métier, ses déplacements, rien n'est fait pour lui permettre de trouver quelqu'un pour partager sa vie. »

« Et donc toi, tu connais quelqu'un, n'est-ce pas ? »

« Connaître est un grand mot. Pendant que l'on parlait, lui et moi, il m'a souvent évoqué la fascination qu'il a pour l'adjudant-chef Merest. »

« Ah non, ne me dis pas que… »

« Je ne te dis rien alors. Mais j'ai donné rendez-vous aux deux dans le même restaurant et à la même table en ayant prétexté que je voulais parler urgemment à l'un comme à l'autre. »

« Elle va te tuer Merest. Tu y vas fort là Tristan ! Wow… Remarque, c'est ce que j'aime chez toi, toujours cette audace et ce culot. Sauf que là, vraiment Tristan, elle va te massacrer Merest. »

« On verra bien, qui ne tente rien n'a rien. Et puis ce n'est qu'un rendez-vous arrangé. »

« Mais, n'est-elle pas mariée Merest ? »

« D'après Éric non, elle est divorcée. »

« C'est chaud ton plan de rendez-vous improvisé. »

« Je croise les doigts pour eux. »

« Je l'espère pour toi surtout Tristan. Sinon, tu sais, j'ai réfléchi… »

« À quoi Fanny ? »

« À Marie-Lou et ton histoire passée avec sa mère. »

« Oui ? »

« Je pense sincèrement que tu dois faire la demande pour le test de paternité. J'ai agi bêtement l'autre fois. J'ai dit des choses horribles et tu ne mérites pas que l'on te dise des choses comme je t'ai dit. Vous êtes complices tous les deux, vous êtes beaux à voir… J'aimerais beaucoup que la fille de Marine soit ta fille, car vous êtes très complémentaires et elle t'adore et je sais que tu l'adores aussi. Cependant, je ne me fais pas à l'idée de toi avec Marine. Je ne sais pas, ce n'est pas par jalousie, mais Marine… »

« Tu sais Fanny, j'étais très amoureux d'elle à l'époque. Drôlement. Il y a des choses comme ça que l'on ne s'explique pas. Mais ce que tu viens de me dire me touche beaucoup et je t'en remercie. Je t'en remercie vraiment du fond du cœur. J'aime beaucoup

Marie-Lou et je serais fier qu'elle vienne rejoindre notre famille et qu'elle partage sa vie avec nous et sa mère. »

« Moi aussi je serais fière, Tristan. Tu peux compter sur moi maintenant, jamais plus je ne douterais de toi et je resterais toujours à tes côtés. »

« Merci, Fanny, merci beaucoup. »

« Après toutes ses pensées positives Tristan, si on allait dîner en ville, est-ce que tu es prêt ? »

« Oui, Fanny, j'ai réservé une table juste à côté d'Éric et de Merest. »

« Tu n'as pas fait ça quand même, hein ? »

« Non, je plaisante Fanny. J'ai réservé pour 20 heures chez Tonio, le restaurant italien. »

« Tu m'as fait peu Tristan, avec toi je ne m'étonne plus de rien. D'accord pour l'Italien, je préfère », répond Fanny qui laisse apparaître un large sourire.

Au restaurant O'Flaherty's

« Mais que fais Tristan, il est en retard ! Cela fait presque 20 minutes que je l'attends et il ne répond pas au téléphone. Certes, il m'a dit qu'il serait peut-être en retard. Oui, mais de combien de temps son retard… Il ne m'a pas précisé. »

« Tiens, qui est cette jolie femme qui entre dans le restaurant. Elle est plutôt pas mal. Oh, mais on dirait l'adjudant-chef Merest. Elle doit avoir un rendez-vous ici. Mais avec qui ? Nan ! Quand même pas avec le vieux tout ridé de la table à ma droite. Il a l'air friqué, mais de là à se sortir une femme comme Merest. C'est une curieuse coïncidence de tomber sur elle. Mais, que fais-tu Tristan et où es-tu ? »

Le jeune homme de l'accueil du restaurant me montre du doigt. Pourquoi ? Lui et Merest regardent maintenant vers moi. Merest a fait un signe *oui* de la tête au garçon d'accueil et se dirige vers moi. Apparemment elle a rendez-vous avec le petit vieux, car je ne vois pas d'autres hommes seuls, ni femmes d'ailleurs.

Je pense qu'elle m'a reconnu, elle me regarde bizarrement. J'ai comme l'impression qu'elle vient vers moi.

« Eh bien, monsieur Tristan Mercier, vous avez bien changé ! Vous avez la tête d'un journaliste que je ne supporte pas. Mais dites-moi Flat, ça vous arrive souvent d'emprunter l'identité des gens pour vos invitations ? »

« Euh, alors là je n'y suis pour rien adjudant-chef Merest. Tristan m'a fixé rendez-vous ici et a même réservé la table à son nom. Et vous ? »

« Oh ! Je vais le tuer ! Oh comme je vais le torturer puis le tuer ! »

« Pardon ? »

« Non, Flat, Mercier m'a aussi fixé rendez-vous ici et m'a dit que c'était très important. J'ai l'impression que vous et moi nous nous retrouvons ici contre notre volonté. Enfin, je veux dire en votre présence, Flat. »

« Ah ! Je vous remercie, toujours aussi aimable à ce que je vois. » L'adjudant-chef Merest soupire fort :

« Désolé Flat, je n'aime pas être manipulée. Je n'ai rien contre vous. Enfin, pas au point de commettre un meurtre ! »

« C'est rassurant ! Pendant que vous êtes là, pourrais-je vous demander quelque chose ? »

« Dites toujours, je verrais après. »

« Pouvez-vous arrêter de m'appeler, Flat ? Mon prénom est Éric. Et puisque vous êtes encore là, et que vous ne vous sauvez pas, puis-je vous proposer au moins de prendre en verre, ne serait-ce que pour le mal que c'est donné Tristan pour organiser ce… truc de rendez-vous ? »

« Je ne vous apprécie pas Flat… Enfin, Éric. Et je vous supporte que difficilement. Mais après tout puisque je suis là… comme vous dites. »

Le serveur arrive à notre table alors que l'adjudant-chef Merest finit par s'asseoir face à moi.

« Avant que le serveur nous coupe pour nous demander ce que nous désirons boire, mon prénom est Céline. »

« Enchanté Céline. »

« Euh… Oui, comme vous Éric. »

« Messieurs Dames, bonjour. Voulez-vous commencer par un apéritif ? » demande le serveur.

« Je vais prendre un porto », répond Céline.

« Et moi un whisky. »

« N'êtes-vous pas venu en voiture Éric ? J'espère que vous êtes à pied ! »

Je me parle à moi-même en chuchotant :

« Quelle chieuse ! »

« Pardon ? »

« Je disais, je me fais vieux… J'avais totalement oublié que j'étais venu en voiture. Du coup je vais prendre un Perrier s'il vous plaît à la place du whisky. »

« Je vous taquine Éric… Prenez donc votre whisky. Comme ça si je m'ennuie ce soir je vous colle en cellule de dégrisement toute la nuit. »

« Aimable, sympathique, souriante… Vous avez tout pour plaire Céline. »

« L'ironie ne vous va pas, Éric. »

« Stop ! Écoutez Céline, si c'est pour passer une soirée vannes et méchancetés, je préfère rentrer. »

« Bon d'accord Éric, je crois que nous sommes partis du mauvais pied. Excusez-moi. Essayons donc de reprendre au début. »

« Essayons Céline. »

« Voulez-vous que je ressorte du restaurant, et que j'entre avec un de mes plus beaux sourires, et que je cours vers vous et me jette dans vos bras ? »

« Pfff… Vous recommencez ! »

« Oui, encore désolé Éric, mais je ne vous aime pas alors, j'ai beaucoup de mal. »

« Tristan, tu vas me le payer grave », je me parle à moi-même de nouveau, en chuchotant.

« Que disiez-vous Éric ? »

« Rien Céline, je remerciais Tristan à voix basse. »

« D'accord. Mais quand même, comment Mercier a imaginé que vous et moi puissions passer une soirée ensemble ? »

Entre-temps, le serveur a déposé le porto de Céline et mon whisky.

« Je ne sais pas Céline. Il a sûrement pensé qu'il y a quelque de chose de beau en vous. Quelque chose que je n'aie pas su trouver jusqu'à là. »

« Et pour vous Éric ? »

« Oh ! Il a dû avoir pitié. »

« Ah, la pitié, ça j'aime beaucoup. Tiens, pour la peine, je vais trinquer avec vous Éric ! Levons nos verres à la santé de Tristan Mercier que je vais remercier… Personnellement ! »

« À Tristan ! Mais je vais le remercier avant vous, n'en doutez pas ! »

Céline lâche enfin un sourire, la situation semble se détendre. Moi je suis stressé… Quel con ce Tristan ! (Dit avec affection.)

Du côté de l'hôpital général de Nîmes, où se trouve Marie-Lou, maître Guerrot arrive. Il se présente au personnel de l'hôpital et leur indique qui vient chercher Marie-Lou pour l'emmener chez ses grands-parents comme il a été convenu avec l'Aide sociale pour Enfants.

Le mail certifié qui est arrivé au bureau de l'assistante sociale de l'hôpital le confirme. L'avocat peut prendre en charge la jeune fille. Le service de garde avertit qu'ils appelleront chez Françoise et Paul pour s'assurer que Marie-Lou est bien arrivée.

On ne peut qu'apprécier le sérieux du personnel. Il faut dire que le docteur Gabriel du service de réanimation pédiatrique suit cela de près. La jeune fille l'a beaucoup touchée lors de son hospitalisation et le docteur Gabriel, s'est prise d'affection pour Marie-Lou surtout après l'humiliation subie par la jeune fille face à sa mère.

Marie-Lou arrive à l'extérieur de l'hôpital, à l'entrée générale. Elle attendait au service de médecine légale où les examens ont été effectués.

« Bonjour, Marie-Lou, je suis maître Guerrot, je suis l'avocat de Françoise et Paul, tes grands-parents. Je suis chargé de te ramener chez eux. Tu ne dors donc pas en foyer ce soir ni les autres soirs, tu es maintenant sous la responsabilité de tes grands-parents. »

« Merci. Je suis très heureuse, merci encore… Je suis tellement pressée de les voir et de les serrer dans mes bras. »

« Ce sera chose faite dans environ 15 minutes. Le temps de partir du parking de l'hôpital et de se rendre chez eux. »

« Avez-vous des nouvelles de Tristan ? » demande Marie-Lou.

« Tristan ? Non, je suis désolé, je ne connais pas. J'ai juste été chargé de convaincre les services de l'ASE de vous laisser sous la responsabilité de Françoise et Paul. Pour le reste, croyez bien que je suis désolé, mais je ne sais pas. »

« Ce n'est pas grave… Je comprends. »

« Qui est ce Tristan ? Un ami à vous ? »

« Mon meilleur ami… la plus belle chose ma vie. »

« Oh ! Je vois, un être cher. »

« Oui, très cher à mon cœur », conclut Marie-Lou.

La voiture de l'avocat quitte le parking de l'hôpital peu encombré à cette heure avancée de la soirée, bientôt 20 h 30. Pendant ce temps on se prépare chez Françoise et Paul pour recevoir la jeune fille. Un lit a été aménagé dans une pièce au rez-de-chaussée et qui ne sert guère. Paul a installé une multiprise, car la pièce ne possède qu'une seule prise murale et il n'ignore pas que Marie-Lou possède beaucoup d'appareils à brancher.

Françoise a récupéré une télévision à écran plat chez sa filleMarine, la maman de Marie-Lou. La télévision est de 60 centimètres,mais au moins leur petite fille pourra regarder les programmes TV, carelle est connectée sur un deuxième boîtier de réception pour la fibre. C'est Marine qui a eu l'idée, pour que sa fille puisse se sentir moins seule.

Le bruit d'un moteur de voiture se fait entendre devant chez Françoise et Paul.

« C'est Marie-Lou », crie Paul à Françoise.

La voiture s'immobilise devant le portail, Marie-Lou dit au revoir à maître Guerrot, ouvre sa portière et sort de la voiture pour se précipiter dans les bras de son papy.

L'avocat repart à bord de son véhicule, une mission remplie pour lui, une de plus… Et de jolis honoraires.

« Oh ! Papy, je suis heureuse, trop, trop heureuse, tu sais. Merci de m'accueillir chez vous. Et mamy, elle est où ? »

« Elle arrive ma puce, regarde la voici. »

« Maaaammyyy… » crie Marie-Lou.

« Oui, ma puce, je suis là, on est trop content, tu sais, Papy et moi de t'avoir avec nous. Dis-moi, as-tu mangé ce soir ? »

« J'ai eu un plateau-repas à l'hôpital, mais c'était pas bon… »

« Ce n'était pas bon Marie-Lou, pas *c'était pas bon* », sourit Françoise en reprenant gentiment Marie-Lou.

« Oui, et ben mamy, c'était ou ce n'était, ça ne change pas le goût, hein ? » rigole Marie-Lou.

« Veux-tu que ta mamy te fasse quelque chose pour manger ? »

« As-tu du pain mamy ? »

« Oui, bien sûr. »

« Et de la pâte à tartiner ? »

« Je pense qu'il en reste. Veux-tu alors que je te fasse un petit morceau de pain avec de la pâte à tartiner ? »

« Un gros, mamy, un gros morceau », répond Marie-Lou affamée, semble-t-il.

« Mais, n'as-tu rien mangé alors ce soir ? »

« Si mamy, la banane du plateau-repas de l'hôpital était bonne. »

« Une banane ? Tu entends Paul, ta petite fille mange des bananes après tu es étonné qu'elle monte aux arbres », rigole Françoise se moquant gentiment de Marie-Lou.

Françoise et Marie-Lou éclate de rire et Paul, lui, n'a pas du tout compris ce que disait Françoise. Mais qu'importe, il est plein de joie pour la venue de sa petite fille.

« Tiens, Marie-Lou, ton morceau de pain. »

« Merci, mamy. Hum trop bon… Mamy, comment va maman ? »

« Elle va se soigner ma puce, ne t'inquiète pas. Elle a un traitement médicamenteux et je suis sûr que bientôt vous pourrez revivre ensemble. »

« Est-ce qu'elle m'en veut maman ? »

« Non, Marie-Lou, elle s'en veut à elle, tu sais. Elle sait qu'elle n'avait pas à te faire du mal, et agir comme ça avec toi. Mais elle n'est pas du tout fâchée contre toi, elle t'aime ma puce, ta maman t'adore… et, est-ce que tu sais ? »

« Non, quoi mamy ? »

« Nous aussi on t'aime fort. »

« Oh, merci, mamy. »

Dans le cœur de Marie-Lou, il y a beaucoup d'émotions. Mais la proximité de la maison de ses Grands-parents avec la maison de Tristan ne fait que ramener continuellement en elle de très beaux souvenirs, de belles images et un grand espoir. Celui de croiser, voir et parler à Tristan.

Marie-Lou n'ignore pas que Tristan et elle ne doivent plus avoir de contact, mais elle ne peut l'imaginer. Ne jamais reparler à Tristan ? Non, je ne pourrais jamais se dit souvent la jeune fille dans ses pensées. Nous sommes comme deux personnes inséparables, nous sommes beaux, nous sommes comme deux flamants roses. Les flamants roses c'est nous, oui, oui c'est nous se répète dans sa tête Marie-Lou.

Au restaurant O'Flaherty's : 21 h 15

L'ambiance semble être moins tendue entre Céline et moi. Mais en tant qu'invités de Tristan, même si chacun reste sur ses gardes, nous décidons, Céline et moi, de dîner. Forcé par l'appétit qui se fait sentir et attiser par les bons plats qui sont servis sur les autres tables.

Nous nous sommes mis d'accord pour une assiette de charcuterie de la région, avec des olives et des petites carottes d'apéritifs.

L'assiette est bien copieuse et je dois avouer que l'on se régale mêmesi les échanges restent rares.

Je tente de détendre la situation et je raconte à Céline une blague sur un chat acrobate qui devient avocat… sans succès. Et, rien qu'à voir les gros yeux de Céline, la blague à l'odeur de la grosse boulette. Mais je ne me laisse pas abattre, j'ai une idée. J'appelle le garçon, pour qu'il enregistre l'addition au nom de Tristan Mercier. Après tout, c'est son idée à mon ami Tristan. Et à ma grande surprise, Tristan avait prévenu lors de la réservation pour moi et Céline qu'il réglerait la note. Quelle classe Tristan, un ami, un vrai !

« Céline, si vous me permettez, laissez-moi vous convaincre de vous amener dans un endroit qui va vous plaire énormément. Il n'est pas encore trop tard pour y participer. De plus, nous sommes très proches et nous en avons pour une dizaine de minutes à pied, grand maxi. »

« Éric, je ne crois pas que vous puissiez me surprendre, franchement j'admire votre courage, mais là… »

« Si ce que je vous fais découvrir vous ravit, vous me devrez une invitation à dîner ! qu'en pensez-vous ? »

« Et dans le cas contraire, car les chances que je ne sois pas ravie du tout sont très importantes ! »

« Dans le cas contraire, je vous offre un repas que vous pourrez déguster avec la personne de votre choix. »

« C'est raisonnable ! Et je suis très curieuse, alors… D'accord je vous suis Éric. »

Céline me suit et marche à mes côtés. Nous tournons à droite sur la rue Roussy puis empruntons la rue Colbert et rue Fénelon. Après la rue du Cardinal de Cabrières et la rue Verdet, nous arrivons 7 minutes plus tard, rue des jardins.

« Est-ce par ici Éric votre moment pour me ravir ? »

« Oui, Céline, nous sommes tous proches ! »

Quelques instants plus tard, nous arrivons enfin devant une entrée où il est indiqué, *Paintball Airsoft Nîmes*. Céline ne dit rien, mais le lieu semble l'intéressé. Je la regarde et lui dis :

« Céline, je les connais bien, ils sont restés ouverts pour nous. Êtes-vous prête à mettre une tenue et à participer à une poursuite sur un terrain d'extérieur éclairé par des lumières plus ou moins fortes, entre visibilité et pénombre ? Deux possibilités nous sont offertes. Un deux, contre deux, vous et moi en équipe, contre les collègues du paintball ou un contre un ! Enfin, si cela vous convient. Nous avons une heure à partir de l'entrée sur le terrain. »

« Un contre un Éric ! Vous allez souffrir ! » me répond Céline avec un joli sourire.

Pendant que je vais en découdre avec Céline, Fanny et Tristan rentrent de leur sortie restaurant et rejoignent leur domicile.

Dans la voiture, Tristan semble absent.

« À quoi penses-tu Tristan ? »

« Je pense que Marie-Lou est arrivée à cette heure-ci chez ses grands-parents. Je suis content pour elle. J'espère qu'elle va bien, je m'inquiète tout de même. »

« Pourquoi t'inquiètes-tu Tristan ? »

« Elle est fragile, j'espère que sa mère va se soigner et bien prendre soin d'elle. »

« Tu sais, chez ses grands-parents, elle va être comme dans un cocon. »

« Oui, tu as raison, Fanny, Françoise et Paul vont bien prendre soin d'elle. »

« Pourquoi elle te manque ? »

« Je crois Fanny que c'est le fait de ne pas avoir le droit de la voir qui me fait le plus souffrir. »

« Je te comprends Tristan, mais ne te fais pas souffrir, demain nous écrirons au Président du tribunal pour enfants pour demander l'autorisation du test de paternité. »

« Merci, Fanny, tu es géniale. »

« Non, c'est toi qui es super Tristan, vraiment. »

La nuit gagne de plus en plus et ses heures ne cessent d'avancer. Fanny et Tristan sont enfin rentrés chez eux, avant d'aller se mettre au lit, Tristan ouvre une bouteille de Costières de Nîmes 2017 et sert un verre pour lui et Fanny.

Pour Marie-Lou, elle est couchée dans le lit préparé par Françoise. Elle a branché son téléphone portable et son MP3 sur la multiprise de Paul. Elle s'est endormie avec Mamy Françoise près d'elle pour la cajoler. Paul vient de raccrocher après s'être entretenu avec un membre du personnel de l'hôpital qui appelait pour s'assurer que la jeune fille est bien chez eux. Paul a confirmé et en a profité pour les remercier des bons soins donnés à sa petite fille.

Pour Céline et moi, nous sommes sur le chemin afin de récupérer nos véhicules garés près du restaurant où nous avons dîné. Pour ce qui est du duel d'un contre un à l'Airsoft paintball, le score est de deux touches sur sa tenue. 17 pour la mienne… Je me suis fait laminer et je peux vous assurer que Céline s'est donné plaisir à me canarder. Finalement, une très bonne soirée… Merci, Tristan.

Je n'ai pas eu le numéro de téléphone de Céline, mais elle a accepté le mien… J'espère qu'elle m'appellera. Maintenant, je vais aller me coucher avec quelques douleurs dues aux impacts. Il faut souffrir pour être beau, paraît-il.

Le lendemain matin, vendredi, veille du week-end

C'est Marie-Lou, la première levée. Il est 7 heures. Une personne de l'ASE doit venir chez Françoise et Paul à 9 heures avec Marine, la maman de la jeune fille. Marie-Lou est impatiente, mais elle est aussi stressée par la venue de sa mère. Leur dernière fois n'a pas été des meilleures, la gifle, les mots durs de sa mère et la fuite de Marie-Lou avec Tristan.

Dans la cuisine une odeur bien particulière se dégage. Un arôme qui vous donne faim à tous les coups. C'est Paul qui prépare des gaufres pour sa petite fille. Il a sorti le sucre en poudre, la pâte à tartiner et commence à faire chauffer la pâte dans le gaufrier. Paul adore sa petite fille, il donnerait tout pour elle, mais il sait profiter du moment de sa présence pour préparer des gaufres qui, sans la présence de Marie-Lou, lui seraient interdites.

Françoise est à la buanderie. Elle prépare des vêtements pour Marie-Lou que Marine lui a amenée hier matin. Françoise a lavé une tournée et repasse les tenues de marques de sa petite fille.

De mon côté je me réveille difficilement. J'ai mal dormi et les bleus apparents sur mes jambes et mes bras en sont la preuve. Heureusement, la tenue de protection airsoft paintball a bien joué son rôle, mais les trois chutes dont j'ai été victime pour éviter les tirs de Céline ne m'ont pas épargné.

J'ai reçu ce matin un mail d'un ami juriste, avec qui j'ai échangé il y a quelque temps sur le désir de Tristan de demander un test de paternité. Bien sûr, je n'ai pas précisé à mon ami de qui il s'agit, mais je voulais quelques infos sur la procédure pour aider au mieux Tristan. Mon ami Ernesto, un Cubain installé à Alès depuis 1996 et juriste dans le droit des enfants, m'a apporté des précisions. La démarche de demande de test de paternité doit s'accompagner obligatoirement d'un avocat pour la partie qui fait la demande. Je ne sais pas si Fanny et Tristan sont au courant de ce détail très important. Je décide de les appeler pour leur demander et en même temps faire un résumé de la soirée organisée d'hier soir.

« Oui, allô ? » une voix de femme répond. Cela doit être Fanny.

« Oui, bonjour, Éric Flat, l'ami de Tristan. »

« Éric Flat ? »

« Oui, le journaliste de Nîmes Hebdo. »

Fanny éclate de rire : « Pardon, êtes-vous le rendez-vous organisé ? »

« Euh… oui c'est bien moi. »

« Alors, dites-moi. Tristan m'en a parlé, je suis curieuse. Est-ce que cela s'est bien passé ? »

« Eh bien, pas si terrible qu'on peut le penser. Le début assez tendu, on a pris un apéritif, et nous avons dîné. Bon, je ne vous le cache pas, il y a eu, que très peu d'échanges. Et puis nous sommes allés à l'airsoft paintball faire une partie et je pense qu'elle a apprécié. »

« Ah ! Quand même. Alors tout n'est pas négatif ! »

« Je ne sais pas, il faut attendre. Les jours à venir m'en diront peut-être plus. Elle a mon numéro, on verra si elle m'appelle. »

« Je croise les doigts pour vous. »

« Merci, Fanny. Puis-je vous appeler Fanny ? »

« Oui, bien sûr. »

« Dites-moi Fanny, Tristan est là ? »

« Vous le manquez de peu, il est parti en ville acheter le pain et faire quelques achats. Voulez-vous que je lui transmette un message ? »

« Écoutez Fanny, si je ne dis pas de bêtises, vous êtes au courant pour la demande de filiation que veut faire Tristan pour Marie-Lou Paillon, n'est-ce pas ? »

« Oui, ne vous inquiétez pas, Tristan m'en a parlé, il n'y a pas de souci. »

« Voilà, donc, ce matin, un ami m'a fait parvenir par mail l'info qui précise que pour faire la demande de test de paternité il vous faut absolument un avocat pour représenter Tristan. »

« Ah… J'imagine que cela n'est pas donné. »

« J'ai une fourchette de prix donné par mon ami. Il faut compter entre 1000 et 1500 € hors taxe pour des horaires forfaitaires. C'est-à-dire pour tout ce qui est de la mission complète. »

« C'est quand même un coût. »

« Oui, mais, c'est important, je pense pour Tristan. Sinon il reste une autre solution. Le test ADN de paternité par un laboratoire privé. »

« Pour lui, mais aussi pour moi aussi c'est important, vous savez. Je l'adore Marie-Lou. En quoi consiste le test de paternité d'ADN ? »

« C'est un laboratoire privé qui pratique ce test. Il se situe à Paris. Tout se fait par envoi à leurs coordonnées et eux ils communiquent le résultat par mail. Le test est d'environ 150 €, mais il est salivaire, car il faut pratiquer un frottis buccal. Autant dire que c'est loin d'être gagné sans l'accord de la maman de Marie-Lou. Voilà Fanny, je voulais vous donner l'info. Dites à Tristan de me tenir au courant et dites-lui que Céline le salue bien ! Et qu'elle ne va pas le louper ! »

« Je n'y manquerais pas Éric, merci beaucoup, à bientôt. Et je transmets pour… Céline. »

« Céline, c'est le prénom de l'adjudant-chef, ne soyez pas inquiète Fanny… À bientôt et prenez soin de vous deux. »

« Céline ? D'accord je note, qui sait… Au revoir Éric. »

Tristan est de retour chez lui environ 30 minutes après mon appel. Fanny lui explique pour l'avocat obligatoire dans ce genre de demande de test de paternité et la possibilité, aussi, du test d'ADN privé. Tristan en parle longuement avec Fanny. Ils ont un peu d'économies, mais s'ils font attention il est possible de pouvoir régler les horaires forfaitaires de l'avocat. Maintenant, il faut se renseigner sur l'avocat et entamer les démarches. Pour le test privé, Tristan explique à Fanny que ce ne sera pas possible.

Pour la demande de paternité, il ne faut pas oublier que si Fanny et Tristan doivent faire la demande auprès du président du tribunal pour enfants, Marine, en tant que représentante légale de Marie-Lou peut refuser. Mais il faut savoir qu'en cas de refus, le Président du tribunal est en droit d'interpréter le refus comme « un aveu ». Mais pour Fanny, il y a quelque chose qui la gêne fortement, c'est de ne pas en avertir Marine.

Effectivement, Fanny ne trouve pas très honnête d'entamer la démarche sans en parler avec la maman de Marie-Lou. Le problème, c'est que Marine est en traitement médical actuellement et qu'une nouvelle telle que celle-ci peu la secouée moralement. Mais Fanny veut la rassurer, elle veut que Marine ne se fasse pas l'idée que Tristan, s'il est bien le père, veut lui retirer sa fille. Vu les évènements derniers entre Marie-Lou et Marine, c'est ce que peut penser Marine et mal l'interpréter.

Tristan n'est pas très emballé, par l'idée de Fanny de contacter Marine, mais c'est vrai que ni l'un ni l'autre ne souhaitent faire du mal à la mère de Marie-Lou. Et puis c'est stupide de blesser Marine, c'est comme faire du mal à Marie-Lou.

Le mieux, après mûre réflexion, est d'informer Marine. Mais quand et comment ?

Tristan se rappelle que je lui ai parlé de l'Aide Sociale pour les Enfants, qui gère le dossier de Marie-Lou.

Tristan décide de téléphoner au Centre départemental des familles de Nîmes :

« Centre départemental des familles, je vous écoute. »

« Oui, bonjour. »

« Bonjour, monsieur, que puis-je faire pour vous ? »

« Je m'appelle Tristan Mercier et j'aimerais m'entretenir avec un responsable. »

« Quel est le sujet, monsieur Mercier ? »

« Au sujet de la jeune Marie-Lou Paillon dont votre administration s'occupe. C'est la jeune fille qui est retournée habiter chez ses grands-parents dans l'attente que sa maman violente soit soignée, par un traitement médicamenteux. Sa mère est Marine Paillon. La jeune fille devait être placée en centre d'accueil pour mineurs. C'est Me Guerrot, l'avocat de Françoise et Paul Paillon, qui est venu la chercher hier soir à l'hôpital général. »

« Quel est votre lien avec la personne dont vous parlez ? »

« Je suis peut-être son père. »

Un silence de quelques secondes au bout du fil.

« Monsieur, nous ne donnons aucune information par téléphone. Je ne saurais que trop vous conseiller de prendre rendez-vous pour rencontrer monsieur Lopez, le responsable des dossiers en cours. »

« Quand monsieur Lopez est-il disponible ? »

« Monsieur Lopez sera absent toute la semaine prochaine. Je peux vous prendre rendez-vous pour le lundi de son retour ou éventuellement dans une heure dans nos locaux. »

« Dans une heure ? Euh… Oui, d'accord, je prends. Où voussituez-vous ? »

« Nous sommes rue Faita, monsieur. Rappelez-moi votre nom et prénom ? »

« Tristan Mercier. »

« Quel est le motif exact de votre appel ? »

« C'est compliqué madame. »

« Écoutez, venez dans une heure, si monsieur Lopez ne peut rien pour vous, peut-être qu'il pourra vous aiguiller vers d'autres démarches. »

« Merci, madame, à tout à l'heure. »

« À tout à l'heure, monsieur Mercier. »

Le centre départemental d'accueil des familles est une maison de ville en pierre apparente avec des volets peints en vert clair. La porte est de la même couleur que les volets. Pas de place pour se stationner devant, mais un parking est disponible environ 50 mètres plus loin sur la droite après le passage sous un petit pont ferroviaire. C'est à cet endroit que Tristan gare son véhicule. Fanny est avec lui, Tristan a demandé qu'elle l'accompagne, car ils sont tous deux concernés par leur avenir avec Marie-Lou si Tristan est bien le papa biologique de la jeune fille. Fanny depuis son retour auprès de Tristan a, elle aussi prolongé ses quelques jours de congé. Ils profitent tous deux de chaque instant ensemble et Fanny est la plus heureuse de voir à quel point Tristan lui donne une place entière dans sa recherche de paternité entre lui et Marie-Lou.

Fanny et Tristan sortent de leur voiture, et se dirigent vers le bâtiment du Centre Départemental des familles. La porte que Tristan ouvre pour laisser passer Fanny en premier est une vieille porte usée très ancienne composée de 8 panneaux de bois craquelés et cassés sur le dessus.

À l'intérieur, l'aménagement est un peu ancien, mais reste accueillant. Derrière un petit comptoir, une dame s'adresse à eux :

« Monsieur, madame, que puis-je faire pour vous ? »

« Oui, bonjour. Nous sommes madame et monsieur Mercier. J'ai rendez-vous avec monsieur Lopez et je suis venu avec mon épouse qui m'accompagne. »

« J'appelle monsieur Lopez, monsieur Mercier. »

« Merci, madame. »

Deux minutes plus tard, un pas lourd à l'étage se fait entendre. Un homme descend l'escalier, habillé avec un pantalon à pinces bleu marine et une chemise blanche dotée d'une cravate sombre.

« Bonjour, je suis monsieur Lopez. Qu'attendez-vous de moi, madame et monsieur ? »

« Mercier ! Fanny et Tristan Mercier. »

« Je vous écoute ! »

« Oui, bonjour, monsieur Lopez, comme je vous disais, je suis Tristan Mercier et voici mon épouse Fanny. »

« Oui. Tristan Mercier, j'ai lu pas mal de choses sur vous il y a quelque temps. Je ne vois personnellement pas, ce que je peux vous apporter dans le cadre de mon travail ici. »

« Euh… C'est un peu gênant de parler ici dans l'entrée, monsieur Lopez. »

« Monsieur Mercier, je ne pense pas être autorisé à communiquer avec vous, désolé. »

« Monsieur Lopez, je pense que je suis, peut-être, le papa de Marie-Lou Paillon. »

« Pensez-vous ? Et la gendarmerie sait que vous cherchez des renseignements sur une jeune fille avec laquelle vous vous êtes rendu coupable d'enlèvement selon les articles des journaux. Est-ce bien ça ? »

« Déjà un enlèvement de deux heures n'est pas vraiment un enlèvement, monsieur Lopez. Et je ne suis ni un violeur d'enfants ni un fou et comme vous pouvez le constater, je suis ici avec ma femme libre et non inculpée pour ce que vous insinuez. J'ai dû me tromper, je pensais que vous étiez là pour le bien-être des enfants, mais laissez tomber. Je vais saisir le Président du tribunal pour enfants et demander un test de paternité et si Marine Paillon, la mère de Marie-Lou, rechute, car elle n'est pas au courant, eh bien vous en serez que trop responsable. Car les répercussions seront, croyez-moi sur parole, retournées sur sa fille. Alors soit vous écoutez ce que j'ai à dire soit je pars maintenant ! »

Fanny essaie de dire à Tristan de se calmer et lui donne de petits coups dans le bras, car il commence à monter dans les tours, agacé par Lopez.

« Bon d'accord, je vous donne 5 minutes pour m'expliquer pourquoi votre venue ici, mais pas plus ! » reprend Lopez.

Fanny, Tristan et Lopez se rendent dans un bureau du bas, sur la droite de l'entrée. Lopez se pose sur la chaise en cuir devant le bureau et fanny et Tristan sur les deux chaises en tissu en face de lui.

« Je vous écoute », dit Lopez.

« Voilà, monsieur Lopez. Ma femme et moi avons toujours accueilli Marie-Lou Paillon chez nous et nous l'adorons. Elle est pour nous une source de vie incroyable. Malheureusement, sa mère, Marine, a toujours eu de la haine envers moi et a profité de situations qu'elle a détournées de leurs vraies natures. Elle m'a mis en accusation de faits infondés et dont, je vous le rappelle, la plainte a été retirée. J'ai prouvé ma bonne foi, mais jamais je ne renierai mon affection trèsforte entre moi et Marie-Lou ou même avec Marie-Lou et Fanny.

Lorsque les journaux écrivent que je suis l'auteur de détournement de mineurs, monsieur Lopez, j'ai juste amené Marie-Lou à l'étang de Beauduc voir les flamants roses. Car dans notre complicité à tous les deux, notre image, notre symbole, c'est celui de deux flamants roses. Marie-Lou venait d'être frappée par sa mère et humiliée à l'hôpital où elle se trouvait et j'ai simplement écarté la jeune fille pour lui changer les idées. Et pour votre information, Marie-Lou venait de faire une tentative de suicide, ou plutôt un appel au secours. Elle n'a pas pris beaucoup de médicaments, mais le geste a été exécuté et son sens ne peut pas être ignoré tant il est très fort. Tout ça, monsieur Lopez, pour ne pas témoigner dans une affaire où sa mère rêve encore et toujours de me faire du mal, par la haine qu'elle me porte. Je me suis posé la question de cette haine que je n'arrivais pas à expliquer de Marine envers moi. Je me suis souvenu que, lorsque nous étions jeunes, nous nous sommes fréquentés et nous avons partagé un moment ensemble d'amour. Puis j'ai rompu dans la douleur, car j'ai appris qu'elle voyait un autre homme, celui qui est supposé être le père de Marie-Lou. Mais si je veux expliquer cette haine de Marine envers moi, alors oui, je suis peut-être le père de Marie-Lou. Et comme j'ai quitté Marine sans un mot, sans rien, vu la nouvelle de son autre liaison, alors peut-être qu'elle est tombée enceinte ensuite et ne me l'a jamais pardonnée. Aujourd'hui, je suis décidé à demander à monsieur le Président du tribunal pour enfants une autorisation de test de paternité en recherche de filiation entre moi et Marie-Lou. Mais mon épouse et moi voulons en parler avec Marine Paillon avant. Nous ne voulons pas faire cette démarche comme une attaque contre elle. Nous savons qu'aujourd'hui Marine est dans une situation fragile et nous ne voulons pas la blesser ni elle ni Marie-Lou. Nous demandons donc de pouvoir rencontrer Marine Paillon en présence de vos services et de pouvoir évoquer ce dont je viens de vous parler. »

Le responsable des affaires en cours, Bernard Lopez, passe sa main sur son menton, se le gratte et prend l'air de réfléchir. Puis il répond à Tristan.

« Si tout ce que vous dites est vrai, je comprends mieux votre présence ici. Allez-vous vraiment faire une demande de test de paternité auprès du tribunal pour enfants ? »

« Oui, monsieur Lopez, que nous puissions en parler avant avec la maman de Marie-Lou ou pas, la demande sera faite. Mais Fanny et moi aimerions en parler vraiment avec Marine avant. »

« Écoutez, madame et monsieur Mercier. Marine doit rencontrer sa fille aujourd'hui chez ses parents Françoise et Paul en présence d'un de nos agents. Je vais me renseigner pour savoir comment cela s'est passé et quel est l'état d'esprit de Marine Paillon. S'il est possible d'organiser une rencontre, alors nous l'organiserons. Le tout est dans l'intérêt de l'enfant donc de Marie-Lou. Laissez-moi, s'il vous plaît, un numéro de téléphone sur lequel je puisse vous joindre. Je vous tiens au courant des possibilités pour une éventuelle rencontre. Si le contexte le permet. Attendez encore quelque temps avant d'envoyer votre demande de test auprès du tribunal pour enfants. Je vais voir ce que je peux faire de mon côté. »

« Merci, monsieur Lopez, vraiment, merci. »

« À très bientôt, madame et monsieur Mercier. »

Bernard Lopez raccompagne Fanny et Tristan à la sortie du Centre Départemental. Fanny prend la main de Tristan, laisse apparaître un très grand sourire, et tous deux retournent à leur véhicule afin de rejoindre ensuite leur domicile.

Chez Françoise et Paul

Il est 11 heures et Marine s'apprête à repartir en compagnie de l'agent des aides sociales pour enfants.

Depuis près de deux heures, les échanges sont calmes, doux et sensibles. Marine est très proche de Marie-Lou et rien ne montre qu'elle force son côté sentimental envers sa fille. Elle paraît sincère.

Marie-Lou, pour sa part, est très contente et heureuse de sentir sa maman un peu comme avant. Elle plaisante avec sa mère, la taquine, joue avec elle. Françoise et Paul, eux, semblent détendus.

De cette rencontre en la présence de l'agent de l'ASE, tout semble vraiment très bien se passer et on peut respirer un air familial bien agréable. Marine semble vouloir privilégier sa vie avec sa fille et laisser sur le côté tout ce qui peut nuire à leur relation.

Mais alors, que va-t-il se passer quand Bernard Lopez va parler à Marine de la demande de Tristan ? Marine ne risque-t-elle pas de replonger dans ses travers ? Est-il vraiment raisonnable de le faire ?

Mais Bernard Lopez sait que Fanny et Tristan sont déterminés et quoi qu'il en pense, il doit mettre en avant le bonheur de Marie-Lou. Avertir c'est aussi préserver, se dit-il.

Que va-t-il se passer maintenant ? Les semaines à venir seront déterminantes.

Un mois plus tard

C'est au domicile de Françoise et Paul qu'une réunion a lieu. Marine est présente, elle est toujours sous traitement, mais elle va de mieux en mieux et les estimations des médecins n'ont jamais été aussi bonnes de la voir vite retrouver sa vie avec Marie-Lou. La jeune fille est là aussi, mais elle se demande ce qui se passe. Bernard Lopez est présent et l'agent de l'ASE qui a l'habitude d'accompagner Marine voire sa fille chez Françoise et Paul est aussi présent. Il y a des gâteaux sur la table, quelques flûtes de champagne et du jus de fruits. Claire est là aussi, la meilleure amie de Marie-Lou.

« Qu'est-ce qui se passe ? » demande Marie-Lou à sa mère.

« Quelque chose de magnifique ma puce. »

« Pourquoi ? je ne comprends pas maman ? C'est l'anniversaire de qui ? Et pourquoi tout le monde est là ? »

« Attends Marie-Lou, sois patiente. »

La sonnette de la maison de Françoise et Paul résonne. Marine se charge d'aller ouvrir. C'est Fanny et Tristan.

Dans le regard de Marie-Lou, tout est confus. Elle voit apparaître Fanny et Tristan chez ses grands-parents, mais elle ne comprend toujours pas. Elle s'explique encore moins le fait que sa mère, Fanny et Tristan, tous les trois, s'embrasse sur la joue pour se dire bonjour.

Marine s'adresse à sa fille :

« Tu peux dire bonjour à Fanny et aussi à Tristan, Marie-Lou. »

Marie-Lou s'approche doucement. Elle ne sait toujours pas ce qui se passe. Fanny ouvre grand ses bras et la jeune fille s'y réfugie et serre fort Fanny contre elle. L'instant semble magique, voire impossible. Fanny sent le cœur de Marie-Lou battre très fort. Toutes les deux se sourient, se pincent, et s'échangent un gros câlin. Puis viennent les retrouvailles avec Tristan. Marie-Lou lâche Fanny et regarde Tristan qui la regarde, lui aussi d'un très joli sourire. Marie-Lou n'ose pas venir contre Tristan, il y a du monde, beaucoup de monde, bien trop de monde…

Alors Tristan s'approche de Marie-Lou et s'adresse à elle.

« Alors le petit flamant rose se demande ce qui se passe ? »

« Euh, là je suis perdue Tristan… Pourquoi tout ça ? Vous reparlez à maman, hein ? Tu sais, je suis si heureuse de te voir, mais là je suis complètement perdue… J'ai envie de rire et de pleurer, je ne sais plus quoi penser… »

« Écoute-moi, Marie-Lou, il y a quelques semaines, ta maman, Fanny, moi et monsieur Lopez nous nous sommes rencontrés pour parler d'une chose très importante. »

« De quelle chose Tristan ? »

« Mais laisse-moi finir mon histoire, non, mais ! » s'amuse à répondre Tristan dans un grand sourire. « Donc comme je te disais, il y a un peu plus de 15 ans, un garçon nommé Tristan a rencontré une fille dont il est tombé amoureux. Et avec cette fille, Tristan a vécu des moments merveilleux et beaucoup de passion. Cette passion s'est arrêtée un jour et leur amour aussi, mais de cette rencontre il est resté quelque chose… Oui, quelque chose d'important et de magnifique. »

« Quoi Tristan ? »

« Ne devines-tu pas ? »

« Non… »

« Toi ! »

« Moi ? »

« Oui, toi ! »

« Pourquoi moi ? »

« C'est très compliqué, enfin, non Marie-Lou, c'est simple… Bassem, tu sais, il n'est pas ton vrai papa. »

« De toute façon je ne l'ai jamais vu, tu sais Tristan, alors c'est un peu comme-ci il n'avait jamais existé. »

« Je sais bien Marie-Lou, j'en suis désolé. »

« Mais c'est qui mon père alors ? Ah non, ne me dis pas que tout ce monde est là pour ça, n'est-ce pas ? Oh ! Mon père, est-ce le gros monsieur là-bas ? Ah non… pff… Franchement, je n'en veux pas Tristan, il peut repartir ! »

« Chut… Il va t'entendre. Ah toi, et la discrétion ! Non, ce n'est pas lui ton père, mon petit flamant rose. »

« Ah bon ? Nan parce que dans 5 minutes tu vas me dire que c'est toi, hein ? »

« Aussi étrange que cela puisse te paraître, aussi dingue que cela est réel, je suis bien ton papa Marie-Lou. »

Marie-Lou ne sait plus quoi dire, elle est très émue et impossible de sortir un mot de sa bouche. Puis elle se jette dans les bras de Tristan et lui dit à l'oreille :

« Mais… Mais alors, cela veut dire que j'ai embrassé mon père sur la bouche, hein ? C'est franchement dégueu ! »

Tristan éclate de rire, Marie-Lou est rouge de honte et à part, nos deux combattants, personne ne sait ce qu'il s'est dit à l'oreille de Tristan. Claire a bien une idée, car dans sa tête elle a repensé tout de suite au baiser volé à Tristan par Marie-Lou et elle a grimacé fortement. Car elle aussi a compris que Tristan est le véritable papa de Marie-Lou.

« Alors, tu es mon père Tristan ? C'est dingue ça ! »

« Oui, Marie-Lou, c'est dingue, je sais bien. »

« Cela veut-il dire que toute la vie tu vas rester avec moi ? Toute, toute la vie Tristan ? »

« Oui, toute la vie Marie-Lou. »

« Tu ne peux pas savoir comme je suis contente Tristan, c'est aussi beau et aussi fort que l'étang de Beauduc… Je ne sais plus quoi dire Tristan, c'est trop… Je ne sais même pas si c'est vrai. Tristan, irons-nous voir tous les jours les flamants roses alors ? »

« Tous les jours, je ne sais pas, mais très souvent, ça c'est sûr ! »

« Tristan et maman alors et Fanny ? »

« Fanny et moi, on t'accueillera une semaine sur deux. L'autre semaine tu seras chez Françoise et Paul et d'ici très peu de temps tu pourras être aussi avec ta maman qui est presque soignée. »

« Tristan ? »

« Quoi Marie-Lou ? »

« Ai-je deux mamans alors maintenant ? Deux fois plus de cadeaux, hein ? »

« Arrête tes bêtises, ta maman, c'est Marine, mais Fanny, tu sais, elle t'aime aussi comme sa propre fille. Alors, finalement oui, tu as peut-être raison, tu as deux mamans, veinarde ! Maintenant, il faut dire merci à tout le monde, tu sais, et surtout à maman qui a été vraiment fantastique. »

« Merci, maman ! Merci beaucoup ! »

« Je t'en prie, ma fille. Alors comment dites-vous, Tristan et toi ? »

« Ah oui, Tristan ? »

« Oui, Marie-Lou ? »

« C'est qui les deux flamants roses ? »

« C'est nous, rien que nous, Marie-Lou. »

« Tristan ? »

« Oui, Marie-Lou ? »

« Je te déteste ! »

« Moi aussi, Marie-Lou… à tout jamais. »

Pour ma part, moi Éric Flat, journaliste à Nîmes Hebdo, je commence à rédiger cette histoire si prenante de Marie-Lou et Tristan. Céline, qui vient une nouvelle fois passer la soirée à la maison, me relie et me dit qu'elle est fière de moi. Je ne peux oublier la suggestion de Tristan d'en faire un livre. Pourquoi pas ? Les pages sont bien remplies et je n'arrête pas d'écrire.

Je cherche un titre, une façon de résumer cette douce et belle histoire. J'ai trouvé.

Comme deux flamants roses sera le titre.

Imprimé en France
Achevé d'imprimer en décembre 2022
Dépôt légal : novembre 2022

Pour

Le Lys Bleu Éditions
40, rue du Louvre
75001 Paris